Oskar Roehler

SELBSTVERFICKUNG

Oskar Roehler

SELBSTVERFICKUNG

Roman

Ullstein

Als Gregor Samsa eines Morgens aus unruhigen Träumen erwachte, stellte er fest, dass er nicht mehr linksliberal war. Und das war in dieser Gesellschaft schlimmer, als sich in ein ungeheures Ungeziefer verwandelt zu haben.

Aschenbach musste noch bis nach Venedig, um die endgültige Wahrheit über sich herauszufinden. Gregor brauchte nur bis zu seinem Kühlschrank zu gehen, wo sich die gesammelten Schlaftablettenvorräte befanden, zehn Packungen à zwanzig Tabletten Zopiclon 7,5 mg. Er hatte sie sich unter verschiedenen Vorwänden bei diversen Ärzten beschafft. Meist hatte er gesagt, er müsse eine Werbung in Wien drehen und bräuchte sie, um zu schlafen. Dabei verachtete er die Werbung mehr als alles andere auf der Welt. Er würde nie eine Werbung drehen.

Mit den Tabletten wollte er sich eines Tages umbringen. Das war eine Lösung, bei der man wenigstens kein Bein verlor, weil man sich vor die U-Bahn warf.

Die Sache war einfach: Er war mittlerweile fast sechzig und spürte, bei allem, was war und nicht mehr war, dass er es nicht noch einmal schaffen würde, sich am eigenen Schopf aus dem Sumpf zu ziehen.

Er hatte auch sonst nicht allzu viel Ähnlichkeit mit Aschenbach. Weder war er geadelt worden, noch hatte man seine Texte in den Deutschunterricht aufgenommen. Er hatte sich wahrlich auch nicht zu solch geistigen Höhen aufgeschwungen wie Aschenbach oder gar ein neues

Menschenbild entworfen. Er war auf dem Teppich geblieben. Er glaubte nicht an das Gute im Menschen.

Mein Leben ist schwer, dachte Gregor. Ich habe nur, was in meinem Kopf und auf meinem Bankkonto ist. Früher war mein Kopf voll und mein Bankkonto leer. Heute ist es umgekehrt. Das macht die Sache nicht einfacher.

Den gestrigen Tag hatte er mit dem verbracht, womit er in letzter Zeit ständig seine Tage zu verbringen pflegte: Nachdem er um fünf Uhr morgens durch einen abscheulichen Alptraum aus dem Schlaf gerissen worden war, trank er eine Stunde lang bitteren, schwarzen Kaffee. Anschließend rief er ein Taxi und ließ sich in einen Puff fahren, der um diese Zeit bereits offen hatte, um die nächste Stunde zu überbrücken.

Da sein gereizter Ischiasnerv einen Positionswechsel nicht ermöglichte, blieb er beim Vögeln einfach breitbeinig am Bett stehen und überließ es dem Personal des Stammhauses, den entsprechenden Körperkontakt herzustellen, indem es vor ihm auf alle viere ging und ihm schließlich mit einem geschickten Handgriff und etwas Gleitgel half, seinen gerechten Weg zu finden. Mal tiefer, mal weniger tief war sein Motto.

Mit reglosem Gesicht starrte er dabei in den großen Spiegel und beobachtete sich beim Vögeln. Er glich einer Mumie, die ruckartig ihr Becken vor- und zurückzucken ließ. Gelangweilt nahm er zur Kenntnis, dass die Nutte dabei ungerührt ein Kebab verschlang. Nach etwa einer halben Stunde gelang es ihm schließlich dennoch, zum Abschluss zu kommen.

Es war immer noch aberwitzig früh, als er den Puff verließ. Die Straßen waren wie leergefegt. Ängstlich schlich er durch den verkommenen Neuköllner Kiez. Er war viel zu gut angezogen. Die nervöse Unruhe, die ihn so frühmorgens auf die Straße getrieben hatte, prädestinierte ihn dazu, das perfekte Opfer eines Raubüberfalls durch schwulenfeindliche Jugendliche zu werden. Es waren noch zwei zermürbende Stunden zu überstehen, bis endlich die Möbelgeschäfte in der Lietzenburger Straße aufmachten.

Die eigentliche Aufgabe des Tages bestand darin, eine helle Cargo-Hose aus dünnem Leinen zu finden, die unten weit geschnitten war und im Schritt ähnlich viel Platz hatte wie die Nike-Jogginghosen aus der Techno-Ära. Er hatte einen ganz bestimmten Schnitt vor Augen.

Am Wittenbergplatz kam auf einmal die Panik. Sie kam in Wallungen, bei denen ihm schwarz vor Augen wurde. Gregor musste sich an einem Laternenmast festhalten. Ein Wachmann, ein kleiner, südländischer Gorilla, der vor dem Eingang des KaDeWe patrouillierte, hatte ihn bereits auf dem Kieker, aber Gregor war es egal, was dieser Arsch von ihm dachte.

Wovor hatte er eigentlich so eine Angst? Dass er die Cargo-Hose nicht finden würde? Dass es den Schnitt nicht mehr gab? Er wusste, dass er nicht aufgeben würde, die Hose zu suchen, auch wenn er dabei den ganzen Tag verplempern würde. Das war die Krux. Er würde wieder Dinge tun, die absolut sinnlos waren. Weil er es sich in den Kopf gesetzt hatte. Obwohl ihm jegliche Lust dazu fehlte. Es war das gleiche Prinzip wie bei den Nutten. Er ging, obwohl er überhaupt keine Lust dazu hatte, wie ferngesteuert in einen Puff, nur weil Montag war, lustlos wie zu einer Routineuntersuchung.

Es wäre fast schon beruhigend gewesen, zu denken,

dass es daran lag, dass er ein Gewohnheitsmensch war und ihm mittlerweile der Wille fehlte, schlechte Gewohnheiten abzulegen (wie das Trinken, wie seine cholerischen Anfälle, etc.). Bei seinem Alter, immerhin ja fast sechzig, wäre das entschuldbar gewesen. Aber das Schlimme, der Aberwitz, der ihm den Schweiß auf die Stirn trieb, bestand darin, dass er nichts Besseres mehr zu tun hatte, als zur Nutte zu gehen oder eine Cargo-Hose zu kaufen. Diese plötzliche Einsicht war es, die ihm den kalten Angstschweiß auf die Stirn trieb. Er seufzte und wischte sie sich mit dem Handrücken ab.

Der als Wachmann getarnte Gorilla starrte immer noch vom Eingang des KaDeWe zu ihm rüber. Gregor löste seinen Griff von der Laterne und schwankte absichtlich direkt auf ihn zu. Der Gorilla erwachte aus seiner finsteren Trance und baute sich vor ihm auf.

»Siehst du nicht, dass noch geschlossen?!«, pöbelte er in gebrochenem Deutsch.

Gregor setzte sein feines, überlegenes Lächeln auf und musterte das Exemplar erst einmal. Es sah von nahem noch mehr wie ein Halbaffe aus, klein, gedrungen, niedrige Stirn, engstehende, böse glotzende Augen. Gregor musste lachen, so stereotyp war seine Erscheinung.

»Was!?«, rief der Mann heiser und starrte ihn drohend und hasserfüllt an.

Gregor bekam Lust, ihn zu foltern. Er stellte sich vor, ihn in einem kleinen, engen Käfig zu halten, natürlich nackt. Sich auszumalen, was er dann mit ihm machen würde, da war seiner Phantasie keine Grenzen gesetzt. Er nahm sich vor, diesbezüglich noch einmal *American Psycho* und *Die 120 Tage von Sodom* zu konsultieren.

»Du bist ein Untermensch, weißt du das?«, flüsterte Gregor so leise, dass der andere ihn nicht verstehen konnte. »Deine Stirn ist so niedrig wie die eines Affen. Wo soll da nur der Intellekt eine Chance haben, hm?«

Der Primat starrte böse zurück. Er machte den Eindruck, als wolle er am liebsten sofort zuschlagen. Aber das durfte er ja nicht. Er war schließlich Wachmann und hatte einen Job zu verlieren. Gregor beobachtete genussvoll das Kräftezerren in dessen Innern. Hier konnte man gut den dünnen Firnis der Zivilisation studieren.

»Na, geht's dir gut?«, fragte Gregor sanft.

»Was?!«, bellte der andere erneut.

»Was, was…«, äffte Gregor ihn nach.

»Verschwinde!«, presste der Wachmann hervor.

»Toller Job, gratuliere«, antwortete Gregor und sah voller Widerwillen an ihm herab. »Du solltest dankbar sein und nett zu den Kunden. Aber vor allem solltest du dir erst mal deinen Bart abrasieren. Oder bist du ein Taliban, oder was?«

Der Atem des Wachmanns ging sichtlich schneller. Er machte Anstalten, Gregor zu stoßen, hielt aber kurz davor inne, denn im selben Moment kam zum Glück ein Anzugträger um die Ecke, der offenbar zum KaDeWe gehörte. Der kleine Gorilla grüßte den Angestellten und beeilte sich, ihm die Tür aufzumachen. Dabei verbeugte er sich leicht und stieß ein scheinheiliges »Guten Morgen, mein Herr!« hervor, das unglaublich gezwungen klang, als hätte man es ihm eingebläut, da er es freiwillig nie sagen würde.

Scheinheilig war es, weil diese Höflichkeitsformel keinerlei Verbundenheit und Freundschaft zum Ausdruck brachte, sondern das Gegenteil davon, Distanz und ein tief verwurzeltes Misstrauen. Sie diente einzig und allein dazu, seine Ablehnung hinter einem Minimum an Höflichkeit zu verbergen.

Gregor hatte diese altmodische Floskel aus dem neunzehnten Jahrhundert schon öfter aus dem Munde solcher Leute gehört, von Kellnern, Ladenbesitzern. Sie sagten sie immer, wenn sie einen nicht mochten, nuschelten sie finster in ihren Bart, ohne einen anzusehen. Doch wer hatte ihnen beigebracht, im 21. Jahrhundert »mein Herr« zu sagen? Ihr Vater in Kreuzberg? Ihre Mutter in Neukölln?

Was sagte es überhaupt über diese Spezies Mensch aus? Dass sie immer noch in einem patriarchalischen Herr/Knecht-Verhältnis gefangen waren, wie zu Hause auch? Dass sie deshalb schreckliche Minderwertigkeitskomplexe hatten und bei der geringsten Kränkung dessen, was sie ihren dummen Stolz nannten, zu allem fähig waren?

Gregor lachte gequält. Es musste schon ziemlich schlimm um das Verhältnis zwischen seinesgleichen und jenen bestellt sein, wenn so ein Auftritt einen solchen Wust unerfreulicher Gedanken in ihm freisetzen konnte.

»Mein Herr, mein Herr!«, äffte er den Primaten nach, inklusive Verbeugung, und ging dann weiter, während ihm dieser böse hinterherstarrte.

Nach wenigen Schritten fiel ihm auf, dass seine Hände vor Wut zitterten und ihm sein Herz bis zum Hals klopfte. So sehr hasste er diese Art von Typen, ihre falsch verstandenen, männlichen Ehrbegriffe, besagte Minderwertigkeitskomplexe, ihre Missgunst, die ganze Scheiße, den diese Idioten mit ihrem Deutschenhass und ihren Ressentiments gegen alles, was der westlichen Kultur angehörte, im Kopf hatten. Sie lebten wahrscheinlich tatsächlich noch in einem finsteren Mittelalter, wie man es ihnen nachsagte.

Er schüttelte angewidert den Kopf, um den ganzen gedanklichen Mist abzuschütteln, mit dem ihn dieser Mensch vergiftet hatte. Der Hass auf diese Affen war da, er war lange gewachsen durch schlechte Erfahrungen mit ihnen. Ja, es waren Affen, allein schon der Haarwuchs an ihrem Körper. Hässliche Affen mit dicken Eiern, böse und dumpf wie ihre sprachliche Ausdrucksweise und ihre Unfähigkeit, sich anzupassen an die hochentwickelte Kultur, in der sie die unterste Stufe einnahmen.

Shame on me, dachte er wenige Minuten später. »Ich bin ein rassistisches, reaktionäres Schwein«, murmelte er zu seiner Entschuldigung. »Ich nehme das alles zurück. Geschieht mir ganz recht, wenn ich eines Tages einen Herzinfarkt bekomme«, fügte er noch hinzu, um Abbitte zu leisten.

Er brauchte etwa zwanzig Minuten, um sich zu beruhigen, und bog schließlich grummelnd, leise Selbstgespräche murmelnd, in die Lietzenburger Straße ein.

Er suchte Zuflucht in einem ihm vertrauten Möbelgeschäft, in dem er schon allerlei unbrauchbaren Mist gekauft hatte. Den Verkäufer kannte er bereits. Er war ängstlich, schwul und unscheinbar. Ein kleiner, brauner Pornobalken klebte an seiner Oberlippe. Gregor hatte schon einmal einen Topper hier gekauft, der viel zu spät geliefert worden war. Deshalb hatte der Schwule offenbar ein schlechtes Gewissen. Misstrauisch blickte er ihm entgegen. Dabei ließ er ein leises, defensives »guten Morgen« hören.

»Was kann ich für Sie tun?«, fragte er.

»Ich habe schon einmal einen Topper bei Ihnen gekauft«, sagte Gregor missbilligend, »erinnern Sie sich?«

Der Schwule tat so, als hätte er Gregor noch nie gesehen.

»Wie ist Ihr Name?«, fragte er verlogen.

»Gregor Samsa«, stieß Gregor ungeduldig hervor.

Der Verkäufer scrollte in seinem Computer durch die Kundenliste, um Gregors Aussage zu überprüfen. Gregor trat in der Zwischenzeit ein paar Schritte in den riesigen Raum, in dem es von Matratzen wimmelte. Teils waren sie an den Seiten aufgeschnitten, damit man den Querschnitt ihres Inneren (Rosshaarschichten und anderen Scheiß) bewundern konnte. Die Matratzen kosteten zwischen fünftausend und achttausend Euro.

»Samsa!«, rief unterdes der Verkäufer. »Gregor Samsa, jetzt habe ich Sie!«

Er tat dies aus reiner Bösartigkeit, um Gregor aus seinen Gedanken zu reißen. Gregor ließ sich jedoch ungern von einem Verkäufer in diesem Geschäft stören. Er lief weiter, tat so, als hätte er nichts gehört, und ließ seine Blicke schweifen. Die Matratzen wurden wie Kunstwerke präsentiert. Sie standen auf hohen Sockeln, als stammten sie von Joseph Beuys. Der Verkäufer lief ihm mit seinen Zahnstocherbeinchen entgegen.

»Ich muss mich nochmals entschuldigen wegen der späten Lieferzeit«, sagte er.

Gregor bleckte die Zähne zu einem breiten, zynischen Grinsen: »Und ich bin trotzdem wiedergekommen!«, rief er triumphierend aus. »Sie werden es kaum glauben, ich will noch einen Topper von Ihnen!«

Der Verkäufer lächelte schüchtern und sah zu ihm auf. Nur noch ein Schatten eines echten Lederschwulen, wie es sie früher gegeben hat. Prost Mahlzeit, dachte Gregor. Es war auch wirklich nichts mehr so wie früher.

Er fragte den Verkäufer, ob es auch Matratzen unter fünftausend Euro gäbe. Sofort kam Leben in das Männlein. Es freute sich, Gregor eine neue Aktion präsentieren zu dürfen, die sie letzte Woche hereinbekommen hätten. Diese Matratzen wären von ähnlich guter Qualität, würden aber nur zweitausend Euro kosten.

»Ach tatsächlich!«, rief Gregor, von der überschwänglichen Freude, ja vom Jubel dieses Menschen angesteckt. Der Verkäufer lief herum wie ein Duracellhäschen und ruderte dabei aufgeregt mit den Armen.

Gregor hatte wirklich Lust, die Matratzen auszuprobieren. Endlich konnte er seine Zeit totschlagen. Er folgte dem Männlein zu den fünf hinteren Betten, die sich in nichts von den anderen unterschieden. Die Atmosphäre in diesem hinteren Teil des Raums war ziemlich deprimierend. Es roch nach Baumwolle, und das Graugelb der Matratzen und des Bodens vermischten sich zu einem diffusen Äquilibrium. Gregor wusste einen Moment nicht mehr, wo oben und unten war. Sein Magen, der noch vom Alkohol der letzten Nacht wund war, drohte sich umzudrehen. Er hatte keine Lust, sein Frühstück wieder auszukotzen.

»Sind das auch Boxspringbetten?«, fragte er würgend.

Der Verkäufer sah ihn besorgt an.

»Alles gut«, sagte Gregor, »Butter Lindner ist auch nicht mehr das, was es mal war.«

»Ja, das sind auch Boxspringbetten.« Der Verkäufer nickte mehrmals vor sich hin.

Gregor, schwach wie er war, ließ sich rücklings auf einer der Matratzen nieder.

»Wow«, sagte Gregor.

»Das liegt an der Kombination Seide – Latex – Seide – Latex«, erwiderte der Verkäufer mit einem feinen, sentimentalen Lächeln. Bei dem Wort Latex allerdings glimmten seine Augen kurz in einem fieberhaften Glanz (HIV-positiv?) auf. »Das Latex stützt, die Seide sinkt –

und das in vier verschiedenen Schichten. Und nun legen Sie sich mal auf die Seite. Sie werden sehen, wie gut sich das anfühlt.«

Gregor warf sich mit letzter Kraft herum.

»Oh wow«, stöhnte er nochmals.

Der Verkäufer begann über die Philosophie hinter diesen Matratzen zu referieren. Gregor hing an seinen Lippen. Manche Verkäufer redeten rücksichtslos auf einen ein, obwohl oder gerade weil man den Vortrag gar nicht hören wollte. Sie ließen sich nicht unterbrechen, sie wollten ihre Dominanz unter Beweis stellen, und man musste sie scharf zurechtweisen, was immer in einem Streit eskalierte, in groben Beleidigungen, die zu Hausverbot oder ähnlichen schlimmen Dingen führten. Gregor war traumatisiert in dieser Hinsicht. Von diesem Männlein mit seiner sanften, sonoren Stimme aber ließ er sich gern einlullen. Er war fast eingeschlafen, als dieser ihn bat, sich einmal auf den Bauch zu legen. Gregor konnte sich kaum noch drehen, so müde war er. Der Mann war besser als jeder K.-o.-Tropfen.

»Und?« Der Verkäufer blickte auf ihn herab. Seine Lippen bebten vor freudiger Erwartung. »Was sagen Sie? Wie fühlt sich das an?!«

»Es ist das Beste, was mir je in meinem Leben passiert ist«, hörte Gregor sich sagen. »Es ist wie in Abrahams Schoß, ich fühle mich total sicher, ich will nie wieder hier weg«, flüsterte er.

»Sehr gut«, gluckste der Verkäufer beglückt. »Ich bin auch Bauchschläfer«, rief er schwärmerisch aus, »ich könnte ohne so eine Matratze gar nicht mehr leben! Und nun legen Sie sich wieder auf den Rücken.«

Gregor tat, wie ihm geheißen, und verschränkte zufrieden die Arme unter dem Kopf. Er konnte nur noch ein Grunzen ausstoßen. Er fühlte sich glücklich wie ein kleines Kind.

»Das ist der Wow-Effekt«, sagte der Verkäufer selig.

»Der Wow-Effekt«, wiederholte Gregor und nickte.

»Genau so sollte es sein«, stellte der Verkäufer fest und holte beide durch diese nüchterne Feststellung wieder auf den Boden der Tatsachen zurück, »immerhin verbringen wir ein Drittel des Tages auf der Matratze!«

Gregor seufzte. Er fühlte sich sicher. Und Sicherheit kostete. Dieser Mensch hatte nun schon viel Zeit in ihn investiert. Gregor musste die Matratze jetzt kaufen. Das war er ihm schuldig.

»Ich nehme sie«, sagte er und erhob sich mühsam. »Ich nehme sie«, wiederholte er.

»Wirklich!?«, rief der Verkäufer und strahlte wie ein kleines Kind. Gregor hatte ihn glücklich gemacht.

Auf dem Weg zur Kasse empfand er deshalb ein tiefes Gefühl der Dankbarkeit. Wie schnell hätte das alles schiefgehen, in Beleidigung, hässlichen Streit, Demütigung ausarten können. Nein, sie beide konnten sehr stolz auf sich sein. Gregor hatte es nicht nur geschafft, sich nicht mit dem Verkäufer zu streiten, sondern zugleich sein Herz erobert. Er hatte eine große Verantwortung übernommen: das Glück des Verkäufers immer zu schützen! Gregor fühlte, dass dieses fragile Glück etwas sehr Kostbares, eine wahre Seltenheit war.

Meist versuchte man sich gegenseitig zu dominieren. Besserwisserei spielte dabei die größte Rolle, und das Ganze wurde dann schnell sehr hässlich. Die Menschen in Berlin waren programmiert auf Streit, gepaart mit übelsten Beleidigungen. Das war in die Gene dieser Stadt eingeschrieben und übertrug sich auf ihre Bewohner. Deshalb herrschte am Anfang solcher Verkaufsgespräche immer eine angespannte Atmosphäre, geprägt von Misstrauen und Feindschaft. Schaffte man es allerdings, die Situation zu drehen, dann kam das einer Heldentat gleich. Man merkte an der oft übertriebenen Reaktion des anderen, wie sehr ihn nach Sympathie und Anerkennung dürstete.

In diesen großen, einsamen Bettenläden fristeten die Verkäufer oft ein elendes Dasein. Bösartige Kunden, die es darauf abgesehen hatten, ihren Frust loszuwerden, zerrten absichtlich an ihren Nerven. Reiche Russen, die sich vor ihren operierten Nutten aufspielten, engherzige, geizige Schweizer, reaktionäre Österreicher und aus dem Maul stinkende Provinzheinis, die ihren Porsche vor der Tür parkten und auf übelste Art Schwäbisch »schwätzten«. Mit ihnen musste der Verkäufer tagein, tagaus kämpfen.

Aber dieser Mann hier war kein Kämpfer und schon gar kein Sieger. Jahrelang hatte er unendliches Leid in sich hineingefressen und war nun überschwänglich, ja kindisch dankbar dafür, dass Gregor so nett mit ihm umgegangen war. Das sah man an seinem abgehärmten, unglücklichen Lächeln, das an ihm haftenblieb wie eine Prothese. Gregor hatte ein kleines Wunder an dem Verkäufer vollbracht: Freundlichkeit in Berlin! Und es beschämte ihn, wie abartig viel Glück das in seinem Gegenüber hervorrief.

Während der Verkäufer den Auftrag in seinen Computer eingab und Gregor die Anzahlung machte, sprach man noch über das Wetter und wie schrecklich die Lage in Syrien war. Das erhebende Gefühl, das ihnen ihre Begegnung bescherte, die der Übermüdung und der Leere der Konsumgesellschaft förmlich abgetrotzt war, wurde leider ein wenig relativiert von dem üblichen Schuldgefühl, dass man faul und dekadent war und nicht genug gegen das Elend in der Welt tat, das sich jeden Tag im Fernsehen vor einem abspielte. Man wusste, dass man irgendwann dafür die Quittung bekommen würde, wusste aber auch, dass man weiterhin trotzig seinem Hedonismus frönen würde, solange es ging.

Die beiden sahen sich an: Beide waren schon seit Ewigkeiten in Berlin und hatten am Schicksal der Stadt Anteil gehabt. Sollten sie sie nun den Horden von Neuberlinern überlassen, die alles niederzutrampeln versuchten mit ihren Kinderwagen, ihrer Rücksichtslosigkeit und ihren abscheulichen Dialekten? Diese Spießer musste man aufhalten, bevor sie jeglichen Ehrenkodex und Zusammenhalt durch ihren kindischen Egoismus zerstören konnten. In diesem Sinne musste der gute, alte Westberliner Stil aufrechterhalten werden, der sich dadurch auszeichnete, dass man zwar nach links und rechts beleidigte und pöbelte, was das Zeug hielt, aber im inneren Kreis eisern zusammenhielt.

Gregor klopfte dem Verkäufer sanft auf die Schulter. Er konnte dessen intensiven Blick, der von sentimentaler Trauer durchdrungen war, kaum noch ertragen. Ja, ja, es stimmte schon. Sie waren eine Notgemeinschaft geworden, nicht gewappnet, mit Gewalt, rapidem Niedergang und Barbarei zurechtzukommen, aber das war kein Grund, am frühen Morgen schon so sentimental zu werden. Der Verkäufer bemerkte sofort Gregors Irritation und beeilte sich, stumm, mit bewegter Miene zur Kasse vorauszueilen, um das Geschäft abzuschließen.

Er versicherte Gregor nochmals seines Stolzes und seine Freude, ihm diese Matratze verkauft zu haben, und schüttelte ihm freudig erregt die Hand. Das schlechte Gewissen, weil beide nichts taten, um die Welt besser zu machen, war verflogen. Ihrer beider kurzes Geplänkel war ja nichts anderes als ein Weltverbesserungsakt, ein Ringen um das Gute in dieser Stadt. Man hatte der Welt ihre alte Freundlichkeit abgetrotzt. Das musste vorerst reichen als Beitrag im Kampf gegen das Böse. Mehr war nicht drin in der Lage, in der sie sich befanden.

Gregor befreite sich schließlich aus dem feuchten Händedruck, mit dem der Verkäufer ihn noch immer umklammert hielt, und verließ gutgelaunt den Laden.

Die Aussicht, die Klamottenläden wegen der Cargo-Hose abzuklappern, machte Gregor nicht gerade glücklich. Früher hätte er um diese Zeit längst am Schreibtisch gesessen. Aber ein innerer Zwang trieb ihn dazu, diese Cargo-Hose zu finden. Er hatte es sich in den Kopf gesetzt. Es war genau wie bei den Nutten. Selbst wenn er überhaupt keine Lust auf Sex hatte, trieb es ihn in einen bestimmten Puff. Es reichte bereits die Tatsache, dass er zu Hause sein Mundspray einpackte, und er wusste im gleichen Augenblick, dass jetzt kein Weg mehr an den Nutten vorbeiführte. Sonst hätte er das Mundspray ja umsonst eingepackt. Und das würde er niemals tun, haha.

Das Mundspray einzupacken war der erste zwingende Handlungsschritt, der ihn unweigerlich zur Nutte führte, und das wusste er. Es war eine Art Prävention gegen seine klinische Entscheidungsunfähigkeit. Denn hätte er das Mundspray nicht eingepackt, müsste er die ganze Zeit darüber nachdenken, ob er nun gehen sollte oder nicht. So lag es schwer und fühlbar in seiner Tasche und erinnerte ihn an den Vorsatz, zur Nutte zu gehen, hielt ihn im Zweifelsfall sogar von pathologischem Fehlverhalten ab wie plötzlichem Kehrtmachen auf dem Weg zur entsprechenden U-Bahn, etcetera ecetera.

Es konnte allerdings auch sein, dass er zur Nutte ging, obwohl er absichtlich zu Hause das Mundspray nicht mitgenommen hatte. Manchmal, wenn er das Mundspray eingepackt hatte, langweilte ihn das Programmierte daran, und er ging nicht. Ging aber schließlich dann doch. Manchmal präparierte er sich, um jeden Zweifel zu tilgen, indem er Mundspray, Kondome, Gummihandschuhe und Gleitcreme einpackte. Das setzte in seinem Gehirn einen noch radikaleren Mechanismus in Gang. Seinen Knirps-Regenschirm nahm er zusätzlich mit. Man konnte ihn als Regenschirm, aber eben auch als Dildo einsetzen, gelegentlich sogar als Schlagstock, frei nach dem Motto: »Du gehst zum Weibe, vergiss den Knirps nicht.«

Ähnlich ging es ihm mit der Cargo-Hose. Er musste sie suchen gehen, auch wenn er den ganzen Tag Läden abklappern würde.

Für die Suche nach der Cargo-Hose würde er sich möglicherweise einem ungeheuren Stress aussetzen, wie er ihn früher nur während der Dreharbeiten gehabt hatte. Es konnte sein, dass es die Hose, die seinen Vorstellungen entsprach, nicht mehr gab. Er würde sich damit verausgaben, Geschäfte abzuklappern mit der geringen Hoffnung, am Ende ein zufriedenstellendes Resultat zu bekommen, genau wie er früher Take um Take gedreht hatte, ohne dass die Schauspieler dadurch besser geworden waren.

Am Ende der Lietzenburger brach ihm wieder der Schweiß aus. Ihm wurde schwarz vor Augen, und er musste einen Augenblick stehen bleiben und sich an einer Hauswand festhalten. Die nächste Panikattacke kündigte sich an. Ihn entsetzte die Erkenntnis, dass das, was er vorhatte, die gleiche Plackerei war wie früher die Dreharbeiten. Nur noch viel sinnloser. Früher hatte er wenigstens hinterher einen Film in der Hand gehabt. Und was hatte er heute, wenn er Glück hatte: eine Cargo-Hose! Er brauchte einen Moment, um sich von dieser Erkenntnis zu erholen und weitergehen zu können.

Er ging schließlich in zehn verschiedene Läden, fand aber die Hose nicht. Der Verkäufer des letzten Ladens, in dem er gewesen war, einem sehr exklusiven Herrenausstatter, hatte von Anfang an den Kopf geschüttelt.

»Nein«, hatte er gesagt, »eine solche Hose führen wir nicht mehr. Diesen Schnitt gibt es schon lange nicht mehr. Aber fragen Sie mal im Schloss nach. Früher hat es solche Hosen für Landvermesser gegeben. Es könnte gut sein, dass ein paar von ihnen aufgehoben wurden, für den Fall, dass sich eines Tages ein Museum für die Zeit interessiert, in der diese Cargo-Hosen, wie Sie sie suchen, noch getragen wurden. Ich kann Ihnen aber jetzt schon sagen, dass es sehr lange dauern kann, bis Sie von der Schlossverwaltung eine Antwort bekommen. Und auch dann ist überhaupt noch nicht sicher, ob es eine solche Hose überhaupt noch gibt oder jemals gab.«

Gregor war mittlerweile am Alexanderplatz und ging von dort aus Richtung Friedrichstraße. Er hatte seine Suche aufgegeben. Eines war klar: Es war wesentlich einfacher, eine passende Nutte zu finden als eine Cargo-Hose. So etwas würde er nicht wieder machen. In Zukunft würde er sich aufs Kerngeschäft konzentrieren.

Berlin war ein hässlicher Moloch, der überflutet wurde von Flaschensammlern, die sich ihren Weg zwischen Plattenbauten entlang sozialer Brennpunkte bahnten. Die meisten trugen Kapuzenjacken, damit man ihre Gesichter nicht sah. Die Harmloseren sahen aus wie Frührentner und waren gekleidet wie Erich Honecker. Man konnte wenig über ihre Geistesverfassung aussagen. Sicher war, dass sich keine hübschen Mädchen in kurzen Röcken unter ihnen befanden, denn das Leben in diesen Zeiten war ernst.

Die Grünen hatten durch die Einführung des Flaschenpfandes eine veritable Freizeitbeschäftigung ins Leben gerufen, die viele davon abhielt, sich in ihren Plattenbauwohnungen umzubringen. Denn daher kamen vermutlich die meisten, aus dem »Osten«, der in seiner unbezwingbaren Trostlosigkeit manifest wurde, sobald man aus Versehen auf eine dieser riesenhaften Straßen geriet, die vom Alexanderplatz abzweigten. Die schlimmste Straße war die Mollstraße. War man sie einmal einen Kilometer entlang der Plattenbauten gelaufen, ließ man jede Hoffnung fahren.

Die Gemeinde der Flaschensammler war in den letzten Jahren beträchtlich angewachsen. Es herrschte Konkurrenzdruck, Hass, Aggression. Auch hier hatte sich das Recht des Stärkeren durchgesetzt. Manche plünderten wütend, mit hochkonzentrierten, finsteren Gesichtern die Abfalleimer. An manchen Stationen, wie zum Beispiel am S-Bahnhof Friedrichstraße, bildeten sich mittlerweile Schlangen aus vermummten, vor Ungeduld bis zum Zerreißen angespannten Typen, die mit dumpfen Schreien und Drohgebärden ihrem Unmut Luft machten. Dass es bisher noch nicht zu Schlimmerem gekommen war, wunderte einen.

Tschetschenische und jugoslawische Killer in Kampfanzügen mit weit ausladender, aggressiver Gebärdensprache hatten im Verdrängungswettbewerb, zusammen mit Messerstecher-Typen aus dem Sinti- und Roma-Lager, gegen die alten, blutleeren Ossis gewonnen, die sich hier, an den üppig gefüllten Müllstationen der Friedrichstraße, nicht mehr blickenließen. Die Killer brüllten laute, bedrohliche Wortkaskaden in ihre Handys, stießen Passanten zur Seite, die ihnen in die Quere kamen, und lebten ganz ungeniert ihren Stil, den sie in den Killing Fields des Kosovo oder sonst wo gelernt hatten.

Es war mitunter ein herrliches Schauspiel, denn natürlich erregten diese testosterongesteuerten Typen die Gemüter der wohlerzogenen deutschen Passanten, die sich kopfschüttelnd abwandten, aber auch die Wut in einem selbst, eine ohnmächtige, in gewisser Weise neidische Wut auf die Muskelpakete und Kampftechniken des Primaten, der einen, ohne mit der Wimper zu zucken, beim geringsten Anlass mit den Worten »Ich zerstör dich, du Opfer« krankenhausreif schlagen konnte. Dass sie die hübschen Mädchen, die mit ihren Prada-Täschchen vor ihnen gingen und Zero-Cola-Döschen wegwarfen, noch nicht alle vergewaltigt hatten, war bei dem Mangel an Polizei, der überall in Berlin auf beängstigende Weise herrschte, ein wahres Wunder.

Der allgemeine Schlendrian, mit dem das Flaschensammeln einst begonnen hatte, war jedenfalls dahin.

Gregor war so alt wie Aschenbach damals, als dieser Bilanz zog. Wie jeder, der kein kompletter Idiot war, wurde auch er mit fast sechzig in jeder Hinsicht gezwungen, der Wahrheit darüber, was aus ihm geworden war, ins Gesicht zu sehen.

Was hatte man erreicht? Hatte am Ende all die Mühsal nichts gebracht als schlechte Leberwerte und permanente Übelkeit, die von einer möglichen Gastritis kam? Er selbst verglich sein Leben gerne mit einem rohen Ei, das überall angeschlagen war. Von jedem Stoß blieben feine Risse zurück, die dann gepampert werden mussten, mit professioneller Hilfe in Gestalt einer gutgebauten Russin oder Polin, auf deren Zärtlichkeit er angewiesen war, deren Körper er (rein hellenistisch im Aschenbach'schen Sinne betrachtet) auskosten und anbeten konnte, um für eine Stunde zu vergessen, was das Leben ihm angetan hatte. Der einzige Vorteil, den diese Stadt hatte: Puffs gab es wirklich genug.

Hätte er damals, mit Anfang dreißig, schon gewusst, was er heute wusste, nämlich dass es überhaupt keinen Sinn hatte, sich anzustrengen, dann hätte er viel Energie gespart, die er heute brauchen könnte und nicht mehr hatte. Aber nein, er war zu dumm gewesen. Er hatte tatsächlich eine Weile geglaubt, Idealist und Romantiker sein und einen »auf Kunst« machen zu müssen.

Was für ein bemitleidenswertes, ambitioniertes Würstchen war er doch gewesen und wie langweilig und durchschnittlich war das, was er hervorgebracht hatte, gemessen an den enormen Ambitionen, die er einst gehabt hatte. Mein Gott, hatte er sich damals angestrengt! Die Spuren seines »künstlerischen Schaffens« standen verstaubt in seinem Regal, DVDs seiner Filme, die wahrscheinlich niemanden mehr interessierten. Dabei hatte er damals tatsächlich gedacht, sie seien für die Ewigkeit.

Der Tag war im Grunde gelaufen. Er stornierte den Auftrag auf die Matratze wieder, nahm zwei Schlaftabletten und legte sich ins Bett.

Wie Aschenbach hatte er schlecht geschlafen. Er hatte den ewig gleichen Traum geträumt, der sich in letzter Zeit permanent wiederholte: Er selbst, uralt, schleppte sich nachts eine Autobahn entlang. Er hatte einen halb gefüllten Plastikbeutel an sich hängen, der in der Leistengegend an ihm herabbaumelte. In der Dunkelheit konnte er nicht genau erkennen, was sich darin befand. Etwas schwamm in dem Beutel, das aus irgendeinem Grund wichtig war. Der Beutel zog an seinen Eingeweiden. Er hatte die Befürchtung, dass das kurze Stück Schlauch, an dem er hing, direkt an seinen Darm geklammert war und dass dadurch der ziehende Schmerz hervorgerufen wurde, der ihn vorantrieb.

Er wusste, dass seine Situation ausweglos war. Er ging trotzdem immer weiter, in eine amerikanische Dunkelheit hinein, wie man sie aus Horrorfilmen kannte. Ein Streifen roten Lichts fiel über die Steppe neben der Autobahn.

Er wusste, dass er jetzt, bevor es zu spät war, in den Beutel greifen und das Ding, das da schwamm, herausholen musste. Es war sein Handy, schwer und alt, groß wie ein Rasierapparat. Er hatte es seit ewigen Zeiten nicht benutzt. Die Tasten waren verklebt, aber ein rotes Licht flackerte im oberen Teil, die Batterie funktionierte offenbar noch schwach. Jetzt musste er nur noch wählen. Wie war doch gleich die Nummer von ihr, jener tief in seiner Erinnerung verschollenen Person, die er auf seinem langen Irrweg verloren hatte? Während er verzweifelt die Tasten seines Handys drückte, liefen ihm die Tränen hinunter. Vielleicht war es bereits zu spät. Viele Jahre waren vergangen. Die Spur des Glücks, in zauberhaftes Licht gekleidet, war längst verschlungen von der ewigen Nacht.

Oh Jammer, wie war er alt und unglücklich geworden ohne jenes Geschöpf! Wie ein Gaukelspiel sah er eine feenhafte Gestalt, dort, an der Schwelle der Träume; zaghaft fiel das gedämpfte Licht der späten Nachmittagssonne auf den schmalen Rücken des Mädchens. Dort stand sie, im Weichzeichnerlicht, am offenen Fenster, in einem weißen Nachthemd. Sie war sehr jung. Immer wieder verschwamm das Bild, das die Erinnerung ihm vorgaukelte, und löste gleichzeitig eine entsetzliche Sehnsucht in ihm aus.

Noch einmal gelang es ihm, das Bild des Zimmers heraufzubeschwören. Das Mädchen stand noch immer am Fenster. Ihr langes, braunes Haar wehte sanft im Wind. Er konnte erkennen, dass es den kräftigen, weißen Hals ihres Pferdes streichelte, eines Schimmels, genauso zart wie sie, das draußen in der nebligen Atmosphäre des Apfelgartens auf sie wartete und schnaubte. Es roch im Zimmer nach dem Atem des Tieres, nach Stroh und frischen Äpfeln. Nun wusste er, wer das Mädchen im weißen Nachthemd war. Es war Bilitis. Es musste ihm gelingen, Verbindung zu Bilitis aufzunehmen. Sie würde ihn aus diesem immerwährenden Alptraum des Alters und des elenden Todes erlösen.

Er wählte einzelne Ziffern, von denen er glaubte, dass sie richtig waren. In seiner Verzweiflung hackte er nach der Trial-and-Error-Methode auf die Tasten des alten Handys ein. Während er immer verzweifelter wurde, sah er in der Ferne, wie das Mädchen mit der ganzen Grazie und Leichtigkeit ihrer Jugend aus dem Fenster stieg und sich auf den Rücken ihres weißen Pferdes setzte, das mit ihr davongaloppierte. »Nimm mich mit, Bilitis!«, schrie er in seine Nacht hinaus, aber das Bild erlosch bereits; und in der Hand hielt er das große, alte Handy mit der zerbröselten Tastatur. Schweißgebadet wachte er auf, mit beiden Händen seine Morgenlatte umklammernd, in die sich die Fingernägel gruben.

Diesen Autobahntraum hatte er in letzter Zeit ständig, und er begann ihm allmählich auf die Nerven zu gehen. Wahrscheinlich durfte er sich nie wieder *Lost Highway* angucken und auch nie wieder die Mollstraße hinuntergehen. Bett und Laken waren so nasskalt, dass er sofort aufstand, obwohl er noch todmüde war.

Es war kurz nach fünf, wie so oft in letzter Zeit.

Er machte Kaffee und hockte sich an den Tisch. Nur die Augen brannten, der Rest war kalt wie ein Leichnam. Unter einer Reihe sehr teurer Designerspots starrte er ins Leere. Was war passiert? Wohin war sein Leben verschwunden?

Ja, er hatte Filme gemacht, eine ganze Reihe von Filmen, die er lächerlicherweise seine Kinder nannte, Kinder, die im wirklichen Leben nie eine Chance gehabt hätten.

Und was hatte er sonst noch getan? Zumindest hatte er nie etwas für andere getan. Das war der einzige Trost. Zumindest damit hatte er seine Zeit nicht verplempert.

Es gab in seinem Leben nur noch sehr wenige Menschen, die er im weitesten Sinn Freunde nennen konnte. Einer davon war seine Agentin, die er immer noch mochte – was an ein Wunder grenzte –, eine absolute Ausnahmeerscheinung in der Welt da draußen.

Der andere war ein alter Kumpel, sein Produzent, der wie eine menschgewordene Riesenkakerlake aussah. Er und sein Compagnon schmissen den Laden, für den er seit Jahren seine Filme machte. Film war ein schmutziges Geschäft. Um sich zu wappnen, hatten sie sich einen Panzer aus Körperfett zugelegt, der sie wie Amphibien im Filmsumpf oben schwimmen ließ. Jahr um Jahr waren sie dicker geworden. Gemeinsam schaufelten sie sich durch den Schlamm des Filmgeschäfts. Mittlerweile konnte man sie kaum noch voneinander unterscheiden. Sie liebten ihren Beruf, trotz vieler Misserfolge, auf unbeirrbare Weise und hatten nicht den geringsten Zweifel an dem, was sie taten.

Sollte man sie bewundern für dieses sture Durchhaltevermögen? Wofür war es symptomatisch? Für einen Mangel an Selbstzweifel? Für Gier nach Anerkennung? Für innere Leere? Ihm kam das Filmgeschäft immer mehr wie lächerlicher Dreck vor, und er hatte keine Lust mehr, sich die Finger schmutzig zu machen.

Diese beiden Menschlein, die noch treu zu ihm hielten, irrten aufgeschwemmt, apoplektisch, kurzsichtig und gutherzig in dieser schrecklich öden, korrupten Filmlandschaft herum und versuchten, ihre an der Kinokasse zum Scheitern verurteilten Projekte an den Mann zu bringen. Dabei floss viel Alkohol durch ihre Adern und viel Junkfood wanderte durch ihre Speiseröhren. Im Grunde ernährten sie sich von den Abfällen der Fleischindustrie. Sie fraßen das Gleiche wie die Kakerlaken. Deshalb seine

Vermutung, dass sie diesen Viechern immer ähnlicher sahen und genauso resistent wurden.

Allein wie viele Flugstunden sie wöchentlich zurücklegen mussten, um von einer Fressorgie zur anderen zu kommen, von einem Abendessen, von einem Stehempfang zum nächsten, von Filmball zu Filmball und dann völlig verkatert zum nächsten Branchentreff, von Brunch zu Brunch, von Lunch zu Lunch. All das Gewimmel und Gewusel, und das ständig! Es musste unvorstellbar anstrengend sein.

Einmal rannte der Kakerlak, als er kein Taxi bekam, die ganze Potsdamer Straße hinunter. Er kam gerade noch rechtzeitig, bevor die Türen geschlossen wurden, ins Berlinale-Festivalpalais, wo Gregors Film im Wettbewerb lief, ließ seinen kolossalen Körper auf den Sitz neben ihm krachen und nahm seine Hand, weil er wusste, wie aufgeregt Gregor war und wie viel für ihn auf dem Spiel stand. Diese zutiefst menschliche Geste hatte Gregor ihm nie vergessen. Allerdings hörte der Produzent nicht mehr auf, laut zu keuchen und zu schwitzen, was dazu führte, dass sich ständig Leute nach ihm umdrehten, weil sie Angst hatten, dass er gleich einen Gehirnschlag oder Herzinfarkt erlitt. Dazu war ihm der Schweiß ausgebrochen und rann ihm ununterbrochen über das kalkweiße, dicke Gesicht, das wie das einer Karikatur von George Grosz aussah.

Das alles beeinträchtigte die Aufmerksamkeit des Publikums für den Film erheblich und gab Gregor das bedrückende Gefühl, dass dieser sehr schlecht ankam.

Der Mann neben ihm war zu einem bedenklichen Störfaktor geworden. Irgendwann hörte der Schweiß auf zu rinnen, und das reglose Gesicht mit dem halb geöffneten Mund und den glasig zur Leinwand blickenden

Augen wirkte vollkommen leblos. Gregor dachte für einen Augenblick, er sei tot. Dann fing sein Produzent leise zu schnarchen an. Gregor konnte dies immerhin unterbinden, indem er fest die dicke Hand drückte, die immer noch in der seinen lag.

Diese Episode lag bereits lange zurück und war das eigentliche Fundament ihrer Freundschaft. Hoffentlich machte es der Kakerlak noch eine Weile. Denn was auch immer an ihm auszusetzen war, er war der letzte Mitstreiter, den er noch hatte.

Die meisten der übrigen Produzenten, die er ab und zu anrief, hielt er für Lügner und ungebildete, dumme Karrieristen, die von Erfolgssucht, Eitelkeit und Geltungssucht getrieben waren. Er verachtete sie dafür, dass sie immer nur guckten, wer gerade Erfolg hatte, wer oben auf der Bestsellerliste stand, egal, ob es sich um eine feministische Autorin oder um irgendwelche proletenhaften Komiker mit wirklich niedriger Gesinnung handelte, oder um einen langweiligen Klassiker, dessen Titel als nationales Kulturgut verkauft werden konnte. Sie waren völlig gewissenlos, was Geschmack anging. Hauptsache, der Dreck machte irgendwie Kasse. Alles geschah nur aus Berechnung.

Diese Produzenten schmückten sich einfach gerne mit hübschen Mädchen, teuren Autos und Erfolg.

Er kannte den Typus, der immer mit teuren Aktenköfferchen durch die Gegend rannte. Wie ein besserer Vertreter lief er zwischen den Sendeanstalten herum, um seine Fernsehfilmchen und Serien zu finanzieren, als ob das Land noch nicht genug von ihnen überschwemmt wäre. Er benutzte Worte, die einem in den Ohren weh taten: »Konfektionierung« zum Beispiel, »RomCom« zum Beispiel.

Solche Typen fuhren gerne Porsche und wechselten die Frauen wie Unterwäsche. Mit dem Porsche fuhren sie abends ihre Weiber zu den teuren Fresslokalen, mit den Limos, die ihnen gesponsert wurden, fuhren sie tagsüber herum. Sie hatten verwirrend viele von diesen Limos. Auch Handys, an die sie weitere Handys und Laptops anschließen konnten und mit denen sie die ganze Zeit herumspielten, um sich abzulenken von der Tatsache, dass ihr Leben so sinnlos war.

Gespielinnen hatte dieser Typus ebenfalls verwirrend viele. Schwups, ehe man sich's versah, kam er schon wieder mit einer Neuen zu einer Filmpremiere. War einem gestern noch eine üppige Blondine als die tollste Frau Deutschlands vorgestellt worden, war es am nächsten Tag ein klapperdürres Model, das man aus der Yellow Press oder dem Privatfernsehen kannte. Wenn man sich in diesem schnell wechselnden, käuflichen oder gesponserten Zirkus nicht auskannte, konnte einem schnell schwindelig werden.

Diese Leute lebten ein vollkommenes Klischee mit einer Selbstverständlichkeit, die einen fassungslos machte. Sie waren ungebildete Parvenüs, die gern protzten, laut waren und nichts im Hirn hatten.

Weniger schön war, dass sie sich (als Verleihchefs, als Produzenten) mit Filmen schmückten, an deren Entwicklung sie kaum beteiligt waren. Geschniegelt, mit ihren Maßanzügen und ihrem gelackten Aussehen, erklommen sie immer als Erste die Bühne.

Manche hatten schlimme Angewohnheiten. Einer ließ sich von seinen Praktikantinnen die Fußnägel schneiden. Er behauptete, selbst nicht bis zu den Zehen hinunterzukommen, weil er zu kräftig, kompakt und muskulös war. Dabei war es purer Machismo. Schamlos, wie er war, genoss er die Plackerei der zu seinen Füßen knienden Mädchen schadenfroh, weil diese sich anderes von ihrem Besuch seines Hotelzimmers im Bayrischen Hof versprochen hatten. Sie wollten sich hocharbeiten, also bitte schön. Es reichte eben nicht immer, rote, lange Haare zu haben, dreckig lachen zu können und einem dabei frech in die Augen zu gucken. Manchmal hieß es: erst die Pflicht und dann die Kür.

Diese Figuren aus der Branche taten zu allen immer so, als wären sie ihr bester Freund, aber man merkte spätestens dann, wenn man in ihre Abhängigkeit geriet, dass das reine Fassade war. Die Tatsache, dass sie mit Filmen prahlten und sie als die ihren bezeichneten, obwohl sie kaum etwas mit ihnen zu tun hatten, ging vielen der hart arbeitenden Leute, die diese Projekte real hatten stemmen müssen, ziemlich auf die Nerven. Jeder wusste, dass sie mit fremder Leute Arbeit angaben.

Vielleicht glaubten sie wirklich, dass es ihre Filme waren, weil sie eh alles geschenkt bekamen. Es war jedenfalls selbstverständlich für sie, sich mit der Leistung anderer zu schmücken. Sie hatten den Spitznamen »Frühstücksdirektor« durchaus verdient, weil sie immer nur kurz aufkreuzten, um sich sehen zu lassen, und augenblicklich wieder verschwanden. Die harte Arbeit überließen sie lieber den anderen.

Ihre Herstellungsleiter ächzten unter der Last der Projekte, während sie sich lieber auf Filmmessen tummelten, zu denen sie erster Klasse geflogen waren. Delegieren nannten sie das. Dieser Typ Mensch war unglaublich sorglos, wenn es um die Arbeitsleistung anderer ging. Machte man den Fehler, ihnen ein Projekt anzuvertrauen, fing das eigentliche Elend an. Man merkte schnell, dass es bei den geringsten Schwierigkeiten fallengelassen wurde. Nur wenn Aussicht auf leichten Erfolg bestand, wurde es weiterverfolgt.

Diese Leute waren aalglatt und konnten hinter ihrer falschen Freundlichkeit ihren wahren Charakter sehr gut verbergen. Er kannte einen, dessen ganzer Stolz, sein Lebenswerk sozusagen, eine Serie von Kinderfilmen war, nämlich *Die kleinen Frechlinge 1–5*.

Er selbst, Gregor Samsa, war tief verbittert, gekränkt und schwer enttäuscht, dass von den falschen Freunden niemand übrig geblieben war, weil er als Projektionsfläche nicht mehr taugte. Er war zu lange im Geschäft, das war die Krux. Dabei wäre mittlerweile nichts schlimmer, als diese alten, schalen Freundschaften wieder aufzuwärmen. Er gruselte sich vor der Langeweile, die dies bei ihm auslösen würde.

Dabei hatte alles ganz gut angefangen. Es hatte Preise für Filme gehagelt. Er hatte einen Klassiker aus dem Ärmel geschüttelt. Eine Droge für alle, die depressiv, über fünfzig und weiblich waren. Er war als Frauenversteher gehandelt worden. Schauspielerinnen buhlten um seine Gunst. Er hatte Anlass zur Hoffnung gegeben.

Einer der großen Produzenten des Landes war auf ihn aufmerksam geworden und wollte mit ihm einen großen Film machen. Er sei ein wirklich guter Mann, hatte er nach der Sichtung seines Klassikers zu ihm in dem mit Trophäen übersäten Konferenzraum seiner Firma gesagt, ein Talent wie er müsse auch an der Kinokasse Erfolg haben.

Jeden Abend hatte er mit dem Produzenten essen gehen müssen, oft bis spät in die Nacht. Der Produzent orderte, und was auf den Tisch kam, am Ende Batterien von Wodkagläsern, musste gekippt werden. Es endete immer in einem Desaster.

Einmal kotzte er quer durch einen teuren Münchner Japaner eine Fontäne Sake, die er auf ex hatte hinunterkippen müssen. Der Fahrer des Produzenten, der mit unbewegter Miene in der abgedunkelten Limousine des Chefs vor den Lokalen warten musste, packte die Alkoholleiche, die er darstellte, in den Fonds des Wagens, fuhr ihn zum Bayrischen Hof, lud ihn dort in den Fahrstuhl und verfrachtete ihn die langen Gänge hinunter bis in eine der riesigen, teils mit Whirlpool ausgestatteten, altmodischen Suiten, in der er am nächsten Morgen in seiner eigenen Kotze erwachte.

Einmal zwang ihn der Produzent, sich mit einem Tranchiermesser die Pulsadern aufzuschneiden, weil er Blutsbrüderschaft mit ihm schließen wollte. Das Blut lief in eine eigens von einem unterwürfigen Kellner gebrachte Schale und musste anschließend von beiden ausgetrunken werden. Halbblind von dem vielen Absinth und dem Übelkeit erregenden, lauwarmen Blut torkelte er aus der Bar und blieb am Straßenrand liegen, von dem ihm der allzeit bereite Fahrer aufhalf, indem er ihn wie einen Kartoffelsack schleppte.

Aus dem großen, prestigeträchtigen Film wurde, sehr zur Enttäuschung des Produzenten, der so große Stücke auf ihn hielt, leider nur Mittelmaß. Auf der Berlinale wurde er sogar verrissen. Der Produzent wandte sich von ihm ab. Und damit begann auch schon sein unaufhaltsamer Abstieg in die Niederungen des Arthouse-Kinos.

Trotz des ständigen Auf und Abs hielt ihn das System der deutschen Filmbürokratie am Leben. Produzenten machten ihre Kalkulationen und schickten sie zusammen mit Besetzungslisten bekannter Schauspieler an die Gremien, um den eigenen Laden am Laufen zu halten. Die Gremien förderten die Projekte aufgrund der »names« mit dem Geld des deutschen Steuerzahlers. Die Filme wurden gedreht und verschwanden schnell wieder aus dem Wust des Kinomarkts.

Er war ein als Enfant terrible getarnter staatlich subventionierter Filmbeamter, der sehr gut bezahlt wurde. Irgendwann hatte er festgestellt, dass die Produzenten nur so taten, als würden sie an einen Erfolg glauben. Ihnen war nur wichtig, das Geld von den Förderungen abzusahnen. Sie waren korrupte Nihilisten wie er.

Als er das begriffen hatte, fing er an, die Produzenten und die ganze Branche noch mehr zu verachten, genau wie das Publikum, das nur dem allerbanalsten Quatsch, sogenannten »High-Concept-Movies«, zum Erfolg verhalf. Einige der »Stars« dieser Filme, an die er sich ransägte, damit sie ihm durch ihren Namen in der Hauptrolle seinen Film finanzierten, stellten sich als unglaublich engstirnig heraus.

Der Beste von ihnen verdankte seinen Erfolg den drei Millionen Friseusen aus den deutschen Fußgängerzonen, die von einem blonden deutschen Durchschnittsmann träumen wollten, der ein bisschen hübscher als der eigene war. Meist ging es in den Filmen darum, wie ein unverbesserlicher Macho von einer geduldigen Frau am Ende umgedreht wurde. Oft wurde das Ganze mit deutschem Fäkalhumor angereichert, auf den ein programmiertes Publikum mit den entsprechenden Lachsalven antwortete.

Beim Film, besonders beim Fernsehen, brauchte man viel Ehrgeiz, einen guten Körper und wenig Talent. Vor allem, wenn man Schauspielerin war. Der gute Körper und das hübsche Gesichtchen dienten dem Beliebtheitsgrad, den Mangel an Talent glich man damit aus. Dem Publikum und dem Anspruch der Filme, es kamen gerade diese »XXL-Movies« auf, reichte es vollkommen, wenn der Text brav aufgesagt wurde. Denn wenn es anspruchsvoll wurde, verzerrten sich die leeren Gesichtchen und nicht vorhandenen Stimmen vor Anstrengung, Misstöne wurden laut, unfreiwillige Komik entstand. Deshalb verzichtete man lieber von Regieseite auf das dramatische Spiel und sagte den Mimen, dass sie »weniger machen« sollten. »Wegnehmen« hieß das Zauberwort.

Es gab Schauspielerinnen, die »sich selbst erfanden«. Ihr Rezept bestand darin, einen einflussreichen Produzenten, Fernsehintendanten oder einen Wurstfabrikanten oder Schlimmeres zu heiraten und erst einmal Macht anzuhäufen. Dem schlechten Geschmack waren bei der Auswahl der Ehegatten oft keine Grenzen gesetzt.

Bald freundeten sich die so zu Reichtum und Macht gekommenen Schauspielerinnen aufgrund ihres gesellschaftlichen Einflusses mit einem Großproduzenten an. Dieser beauftragte dann einen Drehbuchautor, sich ein relevantes Thema mit einer zentralen Frauenrolle zu suchen. Meist wurden historische Ereignisse ausgeschlachtet, die in jedermanns Bewusstsein waren. Diese großen »Quotenerfolge« hießen dann etwa: *Der große Wurmfraß von Worms*, *Invasion der Heimatvertriebenen*, *Das große Bunkerunglück* und so weiter und so fort.

Die mächtige Schauspielerin durfte sich dann einen Regisseur aussuchen, und dieser sah diskret darüber hinweg, dass sie überhaupt nicht spielen konnte. Was in diesen von der Handlung her eher schlichten Filmchen auch nicht wirklich nötig war. Dafür sah sie immer gut aus, ihre Haare waren stets perfekt frisiert, egal ob die Bomben links und rechts um ihr Köpfchen flogen oder sie durch Blut watete.

Im öffentlichen Leben war die Schauspielerin immer politisch korrekt. Wenn sie Werbung für ein Mineralwasser oder Kosmetik machte und dabei eine Million verdiente, dann war die Werbung stets für einen guten Zweck. Für Kinder, für den Weltfrieden, für das Klima. Die »XXL-Movies« wurden fast alle flächendeckend von Firmen wie Clean-Klon oder King-Klon produziert. Der für die Filme zuständige Sprecher des Senders legte großen Wert darauf, dass auch »wir in Deutschland« Filme wie in Hollywood produzieren können, nur für viel weniger Geld.

Da die Geschichten so platt erzählt und die Dialoge so hölzern waren, wurde das Geld vermutlich am Drehbuch gespart (es sei denn, die Darstellerin hatte es vielleicht heimlich selbst geschrieben, da sie bereits Allmachtphantasien besaß und glaubte, alles zu beherrschen). Bei den Effekten wurde jedenfalls nicht gegeizt. Es hagelte Bomben, Flugzeugstaffeln durchpflügten den Himmel, Blut sprudelte aus den Gedärmen und abgerissenen Gliedmaßen, über die die Schauspielerin mit ihrem deutschen Gesicht und ihrer perfekten Frisur wie durch eine Werbung stöckelte.

Sie war dabei nicht die Einzige. Es gab eine ganze Riege, die den Fernsehmarkt unter sich aufteilte. Das Publikum wurde mittlerweile von solch einer Flut dieser XXL-Movies zugeschissen, dass eine allein gar nicht all die Hauptröllchen hätte spielen können, ohne sich zu klonen; aber so weit waren Clean-Klon und King-Klonnoch nicht.

Es war kein Problem. Das »Potential« solcher vom Ehrgeiz getriebener, untalentierter Miminnen mit leeren, hübschen Gesichtchen war unerschöpflich.

Ein Bombenteppich der Blödheit hagelte nun flächendeckend auf die siechen Fernsehzuschauer nieder, die es aufgrund ihrer sklerotischen Verfassung nicht mehr rechtzeitig schafften, vom Fernseher zu fliehen. Der Geschmack wurde in jenen Nullerjahren vollkommen verdorben. Sogenannte »gute Handwerker« führten die Machwerke aus, wobei die teutonische Technikbegeisterung immer wieder besonders in den Vordergrund gestellt wurde. Egal, wie entsetzlich schlecht die Story und die darstellerischen Leistungen, wie platt die Dialoge, wie seicht, brav und sentimental die Liebesgeschichtchen in der historischen Rahmenhandlung waren, die Kamera, der Schnitt und die Effekte waren immer gut.

Oft erinnerten ihn diese Filmchen in ihrer Ästhetik, Machart und bieder-sentimentalen Haltung an die Unterhaltungsfilme der Nazi-Industrie, wo auch immer sogenannte »kleine Leute«, Krankenschwestern und so weiter in die großen Katastrophenzusammenhänge gestellt wurden, um zu helfen, zu retten, treu, untadelig und Vorbild zu sein. In ihrer Struktur und auch von der Besetzung (meist blond, gut geschnittene, langweilige Gesichter) und von der treudoofen Spielhandlung her waren sie sich tatsächlich sehr ähnlich; man musste schon sehr dumm sein, um das zu übersehen.

Im Grunde wollte er nie etwas anderes als die alten Zeiten zurück, in denen man noch Filme machen konnte wie John Waters, der dafür berühmt geworden war, dass er in einer Einstellung gedreht hatte, wie ein Hund auf die Straße schiss und der Held des Films davon kostete. Der Hund hatte vorher Abführmittel bekommen, und die kaputte, kahlköpfige, fette Tunte Divine, die Hauptfigur des Films, musste so tun, als würde ihr die Hundescheiße wahnsinnig gut schmecken. Darüber regte sie sich unglaublich auf, schrie mit schriller Stimme den Regisseur an, der ganz cool auf seinem Regiestuhl saß, Kaugummi kaute und darauf wartete, dass die Tunte endlich die Scheiße in einer Einstellung fraß.

Darüber hatte sich das Filmteam vollkommen zerstritten und war in alle Richtungen davongelaufen. Es gehe, sagte Waters, nachdem alle abgehauen waren, ganz lässig zu dem alten Hippie, der das Making-of machte, nur darum, das Establishment zu ficken.

»Yeah, yeah«, erwiderte der alte Hippie völlig stoned und kaute auf seiner Yamswurzel herum.

Ein anderer Film handelte von einem Pärchen, das dauernd fickte und Tankstellen ausraubte. Das Mädchen, das unglaublich dumm war, aber herrliche Titten hatte, bekam von dem Typen immer nach oder während des Fickens Lektionen erteilt, in denen er ihr anhand des Dollarzeichens, das auf seinen großen Ständer tätowiert war, die Gier des amerikanischen Kapitalismus erklärte. So gut, wie er das Mädchen fickte, verstand sie die Metapher des erigierten Schwanzes für das Finanzkapital sehr gut, obwohl sie so dumm war. Am Ende landete der Typ in einer Todeszelle in Texas und wurde gehenkt. Solche Filme wollte er eigentlich machen.

Er vergaß dabei nur, dass die wirklich krassen Typen John Waters, Jon Jost und Richard Kern wirklich gegen das Establishment waren und deshalb ihre Filme selbst finanzierten, während er Fördergelder kassierte und sich damit eine goldene Nase und ein gemütliches Leben finanzierte. Er war ein Heuchler, und seine großen Vorbilder hätten ihn ausgelacht.

Dennoch gelangen ihm noch ein paar wenige, ansehnliche Erfolge. Seine Agentin nannte das »Alleinstellungsmerkmal«, ein Label, unter dem sie ihn manchmal noch recht und schlecht hatte verkaufen können.

Jetzt war er zu alt, um weiterhin Power in diese spekulativen Sachen zu stecken. Er telefonierte nicht mehr wie früher sinnlos in der Gegend herum und machte alle verrückt, weil er Angst hatte, sie könnten das Geld für seinen nächsten Film nicht zusammenbekommen.

Er schlürfte seinen Kaffee wie ein Alter, schmatzte, während er sein Müsli mampfte, genussvoll und verbrachte den mörderisch früh begonnenen Tag damit, sich ächzend vor Anstrengung die Fußnägel zu schneiden und dabei einen Herzinfarkt zu riskieren. Irgendwann trat er meist nackt, mit einem Ständer, von dem noch das Sperma tropfte, vor den Spiegel, um seinen Haaransatz zu überprüfen und mit einer Tinktur zu beträufeln, die er kurz einwirken ließ, um sie dann unter der Dusche einzumassieren.

Er hatte eine hohe Stirn und einen flachen Hinterkopf. Sein Gesicht kam ihm immer noch leer vor, ein unbeschriebenes Blatt. Auch sein unbehaarter Körper befremdete ihn immer wieder. Er sah aus wie jemand, auf dem das Leben kaum Spuren hinterlassen hatte. Er hätte alles sein können, C&A-Model, irgendein Seriendarsteller oder mieser Schauspieler in einem miesen Event-Zweiteiler.

Was hatte er gestern Abend getan? Diese Frage sei erlaubt, lieber Leser, da es in dieser Geschichte nicht darauf ankommt, die Handlung voranzutreiben. Denn es gibt keine Handlung, zumindest keine äußere.

Er hatte sich Teile des Filmpreises angesehen, der live im Fernsehen ausgestrahlt wurde, dabei parallel auf einen Porno zu Ende gewichst und dann, aus einer Laune heraus, auf den Bildschirm gespritzt, mitten ins Gesicht einer Moderatorin, die gerade eine sehr langweilige Laudatio auf einen »alten Hasen« aus dem Filmgeschäft vom Teleprompter ablas. Dass es diesen Filmpreis noch gab, wühlte ihn immer wieder auf, auch weil er im Lauf der Jahre immer wichtiger geworden war und man sich deshalb gezwungen fühlte, dort zu erscheinen, obwohl man überhaupt keine Lust dazu hatte.

Die erste Moderatorin war eine dem Publikum als Darstellerin in einer Polizeiserie bekannte Person. Er hatte mit ihr sogar mal einen Film gedreht, aber sie war menschlich und künstlerisch so wenig in Erscheinung getreten, dass er diese Tatsache fast schon wieder vergessen hatte. Das Einzige, woran er sich noch erinnern konnte, war, dass sie sich in den Drehpausen in ihrem Maskenraum immer hinter der FAZ verschanzt hatte, um mit niemandem reden zu müssen.

Er hätte hingehen können auf diesen schrecklichen Filmpreis, er war schließlich Gründungsmitglied. Er hatte den ganzen Nachmittag damit verbracht, mit sich zu hadern, weil er so unentschlossen war, ob er hingehen sollte oder nicht. Der Smoking hing wie ein Mahnmal an der Tür; schließlich hatte er sich schon hektisch angezogen, immer in der Angst, kein Stück vom Kuchen mehr abzubekommen, wenn er nicht hinging, um sich am Ende mit vor Wut und Verzweiflung zittrigen Händen doch wieder Fliege und Smokinghemd vom Leib zu pflücken und sich, Totalversager, der er war, auf die Couch zu fläzen und zu betrinken.

Sollten die anderen sich auf dem Jahrmarkt der Eitelkeiten prostituieren. Er konnte einfach nicht mehr. Er hatte nicht mehr die Nerven dafür, sie alle zu sehen mit ihrem blöden Zusammengehörigkeitsgefühl, ihrem anmaßenden, wichtigtuerischen Auftreten.

In den letzten Jahren hatte er beobachten können, wie auch hier ein Wandel vorging: Die Frauen verbrachten Tage mit Friseurterminen und Anproben von Abendkleidern und tyrannisierten ihre Stylisten, Friseure und PR-Agenturen; eine richtige Hysterie brach aus – als würde ihr Leben davon abhängen, dass sie das richtige Kleid auf dem roten Teppich anhatten.

Die Veranstalter gaben sich unheimliche Mühe beim Unterhaltungsprogramm, das sehr lustig sein musste, mit vielen scherzhaften Querverweisen und Filmausschnitten der einzelnen Preisträger. Der Schauspieler, der den Filmpreis moderierte, erinnerte ihn immer an ein Aufzieh-Äffchen. Er spielte sich einen Wolf dabei, wenn es darum ging, Szenen aus dem Leben der verschiedenen Filmschaffenden zu parodieren. Er schlüpfte jeweils in die verschiedenen Rollenklischees in der spießigen Manier der deutschen Komödie: Mal war er ein verstockter Drehbuchautor, mal ein energetisch aufgeladener Regisseur, mal ein hysterisches Filmsternchen. Dabei traf er immer auf die jeweiligen Gegenspieler, die von der Riege »beliebter deutscher Schauspieler« dargestellt wurden. Keiner war sich zu schade dafür, einen dieser blöden Kurzauftritte mitzumachen, mit denen sie sich dem Publikum anbiederten.

Auf diesem Filmpreis konnte man lernen, dass der einzige Antrieb dieser Leute ihr hemmungsloses Geltungsbedürfnis war. Mit gelangweilter Miene saß er da und verachtete sie dafür. Alle lachten dankbar über die blöden Wortwitze, denn darüber ging es meist nicht hinaus. Sie lachten aus Sympathie für die Darsteller. So viel hatte er endlich begriffen. Sie lachten, weil diese Leute da oben, die am erfolgreichsten waren, das Mittelmaß verkörperten. In ihnen erkannten sie sich wieder, simpel und kulturell vollkommen bedürfnislos, so wie sie selbst es waren.

Die Filmausschnitte, die das Geschehen der prämierten Filme auf parodierende Art in aller Kürze zusammenrafften, waren oft viel besser als die Filme selbst; genauso ging es bei den Lebenswerken. Die kurzen Zusammenschnitte der Filme sogenannter großer deutscher Autorenfilmer ersparten einem die grauenvolle Langeweile, die ihre Filme in ihrer ganzen Länge hervorriefen.

Man selbst saß bereits völlig geschafft von der Hysterie auf dem roten Teppich irgendwo auf den billigen Plätzen. Die ganze verdammte Veranstaltung dauerte inzwischen vier Stunden, weil sie mittlerweile Departments prämierten, deren Funktion so irrelevant für den künstlerischen Prozess war, dass er sich mit ihnen vorher noch nie beschäftigt hatte, »Soundeffekte« zum Beispiel. Die meisten dieser Techniker waren auf der Bühne ungeheuer langweilig und begannen sich bei tausend Leuten zu bedanken, die niemand kannte. Dadurch dehnte sich die Veranstaltung ins Endlose.

Er wunderte sich, warum bei der deutschen Gründlichkeit nicht auch die Requisiteure, Aufnahmeleiter, Garderobieren, Kulissenmaler etc. für Filmpreise nominiert wurden. Dann nämlich würden selbst die Dümmsten, Geduldigsten, die gar nichts mehr zu merken schienen, endlich kapieren, dass diese Veranstaltung eine Strafe und keine Auszeichnung war.

Oft juckten ihn seine Hämorrhoiden, manchmal bekam er einen Schweißausbruch und riss die Augen in einem Anfall von Panik auf, weil er Angst hatte, einen Hörsturz zu erleiden. Manchmal musste er furzen und hatte Angst, dass sein Schließmuskel nicht dicht hielt. Dieser endlose

Mist – und zwischen den Auftritten spielte, ebenfalls äffchengleich, das Filmorchester Babelsberg auf. Prost Mahlzeit, musste er immer wieder denken.

Wenn man Glück hatte, konnte man anschließend ein paar Leute treffen. Die man mochte. Von früher. Und weinselig in alten Geschichten schwelgen oder irgendwann auf die Kacke hauen und herumbrüllen. Doch die wenigen, die übrig geblieben waren, fand man in der Masse der Arschlöcher nicht; der Verdacht lag nahe, dass man die Veranstaltungsorte absichtlich so schlecht gewählt hatte, um die Leute zusätzlich zu frustrieren. Die meisten Preisträger kannte man. Sie waren so dumm, dass man ihnen niemals irgendetwas zugetraut hätte. Man hatte ihren Ehrgeiz unterschätzt. Irgendwann bekam jeder, der angepasst genug war, einen Filmpreis. »Wenn die Sonne der Kultur niedrig steht, werfen selbst Zwerge lange Schatten«, pflegte Karl Kraus zu sagen. Nach einer Weile des Herumirrens war man so deprimiert, dass man sich in ein Taxi schmiss und nach Hause fuhr.

Eine neue Laudatorin kam auf die Bühne und begann mit ihrer kleinen Ansprache. Auch sie war eine hübsche, in die Jahre gekommene Polizeiserien-Darstellerin, die auch gern mal für Joghurt Reklame machte, aber einen sehr hohen Kunstanspruch besaß. Es schien unzählige von ihnen zu geben – das gesamte Abendprogramm des deutschen Fernsehens bestand mittlerweile aus nichts als diesen Polizeiserien.

Das hübsche, leere Gesichtchen zum Teleprompter gerichtet, bemühte sie sich um einen Ausdruck beim Sprechen, was ihr nicht gelang, weil sie sich viel zu sehr auf das konzentrierte, was ihr Sprachtrainer ihr antrainiert hatte. Es war herrlich zu beobachten, wie sie sich anstrengte und dabei alles falsch machte. Warum sie auf die Schauspielerei gekommen war, war Gregor völlig schleierhaft. Wahrscheinlich wollte sie keine richtige Nutte werden, was ihren Anlagen besser entsprochen hätte, sondern lieber eine Fernsehnutte.

Manchmal spielte sie große Rollen im Fernsehen, denn sie hatte, wie gesagt, einen hohen Kunstanspruch. Schon beim Versuch, Ausdruck in ihre Sätzchen zu legen, bekam sie diese komische Reibeisenstimme, die einen immer vom Geschehen ablenkte. Dazu kam der maskenhafte Ausdruck ihres Gesichts, der ihr wohl etwas Entrücktes geben sollte. Es wurde einem ganz schwindelig, wenn man ihr länger zuguckte. Letztlich war da schon der Porno mit der zahnlosen Russin mit den schlaffen Titten, die in einem Stall einem Knecht einen lutschte, fesselnder.

Jetzt kam der Produzent von Clean-Klon zu Wort, der den großen Erfolg mit *Die kleinen Frechlinge 3* feierte. Auch das war Teil des Programms. Er guckte noch einen Tittenporno und pennte beim Wichsen ein.

Am nächsten Morgen zog er sich an und ging bis hinunter zu der großen Kreuzung Prenzlauer Allee Ecke Mollstraße, die er überquerte. Es regnete ihm von der Seite harsch in den Nacken, eine nasskalte Böe, die ihn aus Trotz langsamer gehen ließ.

Thomas Mann schrieb: »Aschenbach hatte es einmal an wenig sichtbarer Stelle unmittelbar ausgesprochen, daß beinahe alles Große, was dastehe, als ein Trotzdem dastehe, trotz Kummer und Qual, Armut, Verlassenheit, Körperschwäche, Laster, Leidenschaften und tausend Hemmnissen zustande gekommen sei.«

Arm war er zumindest nicht. Zwanzig Jahre staatlich subventionierte Filme hatten seine Kassen gefüllt. Alle anderen Defizite konnte er sich auf die Rechnung schreiben. Die Zeichen standen also gut. Es war an der Zeit, endlich einmal wieder Größe zu zeigen. Ein reifes Alterswerk war angebracht. Mindestens tausend Seiten. Eine mit einem gutmütigen Augenzwinkern erzählte Sittengeschichte. Er musste sich nur zusammenreißen.

Das Problem war sein Schlaf. Seine Prostata schwoll an und zwang ihn, mindestens zwei Mal in der Nacht aufs Klo zu gehen, wo er nicht mehr als ein paar Tropfen pinkeln konnte, was sehr frustrierend war. Vor allem, weil er wieder hellwach wurde, während er vor dem Klobecken stand und darauf wartete, dass der nächste Tropfen kam. Außerdem verkühlte er sich beim Warten. Der Schweiß, der zwischen zwei und drei Uhr ausgebrochen und in Rinnsalen seinen Nacken, Rücken und Bauch hinuntergelaufen war, ließ ihn in Sekunden eiskalt werden und frieren. Sofort stieg eine Erkältung hoch, und die Nase schwoll zu.

Während er noch immer schicksalhaft im Dunkeln vor dem leeren Pissbecken stand, wurde ihm mit zunehmender Beklemmung bewusst, dass die verstopfte Nase ihn zwingen würde, ständig die Position zu wechseln. Der Grund war folgender: Ein HNO-Arzt hatte ihm die Nasenscheidewand verhunzt. Sie war so dünn, dass die Nase in sich zusammenfiel, wenn er mit dem Kopf auf der Seite lag. Das hatte zur Folge, dass die Nase auf das jeweils freie, untere Nasenloch drückte und ihm auch dort die Luft abschnürte. Sobald er sich auf die andere Seite legte, hatte er das gleiche Problem. Die einzige Position, in der er einigermaßen atmen konnte, war die auf dem Rücken. Aber auf dem Rücken konnte er nicht einschlafen.

Nachdem er fünf Tropfen gepisst hatte, schlurfte er vollkommen deprimiert und frustriert ins Bett zurück. Er lag dort, angstvoll erstarrt, zwischen feuchtkaltem Laken und nasser Bettdecke, als sich ein Schmerz ankündigte, den er schon kannte und fürchtete. Er zog, an den Zahnhälsen beginnend, hinunter zu seinen Lungen. Die Schuld hatte er anfangs den Ohropax gegeben. Er vermutete, die Pfropfen würden auf die Zahnwurzeln drücken. Bis er endlich gemerkt hatte, dass es an den Falten des feuchten Lakens lag, die auf seinen empfindlichen Brustkorb drückten.

Deshalb war er gezwungen, diese Falten immer wieder glattzustreichen. Dabei musste er sich hochstemmen und unter sich greifen. Diese Maßnahme hinderte ihn massiv daran, einzuschlafen, denn er musste sie ständig wiederholen. Sobald er sich bewegte, warf das Laken, das an seiner Haut klebte, erneut Falten.

Gregor fluchte leise. Diese Sisyphus-Arbeit war furchtbar. Womit hatte er das alles nur verdient? Gelegentlich kehrte er allerdings zu seiner ersten Theorie zurück: dass der Schmerz doch durch die Ohropax ausgelöst wurde. Es lief ihm heiß und kalt den Rücken hinunter. Er wusste nämlich, er würde die Ohropax nie herausnehmen können. Das käme dem Selbstmord gleich, hellhörig wie er war. Warum gab es noch keine Methode, nachts das Trommelfell herauszunehmen? Der Druck in den Ohren gab ihm zu verstehen, dass er ein totaler Gefangener seines Körpers war.

Die wenigen restlichen Stunden schlief er seinen kurzen, grauenvoll verstümmelten Schlaf. Die alten Schrecken und Ängste hatten längst ihre Wirkung eingebüßt. Mit Überdruss sah er ihnen entgegen, gezwungen, zum tausendsten Mal in dieser alten Geisterbahn fahren zu müssen.

Der Tenor dieser dem Morgengrauen vorgelagerten Fäkalträume war immer der gleiche: Er war sechs Jahre alt und saß reglos am Boden vor der Kloschüssel in der Wohnung seines Vaters, der ihn schon lange vergessen hatte, und starrte auf ein großes Stück Kot, das irgendwann von ihm ausgeschieden worden war und jetzt bereits hart wurde und zu verkrusten begann.

Neben der Kloschüssel lag aus einem ominösen Grund ein großer Stapel Manuskripte. Das Papier war nass und durchweicht.

Schnitt.

Er irrte nun durch die Welt, in der Hoffnung, Schriftsteller zu werden, aber das Einzige, was er zustande brachte, waren angefangene, gescheiterte Versuche. Diese Versuche ließ er überall, wo er sich in seinem Leben aufhielt, zurück, auf Toiletten, in kleinen Kabuffs, in Studentenbuden, in irgendwelchen Zimmern und anderswo.

Er wurde älter. Ein ungeheurer Druck lastete auf ihm, weil überall auf der Welt diese vielen nicht von ihm zu Ende gebrachten Manuskripte herumlagen und darauf warteten, dass er sie einsammelte, um sie irgendwann zu Ende zu bringen.

Er hastete schuldbeladen durch regennasse, menschenleere, deprimierende Straßen, auf der Suche nach seinen Manuskripten.

Doch irgendwann wurde er erlöst und saß wieder in der Toilette der Wohnung seines Vaters, vor der Kloschüssel, vor dem Haufen Scheiße. Und der dicke Stapel mit seinen gesammelten Manuskripten war da.

Er erinnerte sich vage, nach vorne gekrochen zu sein, durch kalte, dunkle Verschläge, marode Mannschaftsduschen und Toiletten, die von Fäkalien überquollen, durch Kellergänge, wo sich Abflussrohre vereinigten und wo, mit lautem Rumpeln, Exkremente in die Tiefe stürzten. Er hatte kein Gefühl mehr dafür, wie alt er war. Vielleicht war er ja wieder sechs Jahre alt, wie damals, als sein Vater ihn alleinließ, weil er auf Sauftour war, vielleicht war er aber auch ein uralter Mann.

Hier im Klo roch es angenehm nach seinem Schweiß und leicht nach dem süßlich verwesenden Kot. Er kauerte am Rand der Schüssel auf dem nackten Boden. Seine rechte Wade lag bereits auf dem weichen, kalten Matsch der durchnässten Manuskripte.

Er musste an eine Schulklasse denken, in der er einmal gewesen war, in einem düsteren, wilhelminischen

Gemäuer Anfang der sechziger Jahre – und eine sengende Angst stieg in ihm hoch, als sei es erst gestern gewesen, dass er hinten in der letzten Reihe an seinem Pult saß und nicht begriff, was da vorne vor sich ging, wenn die Lehrerin einfache Zahlen an die Tafel schrieb und verlangte, sie zu addieren.

Er begriff den Sinn dieser Zahlen und das Verlangen nach Addition nicht, sosehr er sich auch bemühte. Ihm fehlte das Vermögen dazu, dies zu tun, und er ahnte, dass dieses Manko fatale Folgen für seine Zukunft haben würde, und ein Gefühl lähmender Angst ergriff ihn. Alles verschwamm vor seinen Augen, und er begann, seinen Oberkörper vor und zurück zu bewegen, immer schneller, bis die Lehrerin kam und ihn an den Schulterblättern packte, um ihn zur Ruhe zu zwingen, denn alle schauten schon, was mit ihm los war. Doch dieses Festhalten machte ihn irre, und er begann, zu brüllen und sich loszureißen und aus der Schulklasse zu rennen, um irgendwo anders, an einem stillen, geheimen Ort, die Pendelbewegungen seines Oberkörpers fortzusetzen, die die einzige Methode waren, ihn zu beruhigen.

Beim Gedanken an diese entsetzlichen Momente schlug sein Oberkörper wieder aus wie in früheren Zeiten. Nun war aber dieser Ort, an den er sich geflüchtet hatte, still und ruhig, und er beruhigte sich langsam, aber er wusste immer noch nicht, wie alt er war und ob er das Leben noch vor oder bereits hinter sich hatte, und diese Ungewissheit, gepaart mit der Ungewissheit, ob er nun lesen oder schreiben könne oder nicht, ließ ihn schließlich beide Hände nach dem Manuskript ausstrecken und es in die Höhe halten.

Der Berg Papier, vollgesogen mit Wasser, war ungeheuer schwer und brach beim Versuch, einzelne Manuskripte herauszulösen, auseinander. Die in Tinte geschriebenen Buchstaben waren zerlaufen und unlesbar geworden. Es konnte also immer noch nicht der Beweis erbracht werden, ob er lesen konnte oder nicht.

Er begann, den weichen Teig, in den sich die Papiere verwandelt hatten, mit den Händen zu kneten und zu zerlegen, bis eine unkenntliche Masse den Boden, seine ausgestreckten Beine, seinen Penis und seinen Bauch bedeckte. Dabei entglitt ihm die Phantasie in ein sanftes Nirgendwo. Bilder und Geräusche tauchten auf, die etwas Wohliges hatten und irgendein Versprechen von Glück in sich bargen.

Schließlich nahm er das große Stück Kot, das fast geruchlos geworden war während der langen Zeit seines reglosen Ausharrens, und walkte es mit bloßen Händen in den Boden, in seine Waden und Oberschenkel, in die Haut seines Penis hinein und verstrich den auf den Händen verbliebenen Rest in seinem Gesicht. So blieb er sitzen und pendelte in der Ungewissheit der frühen Abende, bis sich das schattige Klo, das ihn umgab, schließlich auflöste und Gregor Samsa erwachte, von kaltem Schweiß bedeckt.

Er war immer noch auf der Torstraße, wo er sich die hässlichen, traurigen Auslagen eines Fetischladens angeguckt hatte, in der Überlegung, breite, schwarze Lederhosenträger zu kaufen, die mit Nieten an einem weißen Ledergürtel mit Pistolenhalfter festgemacht waren. »Dressed to kill« hieß das Set. Er ging schließlich weiter.

Er hatte eigentlich einen Termin, den er immer wieder aufschob: eine Darmspiegelung. Auch heute wollte er nicht gehen, obwohl er die Sprechstundenhilfe sehr mochte, eine dünne, griechische Krankenschwester mit riesigen Titten, die ihn bereits mehrmals angelächelt hatte.

Er rief an und sagte wieder ab.

Wie gerne wäre er jetzt in die Arbeiter-Unfall-Versicherung gegangen, an den sicheren Schreibtisch, der Kafka um diese Uhrzeit erwartet hatte.

Er sah sich zwischen den Bürogebäuden um, die das kurze Stück zwischen Torstraße und Alexanderplatz zu beiden Seiten dominierten, ob es dort irgendwo eine Arbeiter-Unfall-Versicherung gab, die vielleicht noch ein Plätzchen für ihn hätte.

Berufsarbeitslose oder Berufsschüler, die vor der Tür rauchten, Passanten, die nun in größerer Menge vorbeigingen. Sie alle trugen dunkelgraue Kapuzenpullover, schwärzliche Cargo-Hosen oder undefinierbare Jeans, die auch die Flaschensammler trugen. Waren sie schon auf dem Weg dahin, Flaschensammler zu werden?

Die meisten schienen abgehalfterte Ostler zu sein, mit grauen, verbissenen Gesichtern, wie man sie manchmal bei den haarscharf an einem vorbeirasenden Fahrradkurieren sah. Wann waren sie aus dem System gefallen? Sammelten manche von ihnen schon gelegentlich Flaschen? Auch die, die da draußen vor den Türen standen, um zu rauchen, machten nicht gerade den besten Eindruck. Wie lange würde es dauern, bis auch sie aus dem System fielen? Jahre? Monate?

Immer mehr bot nun auch sein trautes Dorf Berlin apokalyptische Szenarien.

An den Kassen der schlechtbeleuchteten Supermärkte drängten sich Massen von Leuten, die alle die gleiche Survival-Tracht trugen, braune oder schwarze gefütterte Jacken.

War das die untere Mittelschicht? Besoffene Polen prügelten sich vor der Flaschenausgabe in einer Lache verschütteten Wodkas, der aus einer zerborstenen Flasche ausgelaufen war.

Hier und da versuchten junge Berlin-Mitte-Hipster irgendetwas mit ihrem Leben anzufangen. Sie mieteten sich billige, großflächige Räume in den Plattenbauten, mit riesigen Fensterscheiben, damit man sie besser bei ihrem kleinen, fieseligen Dasein hinter dem Computer beobachten konnte. Eine magere Auslese dessen, was sie an Ideen produzierten, hing als Muster im Schaufenster, armseliger Mist, den sich ihre phantasielosen Hirne ausgedacht hatten.

Das Ganze erinnerte auf grauenvolle Art an die abstrakte deutsche Malerei der frühen fünfziger Jahre, die offenbar noch immer in den Köpfen der Kunsthochschüler spukte. Alles war so schrecklich klinisch und deutsch und akademisch, dass einem schlecht werden konnte. Meist hockten diese jungen Menschen mit todernsten Gesichtern an ihren Computern und bearbeiteten die schrecklichen Fotos, die sie zuvor gemacht hatten. Er sah sie oft in kleinen Teams mit ihrem Stativ und ihren Kameras herumstehen, wie sie feine Risse im Beton fotografierten. Die Mädchen waren manchmal wirklich sehr hübsch, aber da sah er lieber in die Immobilienläden hinein, wo meist richtige Nutten herumsaßen, die auch so gekleidet waren, nämlich mit tiefen Ausschnitten und knallengen Business-Kostümen, wie es sich gehörte.

In der Schalterhalle seiner Bankfiliale wartete eine schweigende Masse, die mit müden, ausgebrannten Gesichtern in irgendein Nirwana starrte. Wer war diese Truppe? War das die untere Mittelschicht? Er wusste bald gar nichts mehr. Diese Leute, es waren mindestens dreißig, waren alle voller mieser Gedanken. Während sie darauf warteten, ihren üblen, bürokratischen Scheiß zu erledigen, den ihnen das System oktroyierte und ständig zumutete, spielte sich absolut nichts als eine vollkommene, innere Leere auf ihren Gesichtern ab. Sie standen an der Kippe; resigniert und voller Hass auf ihr beschissenes, kleines Leben und das beschissene, kleine Leben ihres Nachbarn, dachten sie an nichts anderes als an ihre Ängste, ihren Hass, ihre Krankheiten. Es gab kein Lächeln, bei niemandem.

Man hatte ihnen im Grunde alles genommen bis auf den banalen Rest ihrer mickrigen Existenz: schlechtes Essen, schlechter Schlaf, schlechte hygienische Bedingungen in miesen, winzigen Wohnungen in Plattenbauten und der letzte Dreck aus dem Internet. Man hatte ihnen jeden Rest von Bildung genommen; alles, was sie irgendwann einmal in der Hoffnung, ein menschenwürdiges Dasein zu führen, gelernt hatten, war längst verblasst angesichts des Schreckens, den ihre Existenz jetzt bot: Haarausfall, sexueller Notstand, schlechte Nerven, stinkender Schweiß, stinkende Träume, Einsamkeit, fiese Ehe, fiese Kinder und, wenn sie Glück hatten, einen miesen Job, der sie wenigstens davon abhielt, den ganzen Tag auf die Kinderfickerscheiße im Internet zu wichsen.

Man war wieder im tiefsten Mittelalter angelangt. Aber es noch war schlimmer – denn dieses Mittelalter hatte den Glauben, seine Religion und alle Illusionen verloren. Es war der schlechte Nachgeschmack, der geblieben war. Alles war bereits geschehen; das, was jetzt noch bevorstand, war eine Wiederholung all der Schrecken, die sich bereits vor Jahren angekündigt hatten, nämlich der Verlust ihrer schäbigen Sicherheit, an die sie sich feige geklammert hatten, um bald alles zu verlieren, weil das System dabei war, endgültig zu krepieren.

Das war das Einzige, was man noch vor Augen hatte. Nichts Schönes, wie er es in seiner Kindheit erlebt hatte, keinen wie auch immer gearteten Aufbruch, geschweige denn etwas Großes. Aber auch die kleinen, bescheidenen Freuden waren abhandengekommen, erdrückt durch die Sorgen und den Frust. Es gab keinerlei Hoffnung. Die untere Mittelschicht, wenn sie dies war, fristete ein ganz und gar trostloses Dasein vor Supermarktkassen und Bankschaltern, um in einer nicht mehr vorhandenen Freizeit bürokratischen Schrott abzuarbeiten.

Das sah er in den Gesichtern, und er fand, sie hatten nichts Besseres verdient.

Sie waren alle gleich erbärmlich und mies, dachte er, egal, woher sie kamen und welche Hautfarbe sie hatten oder ob sie Männlein oder Weiblein waren. Das System hatte sie ausgelaugt und kaputtgemacht und ihnen ihre Laune und ihren Charakter verdorben.

Von diesen Leuten war nichts mehr zu erwarten. Und es gab Unmassen davon. Überall, wo er hinsah, wimmelte es von diesen Misanthropen, die voller Häme, Abscheu und Hass waren. Vor allem die Männer: Sie stellten ihre Hässlichkeit schamlos zur Schau, Glatze, labbriges T-Shirt, fette Wampe, Jeans hängt vom Arsch runter, so dass dieser sichtbar ist!

Dank Leuten wie diesem grässlichen Komiker aus der Unterschicht und anderen waren sie konditioniert, hässlich, geizig, blöd und frauenfeindlich zu sein, zu stinken und grölend über die widerlichsten Sachen zu lachen. Das war absolut in. Man hatte eine Tugend aus der Hässlichkeit, dem Unflat, der Kriminalität (Rapsongs), der Gemeinheit und Niedertracht gemacht.

Es war schlimmer gekommen, als man es jemals hätte ahnen können. Der Plebs, der Abschaum war salonfähig geworden und hatte seine eigenen Götzen erfunden. Je ekelhafter man war, desto penetranter stellte man es zur Schau. Er konnte den Anblick nicht länger ertragen und ging weiter, obwohl er eigentlich ein paar Schecks einlösen wollte.

Wie so oft, wenn er angeekelt oder gelangweilt war, betete er den Kanon der alten Tugenden herunter, den ihm sein Großvater beigebracht hatte: Sparsamkeit, Fleiß, Sauberkeit, Höflichkeit, Hilfsbereitschaft, Treue, Tapferkeit, Selbstbeherrschung, Abhärtung, Mut, Gradlinigkeit, Ehrlichkeit, Freundlichkeit, Aufopferungsbereitschaft, Nächstenliebe, Verzicht, Askese, Durchhaltevermögen, Leistungsbereitschaft.

Mürrisch erreichte er die Friedrichstraße. Das Einzige, was ihn jetzt noch reizte, war ein halber Hummer. Am Verkaufstresen der Fischabteilung im Lafayette, das schon ab neun geöffnet hatte, bestellte er den halben Hummer kalt mit Cocktailsauce und Salat und dazu ein Glas Weißwein. Das Wasser lief ihm schon im Mund zusammen.

Während er genussvoll aß (er vergaß sich dabei, die Sauce tropfte ihm die Mundwinkel hinunter, so gierig schlemmte er) und mit der Zange die Scheren zerbrach, ja im Stillen bereits überlegte, ob er eine weitere Portion bestellen sollte, sah er den riesigen Schwarzen.

Die Tür zur Küche stand offen, und der Gigant, vom Scheitel bis zur Sohle sichtbar, spülte im Schweiße seines Angesichts Geschirr vor einer großen, heißen Maschine, die immer wieder Dampf abließ und ihn einhüllte. Der Mann war pechschwarz. Sein riesiger, kahlrasierter Schädel sah aus, als könne er Schläge mit Eisenstangen aushalten, ohne kaputtzugehen. Gregor beobachtete ihn, wie er stapelweise Teller in die Regale stemmte, und machte sich Gedanken über den Gebrauch und Nutzen dieser gewaltigen Bizepsmuskeln. Was für eine Verschwendung, dachte er.

Hier bekam er vielleicht fünf Euro die Stunde. Er könnte ihm das Doppelte zahlen und überall mit ihm als Bodyguard auftauchen. Wie würden sie alle lachen und denken, er wäre jetzt völlig wahnsinnig geworden.

Der Typ war mindestens zwei Meter zehn groß und hatte den Muskelumfang eines Arnold Schwarzeneggers zu seinen besten Zeiten. Allerdings nicht dessen Charme. Mit versteinertem, abwesendem Gesicht hantierte der Titan vor sich hin. Was für eine Verschwendung, dachte Gregor nochmals. Für die Exzentrik allein würde es sich schon lohnen. Ein Monat würde reichen. Dann hätte sich jeder daran gewöhnt und die Show wäre vorbei.

Er überschlug, was ihn der Spaß kosten würde, inklusive Limousine und passender Uniform. Es war nicht so teuer. Warum sollte er sich das nicht leisten? Rote Lackschuhe. Vielleicht sogar eine Livree. Warum nicht. Er könnte ab und zu mit dem Finger schnippen und ihn ein bisschen steppen lassen, mitten im Small Talk, auf irgendeiner Filmpremiere, wie in einem Lynch-Film, oder zu Hause, während der Werbepausen, wenn er mit seiner Tochter auf dem Sofa Champagner trank.

Tagsüber konnte er ihn durch die Straßen chauffieren, wie in Los Angeles damals, als der wichtige Produzent ihm für zwei Tage einen Fahrer, ebenfalls schwarz, gestellt hatte, um ihn zu seinen Terminen zu bringen und ihm das Gefühl zu geben, dass dort alles unwirklicher und größer war als hier.

»A big black limousine is waiting outside for you,

Mr Samsa«, hatte es flüsternd, geheimnisvoll vonseiten des Hotelportiers geheißen, und alles hatte ihn in eine sanfte Illusion à la Hollywood gehüllt, die wie die gleißende Küstenlinie entlang des Pazifiks nie zu enden schien. Claudia (ein abgehalfterter amerikanischer Filmstar) und Mike (von dem man das Gleiche sagen konnte) hatten damals auf ihn gewartet. Er wusste zu diesem Zeitpunkt noch nicht, dass abgehalfterte Stars immer auf europäische Möchtegernregisseure warten, und fühlte sich geehrt.

Als er einen Nachmittag Zeit hatte, bis er Claudia wiedertreffen konnte, war er den riesigen Strand entlanggegangen und hatte sich einen Sonnenstich geholt. Er torkelte mit grünen Blitzen vor den Augen an der Küstenlinie entlang, während große Möwen bereits in Scharen im Kreisflug über ihm schwebten, um ihm die Augen auszuhacken. Es war wie in Hitchcocks *Die Vögel*. Er hatte mit seinem schlimmer werdenden Sonnenbrand an dem nicht enden wollenden Strand immer wieder versucht, Claudia anzurufen, aber sie hatte nicht mehr abgenommen. Schließlich war er wieder in sein Hotel gegangen, das Omando hieß und am Sunset gelegen war.

Die Schauspieler hatten wahrscheinlich die Nase gerümpft, als sie erfuhren, dass man ihn im Omando untergebracht hatte, und hatten ihn deshalb als Regisseur der untersten Kategorie eingestuft. Ihm war zuerst gar nicht aufgefallen, dass das Omando so eine miese Absteige war. Später aber schon. Da hatte er auf jeden Riss in der Wand geachtet und gemerkt, wie laut der Straßenverkehr war und wie dünn die Fensterscheiben. Deshalb hatte er wohl Mike und Claudia nie wiedergesehen. Es war einfach ein Riesen-Anfängerfehler gewesen, so blöd zu sein, ihnen zu sagen, dass er im Omando-Hotel abgestiegen war! Wer wollte schon mit einem Regisseur drehen, dessen Karriere so am Ende war, dass man ihn in so einer Bruchbude absteigen ließ. Er musste offenbar noch viel lernen, um diese undurchsichtigen Spielregeln der Filmszene in L. A. zu durchschauen, die darüber entschieden, ob einer es wert war, dass man sich mit ihm abgab.

Die Möwen waren nicht so wählerisch: Sie waren so dicht über seinem Scheitel gekreist, dass er ihre Krallen und Schnäbel auf seiner knallroten Kopfhaut zu spüren vermeinte.

Wo aber war in diesem Moment der schwarze Fahrer gewesen, den er so dringend zu seinem Schutz gebraucht hätte?! Nein, danke! Nach Los Angeles wollte er nie wieder fahren.

Mike hatte Gregor dann doch noch einmal gesehen. Er war mit einem anderen Schauspieler an ihm vorbeigefahren. Mike hockte vor einem Waschsalon auf einer verstaubten Bank an einem Highway und trank eine Dose Bier aus einem Sixpack. Er sah total fertig und verquollen aus, und der Schauspieler sagte: »Da hockt Mike, siehst du ihn, der berühmte Mike aus *The Chinese Mafia*, ein Kumpel von mir. Wollen wir anhalten und hallo sagen?«

Gregor schüttelte voller Panik den Kopf.

»So kann es gehen, Junge«, sagte der Schauspieler, der einen Streifenbullen bei Abel Ferrara gemimt hatte und in *Snake Eyes* Madonna ficken durfte. Der Typ hatte keine Ahnung, dass er gerade die größte Illusion seines Lebens zerstört hatte, indem er ihm seinen großen Helden Mike in diesem Zustand präsentierte. Sein Gesicht, das überall operiert war, sah aus, als würde es abfaulen, als würden ganze Partien sich gleich vom Knochen lösen und auf den schmutzigen Boden vor dem Waschsalon fallen. Mike hielt ständig die Hand an seine Wangen und schob sie hoch.

Der Schauspieler wollte unbedingt in seinem Film

spielen, aber er schien ihm zu eindimensional zu sein, obwohl er Madonna in *Snake Eyes* gefickt hatte.

»Jaja«, murmelte Gregor, »Tempi passati«, während aus dem Hummerbuffet die laue Illusion von Seetang und Wind wieder aufstieg, die ihn in seinem Vorhaben beflügelte, den Riesen tatsächlich anzusprechen und ihn dem Lafayette-Kaufhaus abspenstig zu machen. Eine vage Angst, die Geister zu rufen, befiel ihn. Vielleicht war es aber auch nur der Hummer, der schwer in seinem Magen lag. Jedenfalls erhob er sich, legte einen Zwanziger auf die verwaiste Theke und schlich sich das kurze Stück zwischen dem Meeresfrüchte-Salat und den Tranchen aus großem, rohem Fisch bis zur Küchentür.

Dort, mit dem Rücken zu ihm, hantierte der Gargantua immer noch, mit unerschöpflicher Energie, sich bückend, um den Ofen von Pizzabrot-Resten zu reinigen.

Wann endlich wendest du mir dein Gesicht zu, du schwarzer Adonis?, dachte er, während er sich bemühte, durch den Spiegel im Ofen zumindest das Volumen der Lenden des Riesen und seinen Oberschenkelumfang zu erforschen.

Der Pechrabenschwarze erhob sich aus der gebückten Stellung, drehte sich um und sah Gregor mit einem Blick an, der so grauenvoll war, dass Gregor eine Gänsehaut bekam.

Er war so erschrocken und überrascht, dass er sofort mit weichen Knien kehrtmachte und dabei ein Buffet rammte.

Er spürte, wie die Augen dieses Raubtiers Löcher in seinen Rücken brannten.

Beim Verlassen der Lebensmittelabteilung drehte er sich noch einmal kurz auf der Rolltreppe um. Er war fix und fertig. Dabei hatte das Exemplar, hier, in Gefangenschaft und von der Seite betrachtet, zunächst einmal harmlos gewirkt. Aber diese Augen! Diese infernalischen Augen! Ein Schock. So guckte doch niemand hier im zivilisierten Westen. So durfte man doch nicht gucken, höchstens wenn man bei Boko Haram war und raubend und brandschatzend, die Whiskyflasche in der einen, das MG in der anderen, über ein Feld mit Leichen rannte, um im Dorf die übrig gebliebenen Frauen und Kinder zu vergewaltigen. Der Schwarze trat kurz in den Türrahmen und blickte sich um, wahrscheinlich nach ihm, Gregor, aber das geschah zum Glück vergebens, weil dieser bereits auf der Rolltreppe aus seinem Blickfeld entschwand.

Nein, nein, mein Lieber, dachte Gregor, bei aller Liebe, aber deine Augen kann ich leider wirklich nicht im Rückspiegel brauchen.

Ein Schock. Er war froh, als er endlich oben in der Handtaschenabteilung ankam.

Er geriet noch einmal einen Moment ins Nachdenken. Warum hatte ihn der Anblick des Schwarzen so schnell abgefuckt? War das richtig? Ein Quäntchen mehr Eier in der Hose hätte nicht schaden können.

Was, wenn es ihm gelänge, diesen Prachtkerl mit seinem Killerblick zu domestizieren? Vielleicht hätte ein Geldangebot schon gereicht und seine Augen wären sanft wie die eines Lammes geworden. Einen besseren Bodyguard, mit dem er mehr Eindruck schinden konnte, würde er nie kriegen. Warum ließ er sich nur immer so schnell ins Bockshorn jagen? Fragen kostete ja nichts, und um den blutigen Blick nicht ertragen zu müssen, könnte er dem Mann eine blicksichere Sonnenbrille geben, wie sie viele Securitytypen trugen. Er war sich unsicher und schwankte wie immer.

Diese schreckliche Entscheidungsunfähigkeit! Normalerweise rannte er, wenn diese das Stadium der Unerträglichkeit erreicht hatte, blind auf sein Ziel zu. Er entschied sich. Und die Dinge nahmen ihren Lauf. Die eine oder andere Entscheidung in seinem Leben war sicher richtig gewesen. Aber es war wirklich lange her, dass er wichtige Entscheidungen getroffen, Weichen gestellt hatte. Heute entbehrten sie jeder Notwendigkeit. Er konnte das eine tun oder lassen. Es war im Grunde völlig egal. Fundamentalen Entscheidungen wich er aus, weil er sich ihnen nicht mehr gewachsen fühlte. Er kam ja schon ins Schwitzen, wenn er sich entscheiden musste, ob er auf den Filmpreis gehen sollte oder nicht.

Trennungen, auch von unwichtigen Partnern in seinem Beruf, flößten ihm Angst ein. Lieber nahm er missbilligend die Ressentiments in Kauf, die sich im Laufe der Jahre angestaut hatten, und begoss das schlecht gewordene Verhältnis mit viel Alkohol, sentimentalen Sprüchen und heuchlerischen Freundschaftsbekundungen, die jeder Substanz entbehrten; in Kauf genommen wurde dadurch natürlich die Schizophrenie solcher Verhältnisse, die zwischen Verachtung und Sympathie schwankten, je nachdem, wie man den anderen gerade betrachtete. Und es gab einige Betrachtungsweisen, wenn man sich lange kannte. Dazu kam der falsche Stolz auf die Länge solcher Beziehungen, auf die Geduld und das diplomatische Geschick, mit der man solche Kompromisse durchgehalten und sich den Verdruss immer wieder vom Leib gehalten hatte.

So gingen die Tage dahin.

Es gab das, was man auf der Habenseite verbuchte, die falschen Freunde, die Gesellschaft, und es gab das Nichts, das gähnende, schwarze Nichts, das gesellschaftliche Aus.

Da konnte man schon über vieles, sehr Unangenehmes hinwegsehen.

Es gab einige Pfeiler im Sumpf seiner Biographie, die als richtige Entscheidungen herausragten, zum Beispiel wieder Schlaftabletten zu nehmen und sich die Hämorrhoiden veröden zu lassen. Die Frage, ob er wieder zu dem Boko Haram hinuntergehen und ihn rekrutieren sollte, gehörte jedenfalls nicht dazu.

Widerwillig öffnete er die Glastür des Lafayette mit der Stirn. Eine Fettschliere hinterlassend, verließ er das nach billiger indischer Baumwolle riechende Kaufhaus.

Da er dringend scheißen musste und der letzte Proktologe ihm bei obengenannter Verödung seiner Hämorrhoiden den Schließmuskel kaputtgemacht hatte, rannte er in die Einstein-Filiale und lief auf dem Weg zum Klo einem Schauspieler in die Arme, mit dem er schon gearbeitet hatte. Nachdem er »seinen Neger abgeseilt« und dabei dem Boko Haram eine letzte Grußbotschaft nachgeschickt hatte, fühlte er sich gezwungen, ein paar Takte mit dem Mimen zu reden. Er sah abgehalftert aus und hatte eine Fahne.

Er war nach einer Lesung in Wolfenbüttel in einem Puff ausgeraubt worden und hockte da wie ein Häufchen Asche.

Sofort fing er an, über alle möglichen Leute herzuziehen. Am meisten hasste er seine Münchner Agentin, bei der er seit ihren Anfängen war.

Sie hatte mittlerweile eine riesige Kanzlei, und er fühlte sich wie eine Altlast, die sie mit sich herumschleppte, obwohl er ihr nicht mehr viel einbrachte.

Er meinte, er verachte sie, wie er alle geselligen Menschen verachte. Er unterstellte ihnen, nichts Eigenes zu haben und deshalb auf andere angewiesen zu sein.

»Sie ist ein Parasit«, sagte er, »sie frisst fünfzehn Prozent meines Einkommens. Dafür muss sie höchstens eine Stunde telefonieren. Wenn ich meine Arbeit«, er schrie nun fast durchs ganze Lokal, »für die ich Monate brauche, mit der meiner Agentin gegenrechne, dann komme ich bei ihr auf das Hundertfache an Verdienst. Ach, was rede ich denn: auf das Tausendfache! Ähnlich verhält es sich mit der sogenannten Freundschaft. Sie ist einer von drei Ansprechpartnern, mit denen ich noch telefoniere. Sie hat mindestens hundert Klienten, die sie sich einverleibt hat! Ich dagegen habe nur sie. Das ist ein Wert von eins zu hundert! Das heißt, ich bin für sie hundert Mal weniger wert als sie für mich!«

Er trank hastig sein Bier leer und schimpfte dann weiter. Er nannte sie eine Kupplerin. »Dabei kommt sie sich wie ein Wohltäter vor. Sie prahlt mit ihren Klienten öffentlich, als wäre es ihr Verdienst, wenn sie Preise bekommen! Sie ist schlimmer als jeder Zuhälter! Aber allmählich vergeht ihr das Lachen. Sie ist nämlich an den Falschen geraten. Sie ist jetzt mit so einem Arschloch aus der Werbung zusammen, der ein schlimmer Alkoholiker ist und ihr auf Perfektion getrimmtes Leben, mit dem sie alle tyrannisiert, dadurch durcheinanderbringt, dass er sie regelmäßig schlägt, zu Nutten geht und besoffen ihre beiden minderjährigen Söhne verprügelt! Jetzt ist sie es, die unglücklich ist. Das ist ein regelrechter Triumph für alle, die sie durchschaut haben!«, fügte er mit einem eisigen Lächeln hinzu.

Nach einem kurzen Innehalten – Gregor wusste wirklich nicht, was er auf die Tirade antworten sollte – fragte der Schauspieler ihn noch, ob er etwas Koks übrig hätte, er müsse sich wach halten, bis seine Kumpels ihn abholen kämen. Gregor musste zu seinem Bedauern gestehen, dass er das letzte Mal Silvester 2000 gekokst habe, und zwar backstage auf einem Rave von WestBam. Davon habe er sich bis heute nicht erholt. Nach diesen Worten gab es nichts mehr zu sagen. Gregor verabschiedete sich mit dem Versprechen, ihn beim nächsten Film zu besetzen, und verließ schnell das Lokal.

Wenige Minuten später rief ihn seine Agentin an, mit der ihr eigenen sprühenden Energie, wenn sie für ihn einen guten Abschluss gemacht hatte. Mit diebischer Freude verkündete sie ihm, dass sie eine astronomische Summe für seine Filmrechte aushandeln konnte, weil der Produzent vergessen hatte, sie rechtzeitig zu kaufen und deshalb erpressbar war.

Sie lachte, während sie ihm erzählte, wie das Gesicht des Produzenten ausgesehen hatte, als sie ihm die Summe nannte. Er war aschfahl geworden und hätte zu schnaufen begonnen, ohne es zu merken. Sie hatte ihn »geklammert« und in die »Zwangsjacke« gepresst, wie sie sich ausdrückte. Er hätte keine Chance gehabt, mehr herauszukommen, da er ohne die Filmrechte den Film nicht hätte machen können, ohne mit einer Millionenklage rechnen zu müssen. Hahahahahaha – stieß sie ihr gellendes Lachen hervor.

Er konnte ihre Augen und Zähne blitzen sehen, die von ihrem Triumphlächeln entblößt wurden, wahre Raubtierzähne einer Bestie, die noch jeden Produzenten zum Frühstück verspeist hatten. Wie immer war sie schrecklich vergnügt und hysterisch gutgelaunt, weil ihr der Coup gelungen war. Sie liebte es, kleine Herstellungsleiter mit Luxuskosten zu piesacken (Limousinenservice für ihn, den größten Trailer, den es gab, Suiten in den besten Hotels der jeweiligen Stadt – fehlte nur noch, dass sie Escort-Service für ihn verlangte!) – die Großen der Produktion brachte sie zum Schwitzen durch Knebelverträge und kicherte, wenn sie sie zu seinen Gunsten um horrende Summen erleichtern konnte.

Sie war ihr Geld wert. Im Grunde war sie sogar das genaue Gegenteil dessen, was zuvor der Schauspieler beschrieben hatte. Sie hatte mindestens ebenso viele Klienten und Angestellte, aber sie war für alle wie eine Mutter. Von einer aufreibenden Tätigkeit war nichts zu spüren, da sie alles, was sie tat, mit Hochgenuss und mit einem diplomatischen Geschick machte, das die hohe, kriminelle Energie einer kaltblütigen Pokerspielerin verriet. Sie schaffte es sogar, dass der Produzent, den sie übers Ohr gehauen hatte, ihr noch Blumen schickte, weil sie ihn bei den Verhandlungen so äußerst charmant über den Tisch gezogen hatte.

Bei Butter Lindner holte er sich ein Leberkäsbrötchen mit süßem Senf. Es roch faulig wie die giftigen, lauen Winde der Lagune von Venedig. So hatte bestimmt Aschenbach aus dem Mund gerochen – und so würde später auch er bei der Nutte aus dem Mund riechen, wenn er sich nicht vorher Mundspray besorgte. Während er sich das Brötchen zwischen die Kiemen klemmte, musste er an diese schöne Frau, seine Agentin, denken, die es bestimmt nicht immer einfach in ihrem Privatleben gehabt hatte. Mit umso höher erhobenem Haupt schritt sie wie eine Königin mit eisigem Lächeln über den Sumpf aus Häme, Neid und Missgunst hinweg, aus dem die Branche bestand.

Er hatte den Eingang der kleinen Buchhandlung erreicht, verspürte aber eigentlich überhaupt keine Lust, sich mit Bildungsmüll vollzustopfen, und wollte gerade weitergehen, als ihn die geile, sich dem Begriff »alt« nähernde Buchhändlerin mit der Adlernase und den dünnen, langen Beinen schon entdeckt hatte. Er bekam stets einen Ständer, wenn er sie sah. Dabei erinnerte sie ihn aus irgendeinem Grund an eine Stechmücke. Einmal hatte sie ihn an der Hand genommen und mit energischem Druck zu einem Büchertisch geführt. Vielleicht rührte es daher, dass ihn seitdem schlagartig wilde Phantasien mit ihr überkamen, in denen sie übereinander herfielen wie Tiere, sie ihn biss und kratzte und ihm an Schulter und Rücken tiefe Wunden beibrachte.

In seiner Phantasie roch sie nach Schweiß und hatte Achselhaare. Ihre behaarte Spalte und ihre Schamlippen waren riesig. Er nahm sie gierig in allen möglichen Positionen, immer in den umliegenden Hotelzimmern auf der Friedrichstraße. Dabei klammerte sie sich an ihn und schrie das ganze Hotel zusammen. Sie zuckte während ihrer vielen Orgasmen wie ein Frosch, den man an eine Steckdose angeschlossen hatte. Ihre Augen waren weit aufgerissen, der Mund ebenfalls, rund und offen wie bei einer aufblasbaren Puppe. Ihre Muschi sog sich an seinem Schwanz fest, sog ihn bis zum Anschlag hinein und ließ ihn nicht mehr los.

Er versuchte, die Phantasien wegzulächeln und sich nichts anmerken zu lassen, aber seine Begierde nach ihr saß tief wie ein Stachel; sie öffnete ihm die Tür. Schüchtern wie ein Schulbub ging er hinein und folgte ihr an einen der diversen Büchertische.

»Wie geht es Ihnen, Herr Samsa?«, fragte sie ihn.

»Danke, ganz gut.«

Er ließ sie vor sich hergehen und betrachtete sie. Was war es, was ihn so fertigmachte, dass er sie unbedingt ficken wollte, wenn er sie sah? Sie hatte ihm einmal erzählt, dass sie aus dem Osten sei und in den Neunzigern viel im Nachtleben unterwegs gewesen war. Vielleicht war es das, was ihn so erregte, denn es implizierte, dass sie jene wilde Zeit damals geteilt, aber die Chance verpasst hatten, wilden Sex, zum Beispiel auf der Toilette des E-Werks, miteinander zu haben. Sie waren leer ausgegangen. Diesen dreckigen Sex wollte er sich jetzt zurückholen. Er musste ständig daran denken, wie sie von anderen und nicht von ihm auf den schmutzigen Toiletten zu hämmernden Bässen hart gefickt worden war. Das machte ihn jedes Mal, wenn er sie sah, ganz verrückt. Dabei war sie vollkommen unscheinbar. Nur ihre Augen, die waren traurig und leer wie die einer Nutte nach dem Sex.

Jetzt war sie »intellektuell angehaucht«, trug eine Hornbrille, war Buchhändlerin geworden, hatte sich neu erfunden. Eine Hinwendung zum gedruckten Wort immerhin. Auch er hatte ihr erzählt, er sei in den Neunzigern viel unterwegs gewesen, im WMF, im Eschloraq, im Sniper, im E-Werk, im Bunker. An einigen dieser Orte war sie auch gewesen. Bestimmt waren sie ein paarmal aneinander vorbeigelaufen. Wie viele Schwänze sie sich wohl damals reingezogen hatte? Er riss sich zusammen, um nicht allzu deutlich auf ihre Titten unter dem engen Pullover zu starren.

»Ich habe ein paar interessante Neuerscheinungen für Sie!«, sagte sie auf ihre anfangs recht spröde Art. Er schätzte sie auf knapp unter sechzig. Wie viele Mädchen aus dem Osten hatte sie gierig das damalige Clubleben aufgesogen, war auf Konzerte gegangen, hatte den Musikern backstage einen geblasen und hatte sich, wie er vermutete, wie viele Ostmädchen damals, im Schambereich piercen lassen. Ja, ja, nachts im E-Werk … soso … tztzt …, dachte er. Jetzt war sie Oma geworden, aber ihre Körperspannung war immer noch die einer Vierzigjährigen. Wahrscheinlich machte sie jeden Tag Pilates. Er stellte sich vor, wie sie am Kinderbett ihres Enkels saß und ein Kinderlied summte, »Flieg, Maikäfer, flieg … Pommerland ist abgebrannt« oder »Schlaf, Kindlein, schlaf« zum Beispiel, während er ihr seinen Penis in den Mund schob.

»Das kann ich Ihnen wirklich empfehlen«, sagte sie und hielt ihm ein Buch hin. Sie zog ein weiteres Buch aus einem Stapel und gab eine weitschweifige Inhaltsangabe. Er musste die ganze Zeit an den Zettel in seinem Portemonnaie denken, den er für die griechische Sprechstundenhilfe mit den großen Titten geschrieben hatte: »Willst du ficken? Wann hast du Mittagspause?«

Zu lange durfte er nicht mehr so eng neben ihr stehen, sonst würde seine Latte zu nässen anfangen. Herumgestreunt war sie also, Anfang der Neunziger, von ihrer rastlosen Sexualgier getrieben wie all die Ost-Mädchen damals, hatte sich für den KitKatClub die Schamlippen piercen lassen und so weiter und so fort.

»Und was macht Ihr Enkel?«, murmelte er, um auf ihr Privatleben zu kommen.

»Ach, daran erinnern Sie sich?«, rief sie hocherfreut.

»Natürlich«, antwortete er, »das haben Sie mir doch das letzte Mal erzählt. Und? Summen Sie auch manchmal Kinderlieder für ihn?«

»Ob ich Kinderlieder für ihn summe?«, fragte sie amüsiert.

»Ja.« Er nickte ostentativ.

»Mögen Sie Kinderlieder, Herr Samsa?«, fragte sie und warf ihm einen langen, forschenden Blick zu.

»Ja, sehr«, antwortete er, »es gibt eigentlich nichts, was ich lieber mag.« Um die anschließende Gesprächspause zu überbrücken, fügte er noch verlegen hinzu: »Aber wenn Sie so viel ausgehen, weil Sie so viele kulturelle Interessen haben, wie deckt sich das mit Ihren Pflichten als, ähm … Großmutter?«

»Ich bin früher viel ausgegangen«, antwortete sie sanft, »jetzt nicht mehr. Jetzt lese ich lieber abends und trinke Tee.«

»Ach so«, murmelte er. Wie ein Roboter hielt er ihr seine schwitzende Hand hin. Sie sah ihn fragend an.

»Wollen Sie, dass ich Sie zum Sachbuchtisch führe?«, fragte sie. »Da gibt es auch ein paar tolle Neuerscheinungen.«

Samsa nickte dringlich. Sie ergriff seine Hand und zog ihn resolut hinter sich her. Ihre Hand war groß und knochig. Aber das tat der Sache überhaupt keinen Abbruch, auch wenn die Vorstellung, sich von diesen großen, rauen, rissigen, unmanikürten Händen wichsen zu lassen, eher befremdend wirkte. Als sie den Sachbuchtisch erreichten, verstärkte er seinen Händedruck ein wenig. Sie merkte es offenbar überhaupt nicht. Stattdessen hielt sie ihm fröhlich ein weiteres Buch hin und sagte beschwingt: »Da ist es. Das ist es, was ich Ihnen empfehlen wollte.« Dabei sah sie ihn mit ihren traurigen Nuttenaugen an und lächelte gerührt.

»Eine Achtzigjährige hat es geschrieben«, fügte sie hinzu und begann, auch dieses Buch ausführlich zu beschreiben. Er stellte sie sich als Achtzigjährige vor, wie er sie als Pfleger quer durchs Altersheim vögelte. Sein Atem ging schneller. Jetzt war der Zeitpunkt gekommen, sie nach hinten zu der Behindertentoilette zu führen. Er würde sie so hart ficken …

»Alles in Ordnung mit Ihnen, Herr Samsa?« Sie sah ihn an.

»Ja, ja«, murmelte er und zog sie Richtung Toilette.

»Es ist zwar nicht das dreckige Klo vom KitKatClub, aber immerhin …«, murmelte er leise.

»Was haben Sie gesagt, Herr Samsa? Sie sprechen so undeutlich.«

»Das kommt, weil ich mich in einen Käfer verwandelt habe«, nuschelte er. Er zog sie jetzt fester Richtung Toilette. Sie war ihm widerstrebend ein kurzes Stück gefolgt, ließ aber jetzt seine Hand los.

»Alles so weit okay?«, fragte sie, warf einen flüchtigen Blick auf seinen Schritt und sah ihn missbilligend an.

»Alles gut«, murmelte er.

»Na, dann gehe ich jetzt mal besser wieder nach hinten, Herr Samsa!«, sagte sie mit Tadel in der Stimme.

»Tun Sie das«, wisperte er kleinlaut. Sie stützte ihre Hände in die Hüften und musterte ihn mit einem harten, gemeinen Blick, wie er ihn sonst nur von Österreicherinnen kannte. Wahrscheinlich wollte sie jetzt auch ficken. Aber die Gelegenheit war verpasst.

»Also dann, Sie wissen ja, wo die Kasse ist. Es kommt gleich jemand«, sagte sie, gab einen Seufzer von sich und ging nach hinten. Er sah sich um. Es war niemand an der Kasse. Im hinteren Teil des Raums, wohin sie verschwunden war, ballte sich die aphrodisische Sphäre des Intellekts zu einem Unwetter zusammen. Er lief mit wenigen Schritten in eine Regalecke, öffnete seine Hose und ejakulierte nach ein paar heftigen Bewegungen. Das Ejakulat landete auf einem Gedichtband einer feministischen Autorin, die er mal gekannt hatte. Er wischte sich das Sperma von den Händen und ging zur Kasse.

Ein dickes Mädchen mit Dreadlocks und Nasenpiercings kassierte. Also spukten hier doch noch die Neunziger herum. Er hatte wieder mal recht gehabt. Die Wälzer, die ihm die Buchhändlerin angedreht hatte, kosteten siebzig Euro. Dafür hätte er eine Dreiviertelstunde bei einer preiswerten Nutte haben können. Eine gute Verkäuferin war sie, das musste man ihr lassen.

Die Bücher warf er draußen sofort in den Müll. Hinter ihm hörte er ein dumpfes Gebrüll. Als er sich umdrehte, sah er, wie ein Afghanistan-Kämpfer wutschnaubend die Bücher wieder herausriss und sie auf den Bürgersteig warf, weil sie den kleinen, orangefarbenen Behälter verstopften und ihn daran hinderten, nach Pfandflaschen zu fischen. Sofort kam ein Bettler angekrochen und nahm sie an sich. Der Mörder in seinem Camouflage-Kampfanzug wühlte nun in den Eingeweiden des Behälters, ohne fündig zu werden, was seine Wut noch vergrößerte. Er marschierte weiter in Gregors Richtung und pflanzte ihm seinen dreckigen Finger direkt vor das Gesicht, bevor er weiterzog. Schon jetzt hätte Gregor den Boko Haram aus der Lafayette-Küche brauchen können.

Er kam an dem Eckhaus vorbei, in dem die Dependance von Clean-Klon lag, für die er eine ziemlich schräge Fernsehserie entwickelt hatte, aus der Sicht eines Tampons erzählt, eines blutigen Tampons, der schief lag, obendrein noch rechtsextrem war und die Trägerin, eine Fernsehmoderatorin, ständig mit seinen Einflüsterungen veranlasste, rechtsextremes Zeug zu quatschen. Um dies zu verhindern, riss diese andauernd die Augen auf oder verdrehte sie oder hackte mit dem Kopf nach vorn wie eine Henne, während sie die Nachrichten verlas. Loswerden konnte sie den Tampon allerdings nicht.

Er hatte über diese schlechtbezahlte Arbeit vor wenigen Tagen ein sehr unangenehmes Gespräch mit der Produzentin gehabt. Sie waren in eine Hipster-Bar um die Ecke gegangen, in dem unsympathischen Scheunenviertel, wo es nur noch Agenturfuzzis und Werbeheinis gab. Sie wühlte ratlos in dem Haufen Papier, das er ihr rübergefaxt hatte, und versuchte mit ihrer protestantischen Ratio zu erfassen, was man gar nicht erfassen konnte, es sei denn, man war Katholik und hatte mindestens fünf Bier getrunken. Sie sah ihn an und sagte, es täte ihr leid, aber sie verstünde den Text nicht. Er erklärte ihr, dass der Tampon ein Symbol, eine Bestandsaufnahme seines beschissenen Lebens und seiner beschissenen Midlife-Crisis sei. Was gäbe es da zu verstehen?

»Mir kommt das Ganze so real vor«, antwortete sie reserviert. »Ich dachte, Sie wollten eine Familiensaga schreiben?«

»Die Gegenwart ist real«, gab er zur Antwort und trank hastig sein Bier leer. »Die Zeiten, wo ich es mir leisten konnte, Familiensagas zu schreiben, sind vorbei. Es gibt ja wohl dringendere Probleme, zum Beispiel meine Prostata, über die ich ja auch ausgiebig berichte.«

»Was wollen Sie damit bezwecken?«, fragte sie noch mal. »Wieso diese politische Suada, in der Sie Politiker beleidigen?«

»Der Tampon beleidigt, nicht ich«, antwortete er. »Sie sollten wissen, dass die Aussage einer Figur nichts mit der Haltung des Erzählers zu tun hat. Das zumindest sollten Sie wissen. Denn noch mal erkläre ich es Ihnen nicht.«

Sie begann ungeduldig mit den Füßen zu scharren.

»Das macht mich nicht weniger ratlos«, gab sie zurück. »Aber es ist Ihnen ja offenbar egal, was Ihr Publikum denkt. Das haben Sie ja schon des Öfteren bewiesen.«

Er versuchte es mit einem eisigen Lächeln. »Wissen Sie was, Frau von Brehm«, antwortete er, »ich habe einen schrecklichen Verdacht. Ich glaube nämlich, dass Sie das alles hier nicht mögen, obwohl Sie es in Auftrag gegeben haben …«

»Ich habe überhaupt nichts …«, unterbrach sie ihn.

»…weil Sie nämlich politisch korrekt sind«, führte er seinen Gedanken zu Ende. »Aber political correctness hat nun mal leider wenig mit Kunst zu tun, aber das muss ich Ihnen ja wohl nicht erklären.«

Da sie nicht antwortete, sondern sehr deutlich signalisierte, wie lästig ihr das alles war, fuhr er fort, sie zu beleidigen: »Und eine Feministin sind Sie auch. Das ist ja eigentlich nicht schlimm, aber das hat leider auch wenig mit Kunst zu tun. Sie mögen nämlich den Tampon nicht. Und warum mögen Sie ihn nicht? Weil er der männliche Aggressor ist. Und weil Sie sich mit der blöden, klimakterischen Ziege, der Nachrichtensprecherin identifizieren, die nur hohle Luftblasen ausstößt. Und wissen Sie, warum? Weil Sie selbst…«

»Ich bin über das Klimakterium zum Glück weit hinaus. Damit können Sie mich nicht beleidigen«, konterte sie.

»Dann lassen wir es eben«, sagte er tonlos. »Dann gehe ich eben woanders hin.«

Dann jedoch, liebedienerisch, kriecherisch, wie er als Künstler nun mal war, suchte er doch noch nach einem letzten Rettungsanker, ihr die Geschichte zu verhökern.

»Geben Sie doch zu, Sie haben die Idee noch gar nicht richtig verstanden!«, rief er voller Enthusiasmus. »Okay, versuchen wir es noch mal: ein Tampon, der schief sitzt und eine Nachrichtensprecherin veranlasst, ständig panisch die Augen aufzureißen, weil sie sich nicht kratzen oder sich den Tampon nicht zurechtrücken darf, obwohl er so grässlich juckt? Ist das Ihrer Meinung nach nicht originell genug für 20 Uhr 15?«

Er merkte, er lallte schon ein bisschen. Er sah sie an. Sie hockte reglos in der hinteren Ecke der Couch, noch immer die Ratlose spielend. Warum, verdammt, saßen sie hier? Einen Vertrag wollte er von ihr haben. Immerhin hatte er ihr fünfzig Seiten geschickt. Die wollte er, verdammt noch mal, bezahlt haben. Sonst würde er seine Anwälte auf sie hetzen. Er hatte immerhin einen Vorvertrag.

»Der Gegenspieler des Tampons ist die Prostata«, versuchte er das Projekt noch einmal zu pitchen, »die Prostata rammt gegen den Tampon – rammt den Tampon immer tiefer in die Fotze, Verzeihung, in die Scheide hinein. Das müssen Sie sich bildlich vorstellen: Prostata/Scheide – darum geht es doch in der Werbung im Abendprogramm. Ist das kein Verkaufsargument?«, murmelte er, nun selbst ziemlich ratlos.

Er kippte ein weiteres, kleines Bier, das ihm der Kellner hingestellt hatte, in einem Zug hinunter, in der Hoffnung auf die sedierende Wirkung. Mit stierem Blick verfolgte er ihre Bewegungen. Was hatte er mit dieser höheren Tochter zu tun? Er erkannte sie nur noch durch einen Schleier hindurch. Sie hatte es nicht verdient, am längeren Hebel zu sitzen. Was hatte sie schon gemacht, außer zu verwalten und zu beurteilen? Sie war lediglich ein gutbezahlter Manager. Viel zu gut bezahlt im Vergleich zu den Drehbuchautoren, von denen sie lebte.

»Trinken Sie doch auch mal ein Bier, Frau von Brehm«, schlug er vor.

Sie schüttelte angewidert den Kopf.

»Sie sind der Chef«, lallte er, »aber ich darf noch eins haben, oder?«

Er schnippte nach dem Kellnerarschloch mit Dreitagebart, der wie Mats Hummels aussah.

»Haben Sie denn kein einziges Mal lachen können, Frau von Brehm?!«

»Der Text ist nicht witzig. Er klingt wie von einem Wutbürger geschrieben. Weshalb hätte ich lachen sollen?«

Schlagfertig war sie, wohl auch, weil sie nüchtern war. Dass ihr der harte Text nicht gefiel, war eine Sache. Dass sie aber nicht einmal hatte lachen können, lag an dem verdammten Tee, den sie offenbar den ganzen Tag trank. Sie hockte da und starrte ratlos vor sich hin, während er das weitere, lächerlich kleine Bier in einem Zug runterkippte. Er wurde laut und erklärte ihr nochmals, dass der verfickte Text eine Abrechnung sei mit der Scheiß-Filmszene, eine Bestandsaufnahme seines jetzigen, beschissenen Lebens.

Sie sah ihn an. »Sie wiederholen sich«, sagte sie.

»Nein, das tue ich nicht!«, schrie er.

Sie schwieg resigniert, auf die Tischplatte guckend. Jetzt erinnerte er sich, dass sie einmal zugegeben hatte, Heimito von Doderer zu lieben. Er hatte das komplett verdrängt, wahrscheinlich aufgrund des hohen Betrags, den er für seine erste Regie von ihr bekommen hatte. Sie war bis ins Mark bürgerlich! Sie hatte zugegeben, nicht mal *American Psycho* zu Ende gelesen zu haben, die Bibel des ausgehenden zwanzigsten Jahrhunderts. Und Houellebecq auch nicht. Der war ihr zu düster.

Wer war sie denn, mit ihrem Kramladen schlechter Filme, deren Plakate in ihrer Empfangshalle hingen? Eigentlich sollte und konnte sie wahnsinnig stolz darauf sein, ihn in ihrer Firma zu haben. Er war schließlich Gregor Samsa, verdammt. Das sollte sie sich langsam mal hinter die Ohren schreiben!

»Du bist eine Dünnbrettbohrerin«, murmelte er leise vor sich hin.

»Wie bitte?!«, fragte sie und sah ihn streng an. Ihre Brillengläser funkelten. Unsympathisch war sie ihm eigentlich nie gewesen, im Gegenteil, eigentlich hatte sie ihn entdeckt. Die Tatsache, dass sie bereit war, ihre Beschützerrolle aufzugeben, nur weil ihr der politische Tenor des Texts nicht passte, enttäuschte ihn umso mehr.

»Ich habe Sie gerade nicht verstanden, Herr Samsa.«

»Ist auch besser so«, nuschelte er.

»Wollen wir es für heute erst einmal dabei belassen?«, fragte sie und winkte dem Kellner.

»Aus der Sicht eines Tampons ...«, murmelte er, »aus der Sicht eines Tampons. Was ist daran so schlimm ...?«

Wieder schüttelte sie angewidert den Kopf und blickte zu Boden.

»Das ist ein Abend«, seufzte er und blickte sich nach all den Hipstern um, die in den blöden Galerien der Gegend hier ihre beschissene Kunst ausstellten. Plötzlich spürte er, dass ihr Blick auf ihm ruhte. Durch ihre spiegelnden Brillengläser hindurch bemerkte er, dass sie feuchte Augen bekommen hatte. Ihr Blick, der jetzt aus weiter Ferne kam, signalisierte, dass sie ihn bereits abgeschrieben hatte und ihn ansah wie etwas, das schon der Vergangenheit angehörte. Er bekam einen Schock. Er hatte nicht damit gerechnet, auf diese Art fallengelassen zu werden.

»Äh, äh ...«, grunzte er. »Geben Sie mir nun einen Vorschuss oder nicht?! Ich meine, ich habe immerhin fünfzig Seiten für Sie geschrieben.« Er kam sich vor wie ein Idiot.

»Das kann ich nicht«, sagte sie und schüttelte bedauernd den Kopf.

»Was?!«, rief er. »So lasse ich mich nicht abspeisen! Ich habe immerhin drei Filme mit Ihrer Firma gemacht!!«

Natürlich war er enttäuscht! Er hätte nie erwartet, dass sie ihn fallenließ, bloß weil seine Hauptfigur ein Tampon war. Er war sich sicher, bei all der Verehrung und Hochachtung, die sie ihm immer vorgeheuchelt hatte, dass sie sagen würde: »Natürlich, lieber Herr Samsa, gebe ich Ihnen einen Vertrag. Wir alle schätzen Sie sehr und legen großen Wert darauf, Sie als wichtigen Künstler an uns zu binden, weil Sie eine Zierde für unsere Produktionsfirma sind.«

»Ich will einen Vertrag«, sagte er, »so war es ausgemacht, auch wenn das Resultat nicht genau dem entspricht, was Sie erwartet haben. Immerhin bin ich lange bei der Firma und habe einige Erfolge eingefahren.«

»Das kann ich nicht«, sagte sie, »die Verhältnisse sind nicht so.«

»Aber so ein Vertrag beinhaltet einen Hungerlohn!«, rief er wütend. »Immerhin haben Sie mir das Geld in Aussicht gestellt!«

Sie sagte nichts mehr. Sie sah sich nochmals nach dem Kellner um und hob die Hand. Es war wie am Ende einer miesen Beziehung. Er stand als Bittsteller da, den man abgewiesen hatte. Und irgendwie hatte sie recht. Denn das Klima zwischen ihm und der Produktion war verdorben. Es wäre eine Lüge gewesen, zu behaupten, dass ihn alle schätzten. Vor allem ihre engsten Mitarbeiterinnen, die Producerin und die Pressefrau, nicht. Mehrmals war er mit Letzterer aneinandergeraten, wegen ihrer Zickigkeit und dem Mangel an Respekt, den sie ihm entgegenbrachte. Alles Dinge, die nicht gingen, auch wenn man vielleicht gereizt und im Klimakterium war.

»Moment mal«, sagte er, »so geht es nicht. Immerhin habe ich ein paar Monate an diesem Konzept gesessen. Was meinen Sie damit, wenn Sie sagen: So sind die Verhältnisse nicht!?«

»Ich meine damit, dass ich einen Anspruch als Produzentin habe.«

Er musste sich das Lachen verkneifen. Ihr größter Erfolg in diesem Jahr war die Verfilmung von: *Die kleinen Frechlinge 5*, die sie als Koproduzentin betreut hatte.

»Okay«, sagte er, und sein Lächeln verzog sich zu einem breiten, zynischen Grinsen. »Ich will es noch einmal anders versuchen.« Er legte eine Kunstpause ein, lehnte sich zurück und zündete sich eine Zigarette an, obwohl hier nicht geraucht werden durfte.

»Könnten Sie sich nicht vielleicht doch vorstellen, das Projekt zu machen, auch wenn es Ihnen nicht zusagt? So eine Art Carte blanche, meine ich«, säuselte er.

Sie schüttelte langsam den Kopf.

»Immerhin habe ich Ihnen ein Treatment geschickt. Auf ein umfangreiches Treatment reagiert man im Fall, dass man einen Autor respektiert, mit einem lumpigen Vorschuss!«

Er schrie jetzt und war halb aufgesprungen.

»So lasse ich nicht mit mir reden«, sagte sie, erhob sich und nahm ihre Tasche.

»Sie sind eine verkappte Feministin!«, schrie er. »Eine Dünnbrettbohrerin! Wie können Sie es wagen, so einen anspruchsvollen Text zu beurteilen, bei dem Gemischtwarenladen, den Sie betreiben!!?? Machen Sie erst mal Pilates, Frau Doktor Hochwohlgeboren mit dem goldenen Löffel im Arsch!!!«, grölte er ihr hinterher.

Der junge, bärtige Beau, der wie Mats Hummels aussah, kam heran und forderte ihn auf, ruhig zu bleiben und die Zigarette auszumachen. Er knallte das Glas mit voller Wucht auf den Tisch, stieß einen Schrei aus und rannte hinaus. Er konnte sich kaum beruhigen.

Wie konnte man so einen Job haben und dabei das Wesen von Künstlern so wenig verstehen?! Was lief falsch in diesem Land? Die Gesinnungsnazis hatten allerorten die Macht übernommen, weil die wahren Künstler, Punks wie er, zu blöde und zu faul gewesen waren, Machtpositionen zu erobern, da sie lieber ihrem Hedonismus frönten, statt so etwas Langweiliges wie Lektor, Verleger, Produzent, Redakteur oder Ähnliches zu werden.

Dabei wäre es so wichtig für das geistige Klima des Landes gewesen, diese Positionen zu besetzen. Jetzt bekam man die Quittung dafür. Jetzt war alles verboten, wurde alles abgelehnt von diesen Akademikern und Feuilletonisten, was auch nur im Ansatz subversiv war. Jetzt herrschte Zensur. Die Bourgeoisie hatte den Kulturkampf gewonnen. Die Bürger und ihre Kinder diktierten von ihren Chefetagen aus ihren faden Bildungsbürgergeschmack.

Leute wie er waren, trotz ihres Namens, zu bedauernswerten Personae non gratae degradiert worden, zu exzentrischen Pennern, die sich von Akademikern, die hochmütig die Richtlinien bestimmten, demütigen lassen mussten. Sie hatten die Macht, andere von oben herab zu behandeln, und das war letztlich der einzige Sinn ihrer Existenz.

Wäre die Produzentin großherzig und weitsichtig gewesen und hätte sie auch nur die geringste Menschenkenntnis gehabt, dann wäre ihr klar gewesen, dass ein Künstler wie er einen gewissen Vertrauensvorschuss für sich einzufordern gewohnt war, in sein Werk, sein Können, seine Reputation. Aber sie begriff nicht, dass er es bei dem ausbeuterischen Salär, das er für sein Schreiben bekam, nur als tiefe Demütigung empfinden konnte, dass sie ihm eine lächerliche Ratenzahlung nicht gewähren wollte.

Es war ein Vertrauensbruch, mit dem er nicht umgehen konnte. Von seiner Kinofirma, bei der es um viel Geld ging und die nicht eine reiche Fernsehklitsche war wie diese, war er anderes gewohnt. Dort hatten sie verstanden, dass Künstler eine Heimat brauchten, weil sie sonst nicht gut funktionierten. Sie hatte nichts von alldem begriffen.

Künstler sind Freiwild, dachte er auf dem Weg nach Hause. Man kann alles mit ihnen machen. Man kann sie kaufen, solange sie Erfolg haben, und anschließend kann man sie wegwerfen, wie es einem gerade passt. Irgendein Bürokrat, irgendein Lektor, irgendein Redakteur in seiner warmen Amtsstube kann einem Künstler immer, ohne mit der Wimper zu zucken, die Lebensader durchtrennen, indem er einfach nicht mehr zurückruft. Alles eine Frage der Macht.

Oft hatte er gehört, wie man sich in jenen Kreisen abfällig über Künstler äußerte. »Ich kaufe Schauspieler – und dann werfe ich sie weg«, war ein gängiger Produzentenspruch nach ein paar Gläsern Wein.

Oft war der Künstler naiv und lebensuntüchtig und merkte gar nicht, wie man ihn manipulierte und ausbeutete, denn er brauchte ja nichts so sehr wie das Gefühl, geliebt zu werden. Man bewunderte ihn zwar in dem Moment, in dem er den Figuren Leben einhauchte, aber das war in der nächsten Sekunde schon vergessen. Im wirklichen Leben sah man auf ihn herab als das arme Würstchen, das er war, mit all seinen Schwächen und Defiziten, zu denen vor allem gehörte, dass er unfähig war, Macht anzusammeln, zumindest der echte Künstler nicht, denn ihn interessierte nur die Kunst, und er war unfähig und sich auch zu schade für den Schmutz der Macht. Deshalb hassten und verachteten ihn so viele, und waren neidisch, weil sie selbst keine Künstler waren, und warteten nur auf den

Moment der Genugtuung, seinen Narzissmus und seine Eitelkeit endlich kränken und ihn erniedrigen zu können.

Der Künstler, der am Anfang der riesigen Verwertungskette stand, befand sich gleichzeitig am Ende der Nahrungskette. Er verdiente zum Beispiel als Schriftsteller weniger als zehn Prozent der Einnahmen seines Buchs am Ladentisch, aber er ernährte einen Tross an Pressedamen, PR-Frauen, Lektoren, den ganzen aufgeblähten Apparat eines Verlags von dem Rest des Geldes, von dem er nur einen Hungerlohn bekam.

Den Kinoregisseur beuteten sie aus. Sie schickten ihn wochenlang auf PR-Tour für seinen Film, wo er Rundfunkanstalten und Zeitungsredaktionen abklappern musste bis hinein in die tiefste Provinz, bis hinein ins schwäbische und pfälzische Frühstücks-Regionalfernsehen, wo er die stupidesten, immer gleichen Fragen immer wieder beantworten musste. Je bekannter er war, umso mehr beuteten sie diese Bekanntheit aus und schickten ihn in die letzten Käffer der Republik.

Irgendwann, auf einer seiner letzten PR-Reisen, stand er mit einem alten Mann, der ihm als stummer Begleiter während der ganzen Reise vom Verleih mitgegeben worden war und massive Hotelunterbringungs- und Reisespesen verschlungen haben musste, Spesen, die wie alles andere von den Einnahmen abgingen, in einer windigen, verregneten Ecke irgendeines westfälischen Provinzbahnhofs, um seinen Film zu promoten. Was genau seine Funktion im Verleih war, wusste keiner. Man nannte ihn einfach nur das »Faktotum«. Wenn er für eine »Lumumbastellung« gebraucht wurde, holte man ihn aus seiner Gruft heraus, und er war plötzlich da. Er hieß eigentlich Graf, aber er sagte aus Versehen immer Grab zu ihm.

Er sah ihn schon von weitem, mit seinem breitkrempigen, schwarzen Hut, wie er wie der Rabe Huckebein auf einer Bank am Gleis saß und mit seinem großen Kopf abwesend ins Leere starrte. Er war längst im Rentenalter. Was zahlte der Verleih ihm dafür, dass er in den frühen Morgenstunden in Wind und Regen hockte? Es war acht Uhr, mörderisch früh, der ganze Bahnhof war leer. Während er auf den Alten zuging, fragte er sich, warum er jetzt schon hier sein musste. Der Alte, der offenbar immerfort von der Vergangenheit träumte, denn ein leises Lächeln umspielte seine Mundwinkel, hatte offenbar völlig vergessen, wo er war, und erschrak, als Gregor ihm einen guten Morgen wünschte.

Das Problem zwischen ihnen war, dass der Greis aufgrund seiner Senilität unglaublich großzügig mit seiner kostbaren Zeit umging. Immer wieder plante er Gregor viel zu früh ein. Dann mussten sie in den hässlichen Hallen irgendwelcher Sendeanstalten warten, bis ihnen ein langer weißer Bart wuchs. Nun gut, er war Gregor Samsa, eine Figur aus dem Kafka-Universum, und der Alte war der Rabe Huckebein, man konnte einander also einiges verzeihen. Trotzdem war Gregor jetzt schon sehr, sehr wütend auf ihn, und sein Morgengruß war reichlich ungnädig ausgefallen.

»Warum sind wir denn schon so früh hier, Herr Grab?«, fragte er lauernd.

Herr Grab kam offensichtlich ins Nachdenken. In seinem großen Schädel begann es zu arbeiten. Es konnte endlos dauern, bis Herr Grab antworten würde.

»Herr Grab, Herr Grab, haben Sie verstanden, was ich Sie gefragt habe?!«, rief er wütend.

Endlich glomm ein Funken Leben in den alten, entrückten Augen, und Herr Grab sah Gregor an, als würde er ihn langsam erkennen. Wahrscheinlich hatte Herr

Grab wieder einen riesigen Sicherheitsabstand zwischen den Terminen eingeplant. Er kramte in den Unterlagen, drückte ihm die Fahrkarte in die Hand und versank anschließend in seinen alten Zustand vollkommener Abwesenheit. So bewegten sie sich schon seit Wochen durch die hässliche, nasskalte deutsche Provinz.

Er war angeschlagen und hatte am Abend vor Erschöpfung und Frust zu viel allein an der Bar getrunken. Die Bahnkarte, die der Alte ihm gereicht hatte, zitterte in seiner Hand. Er keifte ihn an, wann denn das Interview in dem elenden Frühstücksfernsehen in der Pfalz stattfinden sollte. Mit dem üblichen erstaunten Kinderblick tauchte der Alte aus seiner großen, metaphysischen Abwesenheit auf und sah Gregor an. Er gab ihm zu verstehen, dass der Termin in sieben Stunden sei.

»Und was machen wir dann jetzt schon an dem beschissenen Bahnhof?!«, brüllte er.

Huckebein sah ihn hilflos an.

»Was!!!??«, schrie er.

Empört rief er bei der Pressefrau des Verleihs an und beschwerte sich darüber, wie man mit seiner Zeit umging. Da war die Verwunderung groß:

»Aber Herr Samsa«, hieß es, »Sie machen das doch alles nur für sich. Aber wirklich, Herr Samsa, was gefällt Ihnen denn an der Pfalz nicht? Die Pfalz ist doch wunderschön. Da kommen Sie doch sonst nie hin. Seien Sie doch froh, dass wir Ihnen diese Möglichkeit geben, oder glauben Sie, in der Pfalz gibt es keine Kinobesucher? Da unterschätzen Sie die Pfalz aber! Was? Sie finden den Pfälzer Dialekt scheußlich? Und das Essen erinnert Sie an den Faschismus? Und die Menschen hätten so Felsengesichter? Das ist aber ganz schön rassistisch von Ihnen. Ach, Sie sind sich zu schade, mit dem pfälzischen Frühstücksfernsehen zu reden? Das hätten wir ja nicht von Ihnen gedacht. Und nach Bietigheim-Bissingen wollen Sie auch nicht mehr fahren? Es reicht Ihnen also? Wissen Sie, was ich für Arbeit investiert habe, dass Sie überhaupt nach Bietigheim-Bissingen kommen? Die in Bietigheim-Bissingen waren nämlich nicht leicht zu überzeugen, Sie zu nehmen. Sie haben sich, wie Sie sich vielleicht erinnern, schon des Öfteren abfällig über die Schwaben geäußert! Erinnern Sie sich noch an Ihren letzten Kinoauftritt, wo Sie mit dem Kinobesitzer fast eine Schlägerei hatten?! Die Leute dort werden jedenfalls sehr, sehr enttäuscht von Ihnen sein. Und das sind meine Kontakte. Das nehme ich aber jetzt wirklich persönlich, wenn Sie da nicht hinfahren. Aha, Sie haben kaum Stimme? Soso. Wir müssen auch arbeiten, Herr Samsa. Und wir arbeiten für Sie, falls Sie das noch nicht begriffen haben! Ach ja, tatsächlich? Ah, ich verstehe. Ich glaube, Herr Samsa ist sich zu schade dafür, nach Sindelfingen zu fahren und dort sieben Stunden auf den nächsten Regionalzug zu warten. Also ich finde das ganz schön undankbar und rassistisch und frauenfeindlich von Ihnen. Na ja, Herr Samsa, Sie müssen es wissen. Es ist immerhin Ihr Leben. Auf Wiedersehen!«, kreischte die klimakterische Person und legte auf.

Er rief die Produzentin an und beschwerte sich darüber, wie er behandelt wurde. Immerhin hatte er drei Wochen für den Verleih geackert und war nicht ein einziges Mal angerufen und gefragt worden, wie es ihm ginge oder ob man etwas für ihn tun könne. Nein, nein, das war alles ganz selbstverständlich, unbezahlt durch den Scheiß-Schneeregen zu fahren und wochenlang Fragen, die ihm schon aus den Ohren herauskamen, immer wieder geduldig zu beantworten. So hatte er sich das Verhältnis von Produzent zu Regisseur eigentlich nicht vorgestellt.

Es folgte ein langes Schweigen als Antwort, dann ein Seufzen, sehr verhalten natürlich, dann die Frage, ob ihm denn die Politik der Produktion wirklich so wenig gefalle und ob er denn wirklich so unzufrieden damit sei, was man für ihn tue. Wenn dem nämlich so sei, dann müsste man sich natürlich Gedanken machen.

Woraufhin er lange schwieg, weil es darauf nichts zu erwidern gab.

Er telefonierte in seiner Ratlosigkeit und hysterischen Aufgebrachtheit mit der Herstellungsleiterin von Clean-Klon, die den Film betreut hatte, und versuchte ihr klarzumachen, welchen Strapazen er ausgesetzt gewesen war. Sie hatte auf den gleichen Passiv-Aggressiv-Modus geschaltet wie die beiden anderen. Kein Verständnis dafür, nur große Verwunderung, warum er so aufgebracht war. Wahrscheinlich hatten sie sich vorher abgesprochen.

Spätestens da, auf der langen Rückfahrt im ICE nach Berlin, hatte er gemerkt, dass ihn diese Feministentruppe eiskalt abblitzen lassen würde, sobald er emotional in Bedrängnis geriet. Sie hatten überhaupt kein Verständnis für ihn. Wären sie in einer Anstalt, würden sie ihn in eine Zwangsjacke stecken und ihm streng, aber freundlich empfehlen, ruhig zu bleiben.

Gregor schlenderte nichtsahnend an Dussmann vorbei, als er vor sich den Typen sah. Er war drahtig und klein, hatte kurze, stämmige Fußballerbeine und zurückgegeltes Haar.

Einen Moment lang glaubte er, es sei der Wachmann vom KaDeWe. Aber er war es nicht.

Er war eigentlich viel zu gut angezogen für einen Flaschensammler. Er trug ein blauweiß-gestreiftes Businesshemd und enge, blaue Stoffhosen. Wahrscheinlich war er zu besseren Zeiten Kellner gewesen und fühlte sich zu gut für den Job. Gregor hasste ihn sofort, weil er viel zu viel Raum für sich einnahm. Mit schnellen Schritten und aggressiven Gebärden teilte er die Menge der entgegenkommenden Passanten, die ihm ausweichen mussten, näherte sich schließlich der nächsten Müllstation und fischte mit einer Hand, die einen Schutzhandschuh trug, zielstrebig darin herum. Dabei blickte er sich misstrauisch nach allen Seiten um.

Was für ein fieses, schmieriges Bauerngesicht, dachte Gregor. Dieser aufgeblasene, gefährliche Hanswurst war ein Südländer, woher genau, vermochte Gregor nicht zu sagen. Er hatte eine sehr niedrige Stirn, ein Bauer eben, Kosovare, Bulgare, wer wusste das schon, am liebsten hätte Gregor seinen Schädel vermessen.

Darüber die gegelten Haare in einem Schopf nach hinten. Der Blick trübe, düster, aus bernsteinfarbenen Augen. So viel konnte Gregor erkennen.

Wahrscheinlich hatte dieser Halbaffe erst vor kurzem seine bürgerliche Existenz als beschissener, gockelhafter Kellner in einem drittklassigen Ku'damm-Restaurant verloren und war sauer auf den Rest der Welt, weil er keine weiße Schürze mehr um den Arsch tragen und Kundinnen belästigen durfte. Gregor hatte keinesfalls Lust, ihn länger zu ertragen, geschweige denn, sich mit Gedanken über ihn zu belasten.

In einem weiten Bogen überholte er ihn, seufzte und ging erleichtert weiter. Wenig später hörte er ein Brüllen vor sich.

Der Kosovare oder Bulgare hatte ihn offenbar überholt,

ohne dass er es gesehen hatte, und pflanzte sich jetzt wenige Meter vor ihm auf wie ein kleiner Gorilla.

»Ja, dich mein ich!«, schrie er den völlig perplexen Gregor an. »Du Missgeburt!«

Gregor wich unwillkürlich einen Schritt zurück.

»Hat dir schon mal jemand den Kopf am Boden kaputtgeschlagen?!«, brüllte der Mensch und starrte ihn hasserfüllt an. Gregor bekam weiche Knie. Er sah sich nach Hilfe um. Die Passanten stolperten mit eingezogenen Köpfen weiter.

»Nein!«, stotterte Gregor.

»Ich mach dich tot!«, schrie der andere. Dann machte er mit einem wütenden Ruck auf dem Absatz kehrt und verschwand in der Menge. Gregor brauchte einen Moment, bis er sich wieder gefasst hatte. Er fischte nach seinem Handy und rief mit zittrigen Händen die Polizei an. Als die Streife nach zehn Minuten immer noch nicht gekommen war, ging er aus Angst, dem Flaschensammler noch einmal zu begegnen, weiter.

Er taperte unsicheren Schritts Richtung Unter den Linden und betrat einen Fußgängertunnel neben einer Großbaustelle, als ihm, zu seinem Entsetzen, ausgerechnet hier der Flaschensammler wieder entgegenkam. Er ahnte schon von weitem an dem Gang, dass er es war, erkannte ihn aber zu spät, um umzukehren. Nun kam der Typ direkt auf ihn zu.

Gregor merkte, wie seine Beine nachgeben wollten. Die Situation war ausweglos. Links war der Bretterzaun, rechts der fließende Verkehr. Niemand würde ihn sehen oder rufen hören, wenn er seine Drohung wahr machte und »seinen Kopf auf dem Boden kaputtschlug«. Er war ihm jetzt völlig ausgeliefert. Vielleicht hatte er beobachtet, wie Gregor mit der Polizei telefoniert hatte, und würde sich jetzt doppelt rächen, ihn vielleicht sogar töten.

Er sah den kleinen Affen mit der öligen Bauernvisage auf sich zukommen, aber er konnte den Gesichtsausdruck nicht deuten. Er war jetzt nur noch wenige Meter entfernt. Sein Gang war zwar immer noch zielstrebig und aggressiv, aber seine Stimmung hatte zu Gregors Erstaunen vollkommen gewechselt. Nichts deutete mehr auf seine hasserfüllte Wut hin. Im Gegenteil. Er wirkte wie entrückt. Mit einem feinen, verschlagenen Lächeln, das an die Mona Lisa erinnerte, ging er an Gregor vorbei, ohne ihn zu beachten. Offenbar war seine Wut verraucht und hatte einer unbegreiflichen Befriedigung Platz gemacht. Vielleicht war er aber auch schizophren, und das machte die Sache nicht besser. Gregor fragte sich, ob der Irre ihn überhaupt erkannt hatte.

Er hörte, wie die Schritte des anderen auf den klobigen Holzplanken verklangen. Mit klammen Schritten, ohne sich umzudrehen, ging er den Rest des Tunnels entlang, bis er endlich wieder im vollen Tageslicht war.

Der Vorfall beschäftigte ihn den ganzen weiteren Tag. Er erinnerte sich, diesem Menschen kurz im Vorbeigehen in die Augen gesehen zu haben, bernsteinfarbene, kleine Augen mit einem merkwürdigen, fiebrigen Glanz. Dazu die gelbliche Haut. Vielleicht war der Typ krank, hatte sich bei irgendeiner Nutte Hepatitis oder Aids geholt und hasste nun die Menschheit.

Für einen Moment ergriff Gregor eine seltsame Variante des Stockholm-Syndroms.

Er spürte, wie ihn Sympathie für diesen Artgenossen

durchströmte, die in der Vorstellung gipfelte, dass er von ihm in den Arsch gefickt wurde. Der dichte Pelz des behaarten Körpers presste sich gegen ihn, Hände umkrallten seine Brust, die Zunge wurde ihm in den Mund geschoben, und es wurde ihm schwarz vor Augen.

Er schüttelte die Vorstellung zwar sofort wieder ab, musste aber weiterhin an den Typen denken, als er später auf der Lesecouch lag und vor sich hin dämmerte.

Wie lange hatte er sich in unserer westlichen Zivilisation bewegt? War er hier aufgewachsen? Hatte er versucht, als Kellner in der Gesellschaft Fuß zu fassen – und warum war es ihm nicht gelungen? War es Spielsucht, Sexsucht, vielleicht schnelle Drogen, die ihn auf die schiefe Bahn hatten kommen lassen?

Er kannte solche Typen von früher aus dem Westen: gewaltbereite Gelegenheitskellner aus Kroatien, Türsteher vor billigen Diskotheken am Tauentzien. Rund um den Wittenbergplatz gab es viele Kasinos, wo man sein Geld verspielen konnte, viele altmodische Discos, wo es Koks und Nutten gab. Vielleicht war er auch latent schwul.

Wenn es ihm aus seinem blöden, männlichen Stolz so wichtig war, gut dazustehen, wie konnte er sich da die Blöße geben, auf der Friedrichstraße Flaschen zu sammeln?! Ein verkappter schwuler Sadomasochist aus Bulgarien, der Aids hatte und Schwule hasste wie Geoffrey Dahmer, der Milwaukee-Killer, der über zwanzig Menschen aufs Brutalste umgebracht hat? Er kettete seine Opfer ans Bett und riss ihnen bei lebendigem Leib das Herz aus. All diese auf entsetzliche Art aus der Brust oder dem Unterleib gerissenen Organe fand die Polizei später in Formaldehyd eingelegt in seinem Kühlschrank. Und die Schädel der Opfer, aufgereiht auf der Kommode.

Gregor musste an die schwulen Spielchen mit seinem Spielplatzkumpel Andreas denken, einem Hausmeisterkind, das im zweiten Hinterhof wohnte. Seine Haut war ungesund weiß und empfindlich. Er hatte sehr feuchte Hände, die er sich ständig an der Hose abwischte, und wässrige, hellblaue Augen, dazu aschblondes Haar; er roch, wenn er schwitzte, immer ein bisschen nach Scheiße.

Sie hatten zusammen Hamster und Kanarienvögel gemordet, regelrecht hingerichtet hatten sie sie. Sie waren in das kleine Zoogeschäft Ecke Bachestraße gegangen und hatten die Tiere einfach aus ihren Käfigen genommen und sie in Plastiktüten gesteckt. Bis die Alte von ganz weit hinten angeschlurft kam mit ihrem verschleierten Blick und ihren dicken Beinen, in denen das Wasser sich staute, waren sie längst wieder weg. Sie hatten die Tiere mit zu Andreas genommen, der wie er auch immer allein in der Wohnung war. Sein Vater hockte den ganzen Tag in der Kneipe.

Sie hatten die Hamster immer wieder über den rutschigen Rand der Badewanne im Kreis laufen lassen, bis sie schließlich hinunterfielen. Wenn einer auf den Boden fiel, setzten sie ihn wieder hinauf auf den glitschigen Rand, wo er mühsam vorwärtskroch, bis er endlich ins Wasser fiel. Dann sahen sie ihm beim Ertrinken zu. Dann kam der andere dran. Gleiches Spiel. Dann kamen die Kanarienvögel an die Reihe. Sie wickelten Gummibänder um ihren Körper. Ihre Flügel waren dazwischengezwängt. Dann setzten sie die ihrer Flugkraft beraubten Vögel auf die glitschige Rennstrecke und ließen sie laufen, bis sie abglitten und ebenfalls ins Wasser fielen.

Die Nachmittage vertrieben sie sich, indem sie sich gegenseitig Stöckchen zwischen die gespreizten Arschbacken schoben und »Onkel Herbert« für ein paar Groschen zusehen ließen, damit sich der harmlose Irre mit seiner eingedrückten Stirn und seinem breiten Froschmaul, dessen Oberlippe er zur Freude der Kinder bis über die Nasenspitze stülpen konnte, einen in seinen dreckigen Hosenlatz abwichsen konnte. Onkel Herbert kraxelte dann geifernd und sabbernd mit seinen schrecklich entstellten X-Beinen weg, die so schief waren, dass sie mehr am Boden schleiften, als dass sie gingen, während er sich auf seinem Gehstock voranschob. Sein Kinn wölbte sich riesig unter seiner kaputten, ewig grienenden Fresse. Von der Seite sah sein Gesicht aus wie ein Halbmond. Immer lief Sabber aus seinem Mund.

Sie hatten sich die Stöckchen bis zum Anschlag in den Arsch getrieben, bis einer wütend geworden war und dem anderen mit der Faust ins Gesicht schlug. Sie hatten sich geprügelt, bis es dunkel wurde und sie beide blutverschmierte Nasen hatten. Dann waren sie zurück zum Klettergerüst gegangen, hatten die Kippen, die am Boden lagen, aufgeraucht und den alten Weibern aufgelauert, die den Spielplatz überqueren mussten, um ihnen Angst einzujagen und ihnen die Handtaschen zu entreißen. Die Beute teilten sie sich. Irgendwann, wenn es schon lange dunkel war, trotteten sie dann, jeder für sich, mit gesenkten Köpfen, in ihre leeren, dunklen Wohnungen zurück, hockten sich hin und warteten und sahen zu, wie die Einsamkeit um sie immer dichter wurde.

Sein Kumpel Andreas war später Bahnhofsstricher geworden. Er sah ihn manchmal an einer Säule hinter dem Bahnhof stehen mit seinem ungesunden weißen Gesicht und glaubte, den Geruch von Scheiße wieder riechen zu können, der ihm immer entströmt war, sobald er vor Erregung zu schwitzen anfing. Das war 1981, bevor die Seuche ausbrach.

Heute schaffte er es gerade noch vor den Fernseher, wo er den Abend mit einem riesigen Humpen Champagner verbrachte, den ihm einst der Großproduzent auf dem Oktoberfest geschenkt hatte.

Am nächsten Morgen ging er seinen üblichen Beschäftigungen nach. Vor der Auslage eines Schuhgeschäfts blieb er stehen, um eine sehr gutgebaute Verkäuferin genauer in Augenschein zu nehmen, die auf einer Leiter stand und Kartons in einem Regal sortierte.

Er wollte gerade in das Geschäft hineingehen, um mit ihr zu flirten, als ihm eine Stimme, die ihm bekannt vorkam, zuraunte: »Bist du schon mal erschossen worden?«

Er fuhr herum. Der kleine Affe von gestern stand direkt vor ihm.

Gregor schrak fürchterlich zusammen und machte einen Satz zurück. Ein Taxi hielt mit quietschenden Reifen. Der Fahrer fluchte. Gregor riss die Tür auf und sprang hinein.

Auf der Fahrt nach Hause merkte er, dass ihm die Beine schwer wie Blei wurden. Er schaffte es gerade noch die acht Stufen vom Fahrstuhl in seine Dachgeschosswohnung hinauf. Er legte sich sofort hin und konnte nicht mehr aufstehen.

Nachts schrak er von der Couch hoch. Er bildete sich ein, Geräusche an der Haustür zu hören. Zu seinem Entsetzen sah er durch den Spion, dass im Treppenhaus Licht brannte. Er trat leise heran und starrte hindurch. Plötzlich entdeckte er etwas am rechten unteren Bildrand, das wie ein Stiefel aussah. Gregor erstarrte.

Was war, wenn der Typ tatsächlich herausgefunden hatte, wo er wohnte!?

Er hielt den Atem an und blickte wie gebannt auf den reglosen Stiefel.

Jeden Moment konnte der Terror losgehen, der Krach, das berstende Holz der Haustür. Gleich würde der Eindringling ihn mit der Machete durch die Wohnung jagen. Sein Herz begann heftig zu klopfen. Plötzlich dämmerte ihm, dass das da unten kein Stiefelschaft war, sondern die obere Ecke des Müllbeutels, den er am Abend zuvor hinausgestellt hatte. Erleichtert atmete er auf. Im Treppenhaus war es totenstill.

Das Licht ging aus. Er wartete noch eine Zeitlang im Dunkeln, aber nichts regte sich mehr. Noch drei Mal in dieser Nacht hörte er Geräusche und stand auf, um nachzusehen. Sobald er die Augen schloss, sah er den Typen vor sich, wie er sich gegen die Wohnungstür warf, mit seinem von bizarrer Wut entgleisten, öligen Bauerngesicht, wie er sich mit seiner Machete durch den Dschungel seiner Wohnzimmerlandschaft schlug und am Ende wie rasend auf ihn zusprang, auf ihn einhieb und ihn in Stücke zerhackte.

Er erschrak fürchterlich, als es um acht Uhr morgens klingelte. Es war ein Elektriker, der den Fahrstuhl reparieren musste.

Den restlichen Tag verbrachte er in einer Art Dämmerzustand auf der Couch und nickte schließlich ein.

Als er aufwachte, war seine Nase verstopft; eine Erkältung saß ihm im Nacken. Mit letzter Kraft bewegte er sich zum Kühlschrank, öffnete eine Flasche Champagner, warf sich vor den Fernseher und zog sich, wie jeden Tag, die Vorabendprogramme der verschiedenen Sender rein. Es ging um die Pflanzung und Ernte von Schnittlauch im Garten. Das war etwas Handfestes. Damit konnte er etwas anfangen. Er durfte jetzt noch nicht zu viel trinken. Seine Tochter hasste es, wenn sie anrief und er angetrunken war.

Wie sollte er die verdammten Stunden bis dahin rumkriegen? Isabelle, hieß es, war im Urlaub. Ob die anderen Mädchen von dem Escort etwas taugten, war reine Glücksache. Er kannte sie nicht. Er klickte sich eine Weile durchs Internet und gab schließlich auf.

Gegen sieben war die Flasche leer. Das Zeug ging runter wie Wasser und hatte die Wirkung von Speed. Sein Gehirn kam schlagartig in Bewegung und die Motorik seines vollkommen schlaffen Körpers wieder in Gang. Zum Ficken zu gehen war es jetzt zu spät. Eine Stunde nur noch, bis seine Tochter endlich, pünktlich, man konnte die Uhr danach stellen, anrief.

Er hockte vor dem Fernseher und sah Regionalnachrichten, welche, wird hier nicht verraten. Es las die Nachrichtensprecherin, die das Vorbild für die Hauptfigur seiner Serienidee war, die, bei der der Tampon schief lag. Bei jedem dritten Satz hackte sie panisch mit dem Kopf nach vorn, wie ein Huhn! Gregor musste lachen. Ihr Tick hatte sich wesentlich verstärkt und nahm allmählich beunruhigende Ausmaße an. Es war schlimm, ihr zuzusehen. Ihre Züge entgleisten dabei regelrecht.

Wahrscheinlich hatte sie etwas genommen, ein sehr aggressives Medikament, einen Angstblocker. Aber bei Xanax hackte man mit dem Kopf nicht so nach vorn. Vielleicht war sie auch nur zu sehr gebotoxt. Manchmal kam ein irres Leuchten in ihre Augen. An was dachte sie, wenn sie über die vielen Leichen am Strand berichtete? An das anschließende Essen im VAU, an die Austern im Regierungsviertel und/oder den anschließenden guten Fick mit irgendeinem reichen Industriekapitän? Andererseits wirkte sie zu abgebrüht, um an etwas so Schönes zu denken wie einen guten Fick.

Ihr Gebaren lag bestimmt an der Menopause. Ihre Stimme schien sie nur noch mit letzter Anstrengung beherrschen zu können. Man hatte den Eindruck, dass sie gleich loskreischen würde. Er wollte ihr nicht unterstellen, dass ihre Freude von den Bildern der Leichen am Strand des Hotels herrührte. Wahrscheinlich hatten sie ihr eine Überdosis Power-Östrogene gegen die Wechseljahre gespritzt – und daher dieses permanente, aggressive Hoch, das sie ausstrahlte und das sie, so der Eindruck, mit Zähnen und Klauen verteidigen würde.

Dieses Phänomen des blanken Zynismus und der Schadenfreude teilte sie mit den anderen Nachrichtensprecherinnen und Moderatorinnen, die ebenfalls in der Menopause waren. Aber diese hatten bessere Jobs: Sie durften in Dreier-Gesprächsrunden Ministerpräsidenten zerlegen oder ihr Helfersyndrom vor irgendwelchen Flüchtlingslagern herauskeifen, während sie nur die Nachrichten sprechen durfte.

Er hatte darüber geschrieben, viele Drehbuchseiten hatte er die arme Frau von ihrem Elend sprechen lassen, große Sätze, die er sogar auswendig zitieren konnte, zum Beispiel, wenn sie ihrem Mann, dem Industriekapitän Mr Big, ihr Leid klagte: »Jeden Abend muss ich die verdammten Nachrichten lesen. Wenn du wüsstest, wie mich meine Fotze da unten juckt. Das kannst du dir gar nicht vorstellen. Ich kann mich nicht kratzen. Es liegt an dem verdammten Tampon. Jedes Mal schieb ich ihn richtig rein. Fünf Minuten später liegt er schief. Und er faselt rechtsradikales Zeug, bis ich mich nicht mehr auf die Nachrichten konzentrieren kann. Kapierst du das?! Meine Muschi juckt so, dass ich ständig mit dem Kopf nach vorne hacken muss, weil ich mich nicht kratzen kann. Und dann hab ich Angst, dass die Nähte reißen und das ganze Botox rausläuft. Und dann kann ich mich überhaupt nicht mehr konzentrieren.«

Ja, ja. Solche Sätze hatte er zustande gebracht. Und er war nicht einmal dafür honoriert worden.

Er schaltete um. Es lief eine Regional-Talkshow mit dieser Talkfrau mit der quäkenden Stimme, die jeden sofort unterbrach und nie ihre Gäste ihre Gedanken zu Ende führen ließ. Er musste sofort umschalten, er konnte die Stimme dieser schlimmen Sadistin nicht ertragen. Der Nachrichtensprecher, der Ken so ähnlich sah und immer lächelte, egal wie grauenvoll die Nachrichten waren, von denen er berichtete, ließ Gregor bis zum Schluss dranbleiben. Er war das letzte Stück Heimat im deutschen Fernsehen für ihn. Am liebsten, aber das würde er nie zugeben, würde er ihn im Berghain ficken.

Gregor erinnerte sich an den »Philosophen« zurück, wie dieser eines Abends bei seinem Vater beim Rotwein gesessen und mit ruhiger Stimme erklärt hatte, wie es möglich war, von ganz links nach ganz rechts zu wechseln. Und zwar aus einem einfachen Grund: weil man schon immer die politische Mitte gehasst und verachtet hatte.

Aus ihr sei nie etwas Gutes gekommen. Demokratie sei ein Weiberverein; er, mit einem Fuß im Krieg aufgewachsen, habe miterleben müssen, wie die Weiber das Regiment übernommen hätten und nach und nach, mit ihrer rigiden Moral, sich ihre Söhne untertan gemacht und diese vollkommen verweichlicht hätten.

Produkt dieser infamen Erziehung sei das Polit-Prekariat, wie man es heute erlebe, kleine Hosenscheißer, die ungestraft die fröhliche Kunde verbreiten dürfen, der Islam sei ein Teil unserer Volksgemeinschaft. Diese Mama-Söhnchen hätte man für alle Zeiten kastriert durch Schuldgefühle gegenüber den Juden. »Das einzig Gute an den Moslems ist, dass sie ihre Weiber verhüllen«, hatte der Philosoph zu seinem Vater gesagt. »Les jeux sont faits, mein Lieber, jetzt regieren die Grünen – degoutant, aber wahr.«

Gregor staunte, wie tief der Philosoph gefallen war. Als linke Leitfigur im »Kampf gegen das System« hatte er sich gut im Sattel gehalten, aber sobald er nach rechts geschwenkt war, war es rapide mit ihm bergab gegangen. Er hockte jetzt in irgendwelchen Fußgängerzonen im Osten, schwang betrunken große Reden und bettelte Touristen an. In einem hatte er recht gehabt: dass man ganz leicht von einem Extrem ins andere fallen konnte.

Gregor selbst hatte immer schon die Tendenz gehabt, sich auf eine radikale Seite zu schlagen. Er hatte in frühen Jahren schlimme Überlebenskämpfe hinter sich gebracht,

Kämpfe gegen Verwahrlosung, gegen Einsamkeit, gegen einen besoffenen Vater, der nachts nach Hause kam. Er war gezeichnet. Er hatte etwas an sich, das den Bürgern verriet, dass er der Feind war. Sie konnten ihn nicht riechen und schwer ertragen. Gelegentlich wurde er weggescheucht von Typen in blauweiß-gestreiften Hemden. Er vergaß das nie.

Er war damals zwölf, als er wieder in die westdeutsche Provinz zurückkam, erst zu den einen Großeltern, dann zu den anderen. Dabei wurde er mit dem Rest der Familie und ihrer beschissenen, dümmlichen und verwöhnten Atmosphäre konfrontiert, mit den blonden, verwöhnten Kindern und den spießigen, gelangweilten Ehefrauen, die dämlicherweise so einen Hausfrauensex hatten, der ihn nervös machte.

Er bekam mit, wie Ende der Sechziger, Anfang der Siebziger ein Paradigmenwechsel in diesen Kreisen stattfand. Plötzlich war es schick, Willy Brandt toll zu finden. Das war zugleich der Beginn der Konsum- und Wegwerfgesellschaft, der sich massiv Bahn brach. Die blöden, blonden Kinder seines Onkels bekamen plötzlich ungeheuer viel Spielzeug. Überall stand es rum. Nach wenigen Tagen verloren sie das Interesse daran und wollten neues.

Plötzlich machten diese Leute Barbecue-Partys und luden ihresgleichen ein, blöde Apotheker, Ärzte, Anwälte und Kleinstadthonoratioren, die sich aufspielten und schicke Autos fuhren und plötzlich große Häuser besaßen. Das Prestigedenken ersetzte die alten Werte, an die sein Großvater noch geglaubt hatte, an die Arbeitsamkeit und die Bescheidenheit. Die Spießer fingen an, Tennis zu spielen und heimlich Affären zu haben.

Er stand oft abseits, hinter den Zäunen der Tennisplätze, und spannte die blöden Weiber ab, die dort ihre

Bälle schlugen, um gleich darauf irgendwo auf sie zu wichsen.

Mittlerweile schmückten sich alle diese Spießer mit Willy Brandt. Überall gab es Grillpartys für die SPD. Und es war schick, sich Staeck-Plakate aufs Klo zu hängen und »Atomkraft? Nein danke«-Sticker auf die Autos zu kleben. Sie veranstalteten Wahlpartys, diese Schweine! Und spielten unentwegt Tennis!

Er hockte mit seinem alten, verbitterten Großvater, der das Treiben missbilligte wie er, an den Samstagnachmittagen von vier bis sechs vor dem alten Volksempfänger im Briefmarkenzimmer und hörte den *Tannhäuser* oder den *Lohengrin*, die für die Heimkehrer immer noch auf Bayern 3 gespielt wurden, und sang mit ihm dazu anhand der Libretti, die er aufgeschlagen auf dem Schoß hielt.

Hier war er richtig, in diesem kleinen Zimmerchen mit den Wimpeln der Heimatvertriebenen, in das niemand durfte außer ihm und sein Großvater. Hier hatte er zumindest einen Verbündeten gegen diese verwöhnten, selbstgefälligen Bürger vom Tennisplatz, die die Macht übernommen und die alten Tugenden ihrer Väter vergessen hatten, die geschuftet hatten, um das Land aufzubauen.

An jenen vergeudeten Nachmittagen, an denen er vom Wichsen matschige Eier bekam, schwor er sich, eines Tages Mitglied der RAF zu werden und diese Tennisplatz-Bürger zu töten. Um sich so weit wie möglich von ihrem beschissenen, geschwätzigen Liberalismus zu entfernen, wurde er sehr, sehr links und besuchte in Nürnberg im Jugendzentrum die Roten Zellen und die Splittergruppen der KPD/ML, die der RAF nahestanden und zum engeren Sympathisantenkreis gehörten. Er hörte Neil Young und begann, Peter Handke zu lesen. Das war der Anfang vom Ende seiner politischen Karriere.

Unter dem Eindruck der Westberliner Dekadenz der achtziger Jahre, wo es schick war, Politik nur ironisch zu kommentieren oder Begriffe wie den »Kalten Krieg« oder die »Pershings« als Metaphern für das nahende Ende des Abendlandes zu benutzen, wurde er vom Linken zum Unpolitischen und blieb das durch die nächsten beiden Jahrzehnte, die Neunziger, in denen in endlosen Technonächten die Berliner »Spaßkultur« etabliert wurde, und durch die Nullerjahre hindurch, wo sich der Hedonismus in gemäßigter Form fortsetzte, in Gestalt von Filmbällen, Premierenfeiern und ähnlich langweiligem, branchenüblichem Zeug.

Ein paar politische Thesen hatten sich allerdings erstaunlicherweise in sein Gedächtnis eingebrannt, und es waren ausgerechnet die, die sein Großvater mit seinem Vater während der langen Abendessen im Sommer auf der Veranda bei einem großen Krug Erdbeerbowle erörterte. Der Großvater hielt daran fest, dass die westlichen Einflüsse, die der Besatzungsmächte, allen voran Frankreich mit seiner kalten, analytischen Intelligenz, schädlich für das deutsche Wesen waren und seine Tugenden und Ideale nach und nach zersetzen würden, wenn man nicht aufpasste und sich durch die Gewohnheit einschläfern ließ. Er predigte »unsere Sitten, unsere Tugenden und unsere Moral« – und auch »die Überlegenheit unserer Kultur gegenüber der kritischen und zynischen Zivilisation des Erbfeinds«. Er erinnerte an Ernst Jünger, der davor warnte, die eiserne Disziplin, die unseren Volkscharakter ausmachte, fahrenzulassen, bloß weil es uns mittlerweile wieder gutging. Auch der Ernst, die Lauterkeit der Absicht, die Treue, die spartanische Lebensweise gehörten dazu – und der Verzicht, der noch der Tapferkeit vorausging. Eindringlich warnte er davor, auf den Frühsport zu verzichten und auf die anschließenden Waschungen mit eiskaltem Wasser. Er sprach mit tiefer Resignation darüber, dass keiner seiner Söhne in der Lage war, zu begreifen, wie wichtig es mental und körperlich war, die Tradition des Bergwanderns fortzusetzen, wie er es sein Leben lang vorgemacht hatte, bevor ihn, weit in seinen Achtzigern erst, seine Kräfte allmählich verließen.

Gregors Vater, der sich unter strenger Beobachtung fühlte, pflichtete allem kleinlaut bei. Er lebte im Grunde nach den gleichen Maximen, wenn auch nicht ganz so streng; erst die linke Boheme und die Studentenunruhen pervertierten seine »germanische« Grundhaltung, aber nur äußerlich. Innerlich blieb er verachtend dieser Boheme gegenüber, die »nie im Krieg« gewesen war. Er ging auf linke Demonstrationen gegen Israel, für die Palästinenser, denn er war im Grunde immer noch ein verkappter Antisemit. Nächtelang diskutierte er mit Dutschke über die Reinerhaltung der deutschen Sprache, verachtete das linke Kauderwelsch der neuen französischen Philosophen wie Derrida, Lacan und Foucault. Außerdem hatte er eine latente Schwulenphobie. Wenn er zu viel trank, legte er, wie sein Vater, einen fundamentalen Kulturpessimismus an den Tag und zitierte Spengler und Heidegger.

Er warnte vor der Erschlaffung des Willens, vor dem Konsum, vor der antiautoritären Erziehung und besaß bis weit in die achtziger Jahre keinen Fernseher.

Natürlich färbte das alles auch auf Gregor selbst ab und führte zu einigermaßen schizoiden Auswüchsen. In der Zeit, als er noch Drogen nahm, zwang er sich, nach durchzechten Nächten Frühsport zu machen; nach dem Sex wusch er sich sein Geschlecht mit eiskaltem Wasser. Alles, was Spaß machte, nämlich Hedonismus und Dekadenz, rief sein anerzogenes Schuldbewusstsein auf den Plan.

Hätte es eine Steilklamm in der Nähe der Potsdamer Straße gegeben, er wäre sie, voll mit Koks, hinaufgeklettert, einzig und allein um bei seinem Großvater Abbitte für sein schändliches Leben zu leisten.

Lange hatte er die alten Gespräche vergessen. Der Kulturkampf, über den sein Großvater gesprochen hatte, lag zu lange zurück. Von der einstigen Größe und Überlegenheit des Reichs und der deutschen Kultur wusste er wenig. Er war zwischen Schrebergärten aufgewachsen und kannte sein Land nur als westlichen Satelliten.

Aber irgendwann, am Anfang der zehner Jahre, als es langsam mit ihm bergab ging und er anfing, vor dem Fernseher zu trinken, sehnte er sich plötzlich wieder danach, auf jener Veranda zu sitzen, den Schlussfolgerungen seines Großvaters zu lauschen und sich von seiner ruhigen, eindringlichen Stimme einlullen zu lassen. Er stank zu dieser Zeit bereits stark nach Schweiß, und einen Kasten lauwarmen Biers zu seinen Füßen, wünschte er sich zurück in die schützenden Arme der Vergangenheit.

Er schrieb endlich den seit drei Jahrzehnten aufgeschobenen Roman seiner Kindheit und begriff, dass die Filmerei nur eine Zwischenstation gewesen war. Während die Mediengesellschaft mit brutaler Omnipräsenz die Menschen mit der Fußballweltmeisterschaft zudröhnte, zog er die Vorhänge zu, schloss die Fenster und widmete sich dem Studium der Erstausgaben von Hamsun, Jünger und Spengler, die ihm sein Großvater vermacht hatte. Er sang, wie früher als Kind, anhand der alten Libretti, die noch mit Anmerkungen aus dessen Hand versehen waren, den *Tannhäuser* mit, die *Ode an die Freude*, und den *Lohengrin* immer wieder, der ihn im Halbdunkel seiner Wohnung aufgewühlt auf und ab gehen und Tränen vergießen ließ. Dieser Läuterungsprozess führte dazu, dass er irgendwann wie einen fernen Klang die feine Diktion seines Großvaters wieder hörte, der mit gefalteten Händen am Volksempfänger saß und mit ruhiger Stimme den Fehllauf und das Scheitern der Weltgeschichte erklärte.

Der »Philosoph« hatte recht: Man fing in der Regel ganz links an, wo das verhasste Herdenvieh nicht mehr hinkam; bald wandte man sich vom schmutzigen Geschäft der Politik ab, weil man Besseres zu tun hatte, Terrorismus zum Beispiel. Doch irgendwann kehrte man, von den vielen Kämpfen müde geworden, wieder zum Fernseher zurück, meist für den Rest seines Lebens. Und dann hatte man den Salat, denn plötzlich fühlte man sich rechts.

Er war bereits wieder nüchtern und holte eine neue Flasche aus dem Kühlschrank. Gott sei Dank konnte er sich Champagner und ähnlich schöne Dinge noch leisten. Sie waren im Grunde der einzige Trost. Auf das Prickeln am Gaumen konnte er sich verlassen. Er schenkte sich den Kelch voll.

Die Nachrichtensprecherin hatte, während er gedanklich abgedriftet war, ihre Nachrichten noch immer nicht zu Ende gebracht. Panisch riss sie die Augen auf, hackte mit dem Kopf nach vorn, während sie, mit einem abscheulichen Gesichtsausdruck voller Häme, den Rest ihrer üblen Nachrichten verlas. Sie schien zu grinsen, aber auch das konnte am Botox liegen. Ihre Augen leuchteten vor Schadenfreude. Worüber? Dass Leichen eines Massakers am Strand eines Ferienhotels lagen?!

Jetzt blinzelte sie drei Mal hintereinander affirmativ, während sie hart und höhnisch ihre nächsten Sätze ausstieß. Er konnte sich überhaupt nicht mehr auf den Inhalt der Nachrichten konzentrieren, weil er wartete, dass sie sich versprach. Denn das tat sie immer, nachdem sie ihre Augen aufgerissen hatte. Jetzt kam der Versprecher, der Rausschmeißer, der die große Konzentrationslücke auftat, das metaphysische Loch, in dem jetzt alles versank.

Was hatte sie bloß genommen, um so drauf zu sein? Was gab es da für Frauen in diesem Alter?! Wo bekam man das Zeug her, das einen hart wie Kruppstahl machte? Er brauchte dieses Zeug unbedingt, es musste richtiger Nazi-Shit sein. Er würde sie fragen, wenn er ihr auf dem nächsten Sender-Empfang über den Weg lief. Er wankte mit offenem Hosenlatz und Ständer zum Bildschirm und spritzte ihr den Saft ins Gesicht. Während das Sperma in langen Fäden den Bildschirm hinuntertropfte, rief seine Tochter an. Er nahm ab und stieß mit ihr am Telefon an. Es ging ihr gut. In Mailand war schönes Wetter. Und ihre Präsentation war offenbar sehr gut angekommen.

Seine Tochter liebte er sehr. Sie war sein Ein und Alles geworden. Mittlerweile war sie fünfundzwanzig und eine erfolgreiche junge Frau. Jeden Abend, wenn sie auf einer ihrer Reisen war, wartete er sehnlichst auf ihren Anruf. Sie wartete damit, bis sie in ihrem Hotelzimmer war, also in Sicherheit. Es war zugleich das Signal, dass er sich keine Sorgen mehr machen musste, weil dieser Anruf immer erst kam, bevor sie erschöpft ins Bett fiel.

Manchmal war er gezwungen, bis zwölf oder ein Uhr zu warten, da sie sich vorher mit Geschäftspartnern oder Kunden traf, um eine neue Kampagne zu lancieren oder eine alte auf standesgemäße Art unter Dach und Fach zu bekommen. Er hatte gar nicht gewusst, wie viel Geschäft sich hinter der Tatsache verbarg, dass sie Fotografin war. Die großen Kampagnen, die sie mittlerweile machte, führten sie nach Mailand, Paris, New York. Manchmal nahm sie ihn mit, aber das Reisen machte ihm zunehmend zu schaffen. Immer noch war er es jedoch, der die teuren Hotels für sie bezahlte, auch um sie daran zu erinnern, dass er zu Hause saß und auf ihren Anruf wartete.

Es sei an dieser Stelle erlaubt, noch ein paar Sätze zu seiner Tochter zu sagen, da sie von solch großer Bedeutung für ihn war. Sie wohnte bei ihm, und das nun schon seit zehn Jahren. Er war erschrocken, als sie damals plötzlich bei ihm auftauchte: ein abgemagertes, mit Ecstasy und Koks vollgepumptes Mädchen, das nach drei schlaflosen Nächten Rave im Berghain vor seiner Tür stand und ihn fragte, ob sie bei ihm eine Nacht pennen dürfe. Er hatte einen Moment gebraucht, um sie überhaupt wiederzuerkennen. Das letzte Mal, als er sie gesehen hatte, musste sie zehn oder elf gewesen sein. Er hatte sie, genau wie seine kaputte Ehe, einfach vergessen wollen, und das war ihm gründlich gelungen.

Mit riesigen Pupillen starrte sie ihn an und mahlte mit ihrem Kiefer, während er auf ihre zerkauten Nägel starrte, auf denen sie aus Nervosität und Verlegenheit herumbiss. Dass sie ihm in wenigen Jahren so fremd geworden war, versetzte ihm einen Stich. Er streckte, ohne es zu wollen, seine Hand nach ihr aus, berührte ihre nackte Schulter und führte sie in die Wohnung.

Er ließ ihr ein Bad ein. Er wartete vor der Tür, jeder ihrer Bewegungen lauschend. Er hielt ein großes, vorgewärmtes Handtuch in seiner Hand, auf der Treppe hockend, darauf wartend, dass sie fertig würde, horchte auf ihr Plantschen, und plötzlich kamen ihm – endlich, endlich – die Tränen wegen all des Elends, das ihm zugefügt worden war und das er ihr zugefügt hatte. Die Tür ging auf, und sie strahlte ihn, während sie das Handtuch entgegennahm, mit solcher Unschuld an, dass es ihm den Atem verschlug. Offenbar trug sie ihm nichts nach. Offenbar war sie vollkommen reinen Herzens.

Die Angewohnheit, das Handtuch zu halten und auf sie zu warten, während sie ihr Bad nahm, behielt er all die Jahre bei, die sie nun schon bei ihm wohnte. Er bereitete ihr das Bett. Er reinigte ihre Zahnspange. Er legte ihre Kleider zusammen, wenn sie im Bett lag. Sie bemerkte von alldem nichts. Es war selbstverständlich für sie. Er schwor sich, sie nicht mehr aus den Augen zu lassen, und gab sich das Versprechen, egal was passierte, für sie da zu sein. Er meldete sie auf einer Fotografenschule an, auf die sie unbedingt gehen wollte.

Die nächsten Jahre bestanden darin, dass sie fleißig lernte und abends von ihm verwöhnt wurde, indem man irgendwo in jenen neueröffneten Lokalen im Prenzlauer Berg essen ging, oder ins Kino oder in einen Park mit einer Flasche Wein. Sehr zu seinem Erstaunen hatte sie kaum das Bedürfnis nach anderen Leuten, einem Freundeskreis oder ähnlichem unnützen Zeug. Es reichte ihr offenbar, mit ihm zusammen zu sein, zu lernen und die Abende mit ihm zu verbringen. Das machte ihn manchmal, wenn er daran dachte, sehr, sehr glücklich. Und eine schönere Beziehung zu einem Menschen hatte er sich nie vorstellen können.

Wenn sie in die Fotografenschule ging, dachte er tagsüber oft an sie und stellte sich vor, wie sie lernte und wie es in ihrer Schulklasse war, und freute sich auf den Moment, wo sie nach Hause kam, um den Nachmittag abzuwarten und den Abend mit ihm zu verbringen. Sie heilte mit ihrem Strahlen all die Wunden, die das Leben ihm zugefügt hatte. Die Tatsache, dass er sie anfangs aufpäppeln musste, bevor sie wieder zu ihren immensen Kräften kam, rettete ihm in gewisser Weise das Leben.

Sie war in der Schule, als er anrief und ihr eines Tages von den schlechten Blutwerten erzählte, die er von einer finsteren Ost-Ärztin mitgeteilt bekommen hatte, die seine Symptomatik mit der von HIV-Positiven verglich. Er war so erschüttert und am Boden zerstört, da er diese Angst selbst schon lange hegte, dass er sich auf einen Kirchplatz setzte, der von Kastanien umgeben war, und sich nicht mehr bewegte, bis sie kam und ihn abholte.

Sie kam sofort. Als sie ihn in den Arm nahm, weinte er schrecklich. Es war noch zu früh, um zu sterben. Nachdem er sich endlich aus der Umarmung löste, lächelte sie ihn mit ihren großen, grünen Katzenaugen an. »Du hast kein Aids!«, sagte sie. »Wir werden herausfinden, was es ist. Aber ich weiß, dass es nichts Schlimmes ist.«

Da musste auch er plötzlich wieder lächeln. Sie schleppte ihn zu einer berühmten Heilerin, die ihm eine strenge Lebensmitteldiät verschrieb. Die Werte wurden wieder normal. Nun war sie es, die ihn aufpäppelte.

So viel zu dieser Geschichte.

Nachdem er sich ein paar weitere Ladungen Schampus gegönnt hatte, ging er mit hohem Blutzuckerspiegel und rumorendem Magen ins Bett, nicht ohne noch einmal mit seiner Tochter telefoniert zu haben und sich zu erkundigen, ob sie gut im Hotelzimmer angekommen sei.

Er schlief unruhig, wälzte sich hin und her und schwitzte fürchterlich. Nach etwa vier Stunden dämmerte er aus dem Tiefschlaf hoch. Seine Mundhöhle schmeckte bitter. Ein ziehender Schmerz im Nacken teilte ihm mit, dass er sich brutal verlegen hatte. Beim Versuch, sich aufzurichten, wurde der Nackenschmerz reißend. Mit abgewinkeltem, schräg gehaltenem Kopf dackelte er zum Herd. Da er den Kopf nicht bewegen konnte, musste er schielen, während er den Kaffee Löffel für Löffel in die Espressomaschine drückte. Völlig erschöpft hockte er sich unter seine Strahler. Was lag heute an? Ein Anruf bei der Sparkasse. Mehr gab es für ihn an diesem Tag wahrlich nicht zu tun. Was für ein Leben! Prost Mahlzeit.

Es gab eine Hure, die einer Moderatorin sehr ähnlich sah. Sie hatte auch so kalte Augen aus Eis, die einem das Blut in den Adern gefrieren ließen. Diese Hure leckte ihm manchmal die Eier. Sie tat das sehr gut. Sie steckte seine Schwanzspitze in ihre Backentasche und grinste ihn frech dabei an. Sie spuckte riesige Ladungen auf seinen Schwanz, während sie lutschte. Einmal hatte sie sogar versucht, ihm ins Gesicht zu spucken, aber das hatte ihm nicht so gut gefallen.

Die Hure war frech wie die mit der quäkenden Stimme, sah aber aus wie die geile Moderatorin. Wie sie lebte sie in einem ideologiefreien Raum, in dem es nur darum ging, Spaß zu haben und wer wen fickte und sich durchsetzte und es schaffte, den anderen zu erniedrigen und dabei einen Orgasmus zu bekommen.

Der Kaffee hatte ihn müde gemacht. Er musste duschen. Er hatte jetzt einen Plan. Er wollte zu der Hure, die wie die Nachrichtensprecherin aussah. Sie hieß Jessy, wie Jesse James, und war wirklich sehr frech. Um elf könnte er in Charlottenburg sein, »Bei Susi«, wo Jessy arbeitete. Er wollte heute unbedingt auf Nummer sicher gehen, und »Bei Susi« war er sicher. Dort leisteten sie seit zwanzig Jahren solide Arbeit an seinem Schwanz. Er rief an und vereinbarte einen Termin bei Jessy.

Seine Tochter sendete ihm die sehnlichst erwarteten Morgengrüße per SMS. Das war jedes Mal eine Erlösung aus dem trüben, tristen Wahnsinn. Sie war in dem großen, kristallklaren Meerwasserpool schwimmen gewesen. Gleich würde sie anfangen zu arbeiten.

Noch war er es, der die teuren Hotels für sie zahlte. Es machte ihn glücklich, sich vorzustellen, wie sie am Pool saß und ihre geliebten Himbeer-Tartelettes aß, in den herrlichen, weichen Betten des El Principe schlief oder im beheizten Meerwasserbecken des Amalfi-Grand ihre Runden drehte.

Sie sollte es besser haben als er. Er würde sie mit Geschenken überhäufen. Er würde ihr das sündhaft teure Rollkoffer-Set von Botega Vineta auf den Gabentisch legen, das sie sich so sehr gewünscht hatte. Die Koffer in verschiedenen Größen waren aus dickem, weichem Kalbsleder und hatten versenkbare Rollen, so dass sie, sobald die hässlichen Rollen verschwunden waren, wie klassische, vornehme Reisekoffer aussahen. »Zum zehnjährigen Jahrestag deines Einzugs« – würde er auf die Karte schreiben, und sie würde vor Glück schreien. Sie war immer noch so mager und wild wie damals, dachte er voller Stolz, aber mittlerweile streunte sie nicht mehr auf der Torstraße herum, sondern in den Chefredaktionen der italienischen und französischen Vogue.

Mit gehetztem Blick ging er Richtung Alexanderplatz. Er hielt nach »seinem Mörder«, dem verfickten Flaschensammler, Ausschau. Der war allerdings nirgends zu sehen. Es war bereits nach elf. Jetzt hatte er den Termin bei Jessy verpasst. Er rief »Bei Susi« an, aber die Hausdame erklärte ihm, dass Jessy bis vier Uhr besetzt sei. Diese Tatsache verärgerte, verwirrte und erschreckte ihn in einem Ausmaß, dass er vollkommen die Orientierung verlor. Er blieb stehen und hielt sich am Pfeiler der Ampel vor dem Soho House fest.

Wie immer dachte er an das viele Geld auf seinem Konto und die Immobilien, die er besaß. Diese Reserven in einer absolut feindlichen Welt beruhigten ihn. In die Friedrichstraße, wo er normalerweise seine Zeit mit Einkaufen totschlug, konnte er nicht. Es war zu gefährlich. Aber ins KaDeWe. Dort gab es zwar nicht diesen guten Hummer mit Cocktailsauce, aber es war einigermaßen sicher.

Überall vor dem Biomarkt lagen riesige Kleidersäcke

für Flüchtlinge herum; es sah aus wie eine Müllhalde. Die Mütter, die sie abgeladen hatten, wirkten sehr glücklich, dass sie helfen konnten, und plapperten aufgeregt miteinander; eine erkannte er wieder. Er hatte sie vor vielen Jahren einmal aus dem Prinzenbad zu sich in die Kurfürstenstraße abgeschleppt, um sie zu ficken. Aber es hatte, wie immer, nicht geklappt. In ihrem Fall lag es an dem, was sie »ihre Natürlichkeit« nannte und was an dieser Stelle nicht genauer ausgeführt werden soll.

Sie war nun doch mindestens zweifache Mutter geworden, die Bälger hingen an ihr, während sie wie Mutter Courage ihre vollgestopften Ikea-Taschen für die Flüchtlinge zum Bioladen schleppte.

Noch im Bann dieser Erscheinung sah er ein wenig zu spät, wie auf einmal, grinsend wie ein Pavian, ein Kopf über einer Müllstation auftauchte, der dem seines Mörders sehr ähnlich sah. Gregor erschrak fürchterlich und ergriff stolpernd die Flucht auf die andere Seite der Straße. Der Mörder bahnte sich seinen Weg durch die plappernden Frauen hindurch, die vollkommen euphorisiert davon waren, dass wegen der Flüchtlingswelle endlich etwas in ihrem Leben passierte, und kam direkt auf ihn zu. Hals über Kopf floh Gregor nach Charlottenburg.

Als die S-Bahn aus dem Alexanderplatz hinausfuhr, bereute er einen Moment, nicht nach Neukölln gefahren zu sein. Es gab dort eine sehr gute Adresse, »Blondinen bevorzugt!«, wo Nicht-Profis arbeiteten, die für wenige Wochen aus Lettland oder Litauen eingeschleust wurden, um Liebesdienste zu leisten. Diese Mädchen, die meist einen weichen Körper und eine empfindliche, weiße Haut hatten, bekamen bei den Berührungen oft Gänsehaut und wurden feucht. Ein echtes Naturerlebnis war das. Viele waren erstaunlich klein, wenn sie von ihren Plateauschuhen heruntерstiegen – sie wurden in diesen Ländern noch mit Kuhmilch ernährt, und alles Wachstum floss in die natürlichen Brüste! (Ein Internatsfreund von früher, ein riesiger Typ, schwärmte für solch »halb so große Frauen«, wie er selbst es war, weil er ihnen einen Bierkasten auf den Kopf stellen konnte, während sie ihm gleichzeitig einen bliesen.)

Jedenfalls waren diese Dämchen willfährige Geliebte, die statt einer Sprache, die er verstehen konnte, tolle Laute ausstießen. Man konnte sie ohne Mühe in alle möglichen Positionen bringen, und wenn man richtig in sie eindrang, bekamen sie einen Orgasmus. Sogar ihr Stöhnen klang echt. Sie sagten: »Oh ja«, und »Fuck me«, ohne dafür Extra-Bezahlung zu verlangen. Ihre Zunge war flink und unverschämt, und sie waren versauter als die dummen Latino-Nutten, die nur dumpf ihre Pflicht taten und gar nicht wussten, dass es so etwas wie ein Vorspiel überhaupt gab. Das hatte wahrscheinlich alles mit ihrem Scheiß-Katholizismus zu tun und dem dumpfen Machismo ihrer verblödeten Typen, deren Phantasie gerade mal ausreichte, um fünf Minuten rein-raus mit ihnen zu machen. Manche riefen ihn auch bei seinem Decknamen: »Peter!«, was ihm ein Schmunzeln entlockte. Man konnte ihnen sehr gut Ansagen machen.

Aber nun war er auf dem Weg nach Charlottenburg, wo sie viel routinierter und oft weniger raffiniert in Liebesdingen waren als diese Polinnen oder Lettinnen, die so amüsant waren und so gut flirten konnten. Nun ja. Die Entscheidung war getroffen. Jetzt war es zu spät. Er würde für den »Girlfriendsex« zwanzig Euro extra bezahlen müssen, der bei »Blondinen bevorzugt!« nicht als Zusatzleistung verbucht wurde. Aber es war schon richtig so. Außerdem war er für Neukölln viel zu gut gekleidet. Der persianerbesetzte Kragen seines Mantels wirkte schwul. Und er hatte keine Lust, von Schwulenhassern in der U8 zusammengeschlagen zu werden.

Er stieg am Savignyplatz aus und ging seine übliche Route. Es ging ihm jetzt etwas besser. Oben am Ku'damm war das »Luxus«. Unten am Wittenbergplatz das »make love«. Auf halber Strecke lag »Bei Susi« und ein Stück über die Martin-Luther hinaus das »Excellence«. In der Kurfürstenstraße schließlich das »Juwel!«, ein großer Name angesichts der miserablen Standards an Körperhygiene, die dort herrschten. Zwischendrin gab es ein paar Futterstationen, an denen er, leer und erschöpft vom Rammeln, eine Pizza oder ein Mittagsmenü zu sich nehmen konnte, um Kraft zu schöpfen für die anschließenden Einkäufe.

Wie war es bloß so weit mit ihm gekommen, fragte er sich betrübt. Das Leben hatte sich zu einer ziemlich trostlosen Sache entwickelt. Früher war es von Zwängen geprägt gewesen, da hatte er es nicht so gemerkt. Seit die Zwänge weg waren, hatten die Kompensationen in einem furiosen Ausmaß die Macht übernommen. Ihm wurde manchmal schwindlig angesichts der Summen, die er privat ausgab. Dabei übertrieb er nie.

Ein gewisser Rest an Geiz war geblieben. Nur sehr selten ließ er sich zu einem Dreier überreden. Der Extra-Service, den er in Anspruch nahm, blieb überschaubar. Trotzdem kosteten ihn die Biester eine Unmenge Geld. Es war abzusehen, dass er sich ruinierte. Teuer wurde es, wenn er sich nicht lumpen ließ und Sekt aufs Zimmer bestellte. Dann zog sich die Sache hin.

Seit er, vor ein paar Jahren, eine Weile ausgesetzt hatte, konnte er nicht mehr in den Nutten kommen. Er nahm sich jedes Mal vor, nur eine Stunde zu buchen, die aus einem Vorspiel von etwa zwanzig Minuten bestand, in dem geschmust und geküsst und geblasen wurde (jeweils zwanzig Euro extra macht sechzig), einer anschließenden halben Stunde Verkehr und der darauf folgenden, zehnminütigen, fetischistischen Anbetung des Hinteranblicks von gespreiztem Arsch und gespreizter Fotze, auf die er dann, sich auf seinen aufgeriebenen Knien befindend, im Eigenhandbetrieb abspritzen konnte.

Meist schaffte er es aber in dieser Zeit nicht – und deshalb der Sekt. Der Sekt putschte ihn auf, anders schaffte er es nicht, vor allem nicht bei seinen zwei, drei Stammnutten, zu denen er an Tagen ging, an denen er ein erhöhtes Sicherheitsbedürfnis hatte und nicht das Risiko eingehen wollte, eine neue Nutte auszuprobieren, die ihm alles versemmeln konnte. Das Problem beim Stammpersonal war, dass er bereits so abgestumpft gegen ihre Reize und Rituale war. Der Piccolo half ihm, einen hochzukriegen. Wenn er einen Ständer bekam, warf er sich sofort auf die alte Nutte und rammelte in sie hinein. Da er mit Gummi nicht kommen konnte, gab er schnell wieder auf.

Er kam dann meist darauf zu sprechen, wie lange er die Nutte schon kannte und fickte. Das brachte ihn manchmal wieder hoch, manchmal nicht. Oft begann in dieser Phase die Sache aus dem Ruder zu laufen. Er legte sich dann auf den Rücken, mit eingeschrumpeltem Schwanz, und ließ sich von ihr den Genitalbereich pudern. Den Puder hatte er dabei. Er zwang sie, das Kinderlied »Maikäfer, flieg … Pommerland ist abgebrannt« zu summen. Wenn er dabei nicht steif wurde, musste sie ein bisschen an ihm herumlutschen, bis die Zeit um war. »Nicht so schlimm«, sagte er dann und winkte ab wie Columbo. Das Verhältnis war nach zwanzig Jahren verbraucht.

Meist jedoch lief es besser. Er ließ sich nach fünf bis zehn Minuten mit schlaffem Schwanz von ihr kippen und wie ein kleiner Junge auf den Rücken fallen. Sie fing dann an, in ihrer Mutterrolle, ihn oral zu befriedigen, während er die Augen schloss und sich, theatralisch stöhnend, hin und her wälzte. Je lauter er stöhnte, desto mehr brachte ihn das in Stimmung. Wenn das Muttertier es geschickt anstellte, kam er, bevor die Stunde um war. Wenn sie es nicht schaffte, er aber trotzdem kommen wollte, konnte es ewig dauern und artete meist in eine Metzelei aus.

Ein anderer Trick, zu kommen, war, sich vorzustellen, dass es sich bei der Nutte um Dakota handelte, seine Affäre von vor zwanzig Jahren, mit der er den besten Sex seines Lebens gehabt hatte. Die Nutte, mit ihrem ausladenden Hintern und ihren blonden Haaren, sah ihr von hinten nämlich sehr ähnlich. Wenn er die Augen zusammenkniff und nicht so scharf hinsah, konnte er sich vorgaukeln, es sei Dakota.

Und genau deshalb, wegen dieser Arsch- und Blondhaarähnlichkeit, riss Gregor am Ende manchmal das Ruder doch noch herum, indem er immer wieder »Oh, Dakota! Dakota!« zu der alten Nutte schrie, und schließlich kam, und zwar mit einem so lauten Röhren, dass es den ganzen Puff und das ganze Treppenhaus erschütterte. Natürlich kam er nie auch nur annährend an seine Gefühle mit der echten Dakota heran, das war ja klar! Aber sollte er deshalb sein Leben abkürzen und sich gleich vor diesen Bus werfen?

War er dahin gekommen, wo er jetzt war, weil er zu marode war, um zu arbeiten und sich den Strapazen, der Viecherei von Dreharbeiten auszusetzen, weil er sich zu schade dafür fand? Die Filmerei war etwas für Schwachköpfe mit einem gesunden Körper und einem gesunden Selbstbewusstsein, die gut darin waren, den Coach zu spielen und gute Laune zu verbreiten. Wenn er morgens um sieben ans Set kam und all die müden Leute sah, die müden Schauspieler in der Maske und die müden »Nutztiere« seines Teams, die vor dem Catering herumlungerten, wollte er direkt wieder gehen, wenn er an die Plackerei dachte, die gleich auf ihn zukommen würde. Was für eine Zeitvergeudung diese ganze Filmerei doch gewesen war. Mit wie viel Mittelmaß er sich hatte abgeben müssen. Welche Schufterei!

Und das bei seiner leichten Irritierbarkeit, was andere Menschen anging, seiner ständigen Paranoia, die im Lauf der Jahre immer schlimmer geworden war. Vor allem, wenn sich herausstellte, dass er jemanden nicht mochte. Das war das Allerschlimmste. Es nahm ihn vollkommen mit. Er konnte dann an nichts anderes denken. Es musste nur ein faules Ei darunter sein, und sei es bloß ein Kameraassistent, und schon warf es ihn aus der Bahn. Er war unglaublich empfindlich, was den Respekt und die Ruhe bei der Arbeit anging. Er sah rot, wenn er mitbekam, wie ein untergeordneter Charge, ein Assistent oder Requisiteur sich den Raum auf seinem Set nahm, um Witze zu machen, zu flirten oder privat zu telefonieren.

Diese Leute, die sich einbildeten, sich das Recht auf ihre stupide Individualität herausnehmen zu können, ekelten ihn; ihre schlechte Erziehung, ihr Mangel an Respekt kotzte ihn an. Er machte ihnen klar, dass die Arbeit mit ihm für sie kein Zuckerschlecken werden und dass er ihnen notfalls Benehmen beibringen würde, Benehmen, das sie in ihren rotgrünen Multikultikindergärten offenbar nicht gelernt hätten. In all diesem Gewusel im Morgengrauen witterte er überall Leute, die sich auf die Seite seines Feindes schlagen könnten.

Wenn er morgens ans Set kam, schleppten die Arbeitssklaven der Lichtabteilung mit ihren übermüdeten Gesichtern all den schweren Kram heran, den der miese Darsteller brauchte, um in ein gutes Licht gesetzt zu werden, Scheinwerfer, Lampen, Stative, Kabel und dieses ganze deprimierende Zeug. Sie schleppten und schleppten, unermüdlich, in der Kälte, im Nebel, im Regen, während der miese Arsch von Hauptdarsteller in der Maske saß und sich bedienen ließ. Wie sinnlos kam ihm das alles vor! Er wusste jetzt schon, dass am Ende nichts anderes dabei herauskommen würde als irgendein weiteres, bedeutungsloses Filmchen *Made in Germany*, das keiner sehen wollte.

Mit dicken Tränensäcken, meist noch verkatert, mit Mundwinkeln, die rettungslos nach unten hingen, kämpfte er sich vor zu seiner mit schwarzem Filz zugehängten Kombo, dem einzigen ruhigen Platz, wo ihn niemand sah und ihm niemand blöde Fragen stellen konnte. In diesem schwarzen Kasten, der an das Heiligtum von Mekka erinnerte, hockte er dann, lauschte seinem rumorenden Magen und fragte sich voller Panik, ob ihn diesmal wieder mitten im Take das dringende Bedürfnis zu scheißen überfallen würde, wie gestern, als er mitten im Monolog des Schauspielers abbrechen musste und davongeschlichen war, mit der Hand beide Arschbacken zusammendrückend, dabei murmelnd: »Der verdammte Proktologe hat mir den Schließmuskel ruiniert.« (Auf dem Beipackzettel stand, dass die Schlaftabletten Dünnschiss hervorriefen, wenn man sie zu hoch dosierte – und wahrlich, das tat er!)

Eigentlich hatte er den Monolog des Schauspielers gern abgebrochen, denn er mochte diesen mickrigen Ossi nicht, der völlig anders tickte als er. Vielleicht war es eine Idee, das Gleiche heute zu wiederholen, um ihn erneut zu demütigen. Dieser Wicht konnte nicht mal richtig betonen. Ständig verschluckte er Konsonanten an genau der falschen Stelle, an denen die Ossis immer ihre Konsonanten verschlucken. Daran erkannte man sie! Er hatte ein paarmal versucht, es ihm abzugewöhnen. Dann hatte er aufgegeben. Er war ein verdammtes Wrack, er sollte eigentlich keine Filme mehr drehen.

Er hatte bereits mehrmals kurz vor Drehbeginn wichtige Darsteller ausgewechselt. Einmal dachten alle erst, es sei ein Gag. War es aber nicht. Gregor ging einfach dessen Eitelkeit fürchterlich auf die Nerven. Schon nach den ersten Kostümproben konnte er ihn nicht mehr ertragen. Diesen Typ, Mitte zwanzig, hatten ihm die Produzenten ans Herz gelegt, weil er gerade sehr hoch gehandelt wurde. Er hatte dunkle Haare und sah von vorne aus wie Tom Cruise. Er hatte alle Preise und Lorbeeren eingeheimst, die man als Nachwuchsschauspieler bekommen konnte, und war sehr eingebildet. Er hatte die Angewohnheit, sich nicht von der Stelle zu rühren. Die anderen mussten sich auf ihn zubewegen, wenn sie ihm die Hand geben wollten; er blieb einfach stehen. Nicht einmal als der Produzent sich ihm näherte, kam er auf die Idee, ihm auch nur einen Millimeter entgegenzugehen, was ein Fehler war, wie sich später herausstellen sollte. Subalternen Leuten gab er prinzipiell nicht die Hand. Er sah einfach weg. Selbst Gregors Regieassistent war Luft für ihn. Das war ein Affront, eine Geringschätzung, die Gregor als an seine Adresse gerichtet empfand.

Bei einer kleinen Probe, in der es darum ging, dass Sebastian Held, so hieß er, in den Flur seiner Wohnung kommen sollte, hatte der Ausstatter vergessen, das Schlüsselbrett an die Wand zu hängen. Sofort fing er an, das zu monieren. Wohin sollte er den Hausschlüssel nun legen? Was für einen Eindruck würde es auf den Zuschauer machen, wenn er den Schlüssel nicht an die Wand hängen konnte? Würde das nicht bedeuten, dass es sich nur um ein provisorisches Zuhause handle? Dann aber müsse er die Szene ganz anders spielen. Dann könne er ja nicht so tun, als käme er in ein gewohntes Zuhause.

Gregor merkte, dass Held nur einen Vorwand suchte, ihn in die Enge zu treiben. Wie konnte man nur als guter Regisseur ein so wichtiges Requisit vergessen?, schien er ihm sagen zu wollen und ihn gleichzeitig darüber aufzuklären, auf was für kleine, unscheinbare Dinge seine feine und hochreflektierte Schauspielkunst angewiesen war, um sich zu entfalten, und an was er alles dachte bei seinem Spiel. Er unterstellte Gregor damit, dass dieser sich offenbar keine Gedanken darüber gemacht hatte. Sonst hätte er ja das so wahnsinnig wichtige Schlüsselbrett nicht vergessen.

Was nun sei, hatte Held nachgebohrt. Ob der Ausstatter nicht eben den Requisiteur beauftragen könne, ein Schlüsselbrett zu besorgen, bevor man die Probe fortsetze.

»Das würde viel zu lange dauern«, hatte Gregor erwidert, wohl wissend, dass er es auf eine Konfrontation ankommen ließ. »Versuch dir doch einfach vorzustellen, dass der Stuhl hier das Schlüsselbrett ist. Leg den Schlüssel auf den Stuhl und spiel einfach die Szene«, hatte er vorgeschlagen.

Held hatte das mit einem langen Nachdenken quittiert, ihn durchdringend angesehen und gefragt: »Ist das wirklich dein Ernst?«

Gregor war standhaft geblieben. Held hatte daraufhin bedächtig genickt und dabei auf den Boden geblickt. Viele wichtige Dinge schienen ihm durch den Kopf zu gehen. Schließlich hob er, nachdem alle ihm lange genug beim Nachdenken zugesehen hatten, gnädig den Kopf und sah Gregor wieder an. Mit einer milden, eigenartigen Stimme, die nicht verhehlte, dass er seinen Ärger hinunterschlucken musste, schlug er vor: »Was hältst du davon, wenigstens einen Nagel an der Wand anbringen zu lassen? Wäre dieser Kompromiss möglich? Wie gesagt, das würde mir das Spiel um vieles erleichtern.«

Gregor blickte zum Ausstatter, der Ausstatter gab dem Requisiteur schließlich die Anweisung. Der Nagel wurde eingeschlagen, die Szene wurde unter angespanntem Schweigen geprobt. Am Ende hatte der Darsteller den Regisseur fragend angesehen.

»Irgendwelche Verbesserungen?«

Es gab nichts zu verbessern. Die Szene war stumm. Der Schauspieler hatte nichts anderes zu tun gehabt, als den Schlüssel an die Wand zu hängen und sich umzublicken. Viel war da nicht falsch zu machen. Also musste es eine Fangfrage sein, ein Test, ob er, der Regisseur, ihm, Held, intellektuell gewachsen war, denn auf der Bühne konnte man über ein Nichts diskutieren, dieses Nichts dialektisch so oder so auslegen und darüber in eine heftige Auseinandersetzung geraten.

Gregor ahnte, dass Held ihm solche Haarspaltereien nicht zutraute, er verachtete Regisseure vom Film. Eigentlich würde er viel lieber nur Theater spielen, hatte er gleich zu Beginn gesagt. Gregor war nicht bereit, auf dieses Duell einzugehen. Er hätte sich herablassen können, eine sarkastische Regieanweisung zu geben, Held etwa vorzuschlagen, eine Pirouette zu drehen, bevor er den Schlüssel aufhing, oder Ähnliches. Aber dann hätte er ja verraten, dass er Held insgeheim attraktiv fand und ihn letztlich in den Arsch ficken wollte. So schüttelte Gregor einfach nur stumm den Kopf und bedankte sich einsilbig.

In der nächsten Probe hatte Held nur einen kleinen Nebensatz. Er sollte die Schwiegermutter fragen, wo die Küche ist. Der genaue Satz lautete: »Wo ist die Küche?« Es war eine Szene zwischen seiner Frau und seiner Schwiegermutter. Er jedoch fing gleich damit an, dass er nicht wisse, wie er diesen Satz sprechen solle, leise oder laut, aggressiv oder verhalten. Das Drehbuch gebe hier keinen Anhaltspunkt. Held suchte offenbar wieder den kleinsten Anlass, sich aufzuspielen und den »Regisseur herauszufordern«.

Das war nämlich sein Prinzip, hatte er ihm einmal erzählt. Aus der negativen Haltung, der Hinterfragung der Regie bezog er seine Energie. Er hatte sich deshalb schon mit diversen Theatergrößen während der Proben angelegt und verkracht. Aber er hatte immer dem anschließenden Hass des Regisseurs mühelos die Stirn geboten. Zadek hätte, so berichtete er, während der anschließenden Proben nach dem Krach nie wieder ein Wort an ihn gerichtet, auch Spielberg nicht, weil er seine Rolle, auch wenn sie nur klein war, hinterfragt hätte.

»Don't argue!«, hätte Spielberg gesagt – und auf diesen Satz, der so viel über dessen Mangel an Souveränität verriet, sei er bis heute stolz. Spielberg hätte ihn während der gesamten weiteren Dreharbeiten vollkommen ignoriert. Aber das hätte er ausgehalten, und zwar, wie ihm schien, besser als der Regisseur. Jetzt hatte Gregor den Salat. Warum hatte er die Zeichen nicht rechtzeitig erkannt?

Held fragte, zwischen den beiden Frauen und der Küchentür des Proberaums stehend, noch einmal: »Kann mir mal jemand sagen, wie ich den Satz aussprechen soll? Ich weiß nicht, was für eine Motivation dahinterliegt.«

Gregor seufzte. »Sprich ihn einfach. Denk dir irgendeine Motivation aus. Die Motivation liegt ganz banal darin, dass du wissen willst, wo die Küche ist, okay?!«, antwortete er, kaum noch imstande, seine Wut im Zaum zu halten. Held würde ihn ständig auf die Palme bringen. Er musste ihn loswerden. Er konnte unmöglich vierzig Tage mit ihm am Set verbringen.

Außerdem gefiel ihm sein Aussehen nicht. Irgendetwas daran war dubios. Von vorne sah er toll aus, aber von der Seite irgendwie komisch. Er verlor an Profil. Gregor konnte es sich nicht recht erklären. »Von der Seite schlecht zu fotografieren«, raunte er seinem Kameramann zu. Es hatte etwas mit dem unteren Teil der Nase zu tun. Sie sah operiert aus, aber er war sich nicht sicher.

Diese Nase begann Gregor auf gefährliche Weise abzulenken. Immerzu musste er sie anstarren. War sie nun operiert oder nicht? Lag es an der Nasenspitze? Ja, genau. Held hatte winzige Nasenlöcher. Konnte er überhaupt atmen? Gregor merkte, dass er sich schon lange nicht mehr auf die Probe, sondern nur noch auf diese Nase konzentrierte. Er fragte sich, wie es zu dieser Deformation gekommen war und ob Held vielleicht als Baby schlimme

Polypen gehabt hatte und die Nase deshalb vorn an der Spitze im Laufe der Jahre so deformiert worden war.

Dieser winzige Makel an dem Halbgott hätte ihn eigentlich sympathischer machen können. Aber das Gegenteil war der Fall. Die kleinen Nasenlöcher hatten etwas Piefiges, Spießiges, das auf Engherzigkeit und Kleingeistigkeit schließen ließ, dachte Gregor. Er musste aufhören, ständig an diese Nase zu denken, die Schauspieler guckten schon.

Wenn Held allein irgendwo saß, wirkte er abwesend, hohl und auf seltsame Art traurig. Seine Augen wirkten oft tot, wie Glasmurmeln. Als gehörten sie einer Schaufensterpuppe. Auch diese Leere war ihm in letzter Zeit immer öfter aufgefallen und berührte ihn unangenehm. War er ein Replikant? Die Augen sahen aus, als hätte Scientology sie ihm eingesetzt. Aber vielleicht gab es ihn ja gar nicht und Gregor hatte wieder mal nur schlecht geträumt.

Held war nicht alleine gekommen. Mit ihm kam eine echte Zicke, Konstanze Lüders, auch genannt »das Luder«. Er hatte bereits Erfahrungen mit ihr gemacht. Erst tat sie zuckersüß, dann argumentierte sie bis zum Knochenkotzen, und wenn sie dann nicht bekam, was sie wollte, führte sie sich wie eine regelrechte Psychopathin auf, brüllte, schrie, heulte, und es fehlte nicht viel, dass sie einem ihre Krallen ins Gesicht schlug. Er war selbst schuld, dass er sie genommen hatte. Es lag an seiner Schwäche für Frauen, die alles kompliziert machten, wahnsinnig spitzfindig, empfindlich und manipulativ waren, es war sein Masochismus, der ihn verleitete, sie zu besetzen.

Sie war einige Jahre älter als Held und hatte schon sehr früh, als Kinderstar, im Fernsehen Karriere gemacht. Bekannt geworden war sie durch eine berühmte Sketchserie, die die ganze Republik gesehen hatte. Dann war es eine

Zeitlang still um sie geworden. Sie schnappte sich Held sofort und zog ihn auf ihre Seite. Als schlimme Neurotikerin brauchte sie ihn, um ihre Stimmungsschwankungen auszugleichen, denn er war jung, nervenstark und unverbraucht. Wahrscheinlich schleppte sie ihn gleich am ersten Abend ins Bett und domestizierte ihn dort vollkommen. Er war das perfekte Opfer, das sie aussaugen konnte.

Da sie früher einmal ausgesehen hatte wie die junge Brigitte Bardot, hatte sie gedacht, sie würde, wie diese, international Karriere machen, und verkündete in Interviews, dass sie am liebsten mit Scorsese oder Lynch arbeiten würde. Es blieb bei einer Fernsehkarriere. Mittlerweile hatte man ihr sogar schon Nebenrollen als Mutter in irgendwelchen ZDF-Schmonzetten angeboten. Nie hätte sie gedacht, dass die Zeit so rapide gegen sie arbeiten würde. Um gegen die Geringschätzung ihres großen Talents zu rebellieren, schrieb sie neuerdings über alle möglichen Themen im Feuilleton der *Zeit*.

Hier war sie nun, quatschte Gregor tot und zerlegte jeden seiner Sätze. Sobald er einen Satz anfing, unterbrach sie ihn sofort und erklärte ihm, dass sie längst verstanden habe, was er meine. Dann lieferte sie vor allen Anwesenden die perfekte Interpretation dessen, was er ihrer Meinung nach hatte sagen wollen. Mit viel besseren und treffenderen Worten natürlich. Mit dieser Waffe gelang es ihr fast immer, ihn schachmatt zu setzen.

Das war eigentlich noch nicht das Unsympathischste an ihr. Schlimmer wurde es, wenn sie Gregors Drehbuchsätze semantisch auseinandernahm und ständig hinterfragte. Er hatte sich eigentlich nicht viel beim Schreiben gedacht und war deshalb schlecht in der Lage, ihre Spitzfindigkeiten zu beantworten. Sie tarnte diese Fragerei mit einer gespielten Naivität, die diplomatisch sehr geschickt war, aber im Grunde auf das Gleiche hinauslief wie bei Held: Sie wollte ihn in die Enge treiben. Irgendwann, als ihm der Kragen platzte, fragte er, wieso sie die Rolle angenommen hätte, wenn sie das Drehbuch nicht verstünde.

Ihre Enttäuschung über ihn brach sich auf fürchterliche Weise Bahn. Sie fing hemmungslos an zu weinen und hörte nicht mehr auf. Damit zwang sie ihn, fassungslos zuzusehen, was er mit seiner groben Bemerkung angerichtet hatte: Es war erschreckend, wie viele Tränen flossen. Sie wollte ihm zeigen, was für ein Versager er nicht nur beruflich, sondern vor allem menschlich gesehen war. Impulsiv entschuldigte er sich bei ihr und verlor dadurch natürlich weiteres Terrain. Danach gingen die beiden Darsteller gemeinsam weg – und zwar ficken, wie er sehr bald herausfand, da er ihnen ins Hotel gefolgt war, um mit ihnen zu reden.

Bei der nächsten Probe gaben sich alle fürchterlich Mühe. Bis der Moment kam, wo sie wieder anfing, mit sich zu ringen, ob sie dieses und jenes nun fragen solle oder nicht.

Und natürlich fragte sie dann wieder, wie das Adjektiv zu verstehen sei, mit dem der Hauptdarsteller sie betitelte; ob es als Verniedlichung gemeint sei, wenn er zu ihr sage, sie sei süß, und ob sie auf diese Invektive als frühe, angehende Emanze wütend reagieren solle oder oberflächlich gelassen?

»Oberflächlich gelassen trifft es gut«, antwortete er, ermüdet und gelangweilt. Sofort bohrte sie nach, was er unter »oberflächlich gelassen« verstehe. Er sah hilfesuchend zu Held, der mit am Tisch saß, aber dieser blickte an ihm vorbei ins Leere.

»Du sprichst den Satz genau so, wie er da steht, langsam, mit der Betonung auf der Endsilbe, klar!? Alles andere überlasse ich deiner Interpretation! Was ist an dem Satz so schwer zu verstehen!!??« Er schrie fast.

Sofort sprang sie wütend auf und verließ türenschlagend das Zimmer. Held ihr hinterher. Hinter der geschlossenen Tür gab es eine lange Diskussion, in der Held ewig mit leiser, schmeichelnder Stimme auf sie einredete, bis sie sich endlich beruhigte. Irgendwann kamen sie wieder hinein, als wäre es eine Gnade für ihn. Man spulte ein freudloses Pflichtprogramm ab, bei dem er sich lächerlich vorkam. Innerlich hatte er bereits mit ihnen abgeschlossen.

Danach gingen sie wahrscheinlich wieder ficken und dann zum Italiener, um ihre Antipasti zu fressen. Sie waren dumme, eitle Schauspieler, die sich wichtiger nahmen als alles andere. Die Wichtigkeit ihres Egos war ihr Fundament, um sich gegen ihn durchzusetzen.

Er fühlte sich niemals wichtig. Er hatte eher entweder einen Minderwertigkeitskomplex als Regisseur, weil er diesem Beruf nicht traute, weil er Menschen nicht traute, sie nicht mochte, eigentlich nichts mit ihnen zu tun haben wollte, oder er war völlig größenwahnsinnig als Autor, weil er sich in den schwindelerregenden Höhen (oder Tiefen) seines einsamen Schaffens wie Gott fühlte. Dazwischen gab es nichts. Diese Gemengelage verhieß nichts Gutes mit diesen beiden. Sie würden die leisesten Schwächen ausnützen und ständig darauf herumhacken.

In der Nacht träumte er, dass er in seinem Hotelzimmer schlief und plötzlich bemerkte, dass die Rückwand des Zimmers fehlte: Vom Gang aus starrten die Gesichter der beiden auf ihn herab. Wie ein verschworenes Geschwisterpaar musterten sie ihn kalt und reglos, während er friedlich schlief. Dann sahen sie sich lange an, um in den Augen des anderen stumm zu erforschen, wie sie vorgehen sollten, und ein böses Lächeln kroch über ihre Gesichter.

Gregor schrak hoch. Die trügerische Tatsache, dass er vom selben Zimmer, von derselben Position geträumt hatte, in der er sich tatsächlich befand, verdoppelte den Effekt. Ab diesem Moment wusste er, dass er zumindest einen der beiden loswerden musste.

Er fing an mit Held. Er erklärte die Sache dem Produzenten, der Held für einen eitlen Fatzke hielt, und anschließend sprach er mit Harry, dem »Executive Producer«, einem Typ, der früher als Türsteher im Frankfurter Milieu Leute krankenhausreif geschlagen und eine Knastvergangenheit hatte, über die Vorgehensweise. Harry, der damals unter einem knöchellangen Ledermantel immer mit einer abgesägten Schrotflinte herumgelaufen war, war ein Zwerg, aber er wirkte gefährlich. Er hatte monströs große Hände, erinnerte an Gollum aus *Herr der Ringe* und war genauso unberechenbar.

Da er Held für eine »feige, miese Tucke« hielt, schlug er vor, mit ihm allein auf das Gelände einer leerstehenden Wurstfabrik zu fahren und ihn dort zu exekutieren. Er beschrieb die Szene wie aus einem amerikanischen Gangsterfilm. Alle lachten.

Held wurde zu einer mörderisch frühen Uhrzeit aus der Maske geholt und ins Produktionsbüro gebeten. Er hatte noch Foaming Gel im Haar. Es sah aus wie Sperma. Der Herstellungsleiter teilte ihm mit, dass er entlassen war. Held rieb sich die Augen. Er hielt das Ganze für einen Witz. Er war wahrscheinlich noch sehr müde. Er hatte bestimmt etwas falsch verstanden. Er stand auf und ging mit schwerem Schritt aus dem Büro zurück in die Maske. Dort musste man ihm nochmals erklären, dass seine Entlassung ernst gemeint war. Er hatte wirklich Mühe, es zu begreifen. Ihn, Held, der als die Zukunft des deutschen Kinos galt, rausschmeißen? Das ging ihm nicht in seinen selbstgefälligen Kopf.

Er versuchte, Gregor zu erreichen, aber der war für ihn nicht mehr zu sprechen. Er hatte sich in einer Hotelsuite verschanzt, oder besser, verschwanzt, denn er überbrückte das sinnlose Warten, bis die Zukunft des deutschen Kinos endlich aus der Stadt war, mit dem Studium der Pornokanäle.

»Gollum« persiflierte zum großen Vergnügen der Anwesenden später den Gang und den blöden Gesichtsausdruck Helds. Sehr schnell musste ein Ersatz gefunden werden. Jeder Tag, den sie verloren, kostete Unmengen Geld. Die Leitungen liefen heiß. Niemand hatte Zeit. Am Ende tat Gregor einen alten Kumpel auf, mit dem er schon viele Filme gemacht hatte.

Sie mussten ihn extra aus den Bahamas einfliegen. Er war eigentlich viel zu alt für die Rolle, und als man ihm, um ihn jünger zu machen, in der Maske ein Toupet aufsetzte, sah er plötzlich aus wie Berlusconi. Man lachte sich schief. Die Sache fing an, Spaß zu machen.

Konstanze Lüders tat so, als nehme sie das ganze Drama überhaupt nicht zur Kenntnis. Sie hatte zwar einen Fickkumpan verloren, ansonsten war es ihr angeblich egal, wer »unter ihr spielte«. Sie konnte, das hatte sie schon des Öfteren betont, notfalls auch gegen eine Wand spielen.

Am fünften Drehtag kam es mit ihr zum Eklat. Man hatte einen Neunzigjährigen für die Rolle eines Sterbenden ausgewählt, hatte ihm die Haut bleich geschminkt und ihn für die Sterbeszene vorbereitet, die er spielen musste. Konstanze war in ihrer Rolle eine Krankenschwester und musste sich um den Alten kümmern. Als sie zur Stellprobe kam und den Greis sah, nahm sie Gregor beiseite und sagte ihm, dass der Mann sofort ausgetauscht werden müsse. Sie könne die Szene nicht spielen, da er zu große Ähnlichkeit mit ihrem eigenen Vater hätte. Das würde sie psychisch behindern.

Gregor schwante Schreckliches. Nach kurzer Überlegung, in welcher er blitzschnell sämtliche Möglichkeiten durchspielte, wie er sie doch noch austauschen konnte, erwiderte er mit möglichst ruhiger Stimme, in die er all seine nicht vorhandene Autorität zu legen versuchte, dass das leider nicht ginge. Die anderen alten Männer hätten nicht gepasst und man habe sie bereits nach Hause geschickt. Er würde jetzt gerne proben. Sie blickte schweigend zu Boden, wie um sich zu sammeln. Als sie wieder aufblickte, hatte sie feuchte Augen. »Bitte!«, sagte sie nur.

Nun war es an ihm, sich zu sammeln, um dann bedauernd den Kopf zu schütteln. Noch einmal versuchte sie es mit ihrem ganzen Charme. Er wusste, wenn er in dem Punkt nachgab, würde sie immer wieder kommen. Er hatte es schon einmal mit ihr erlebt. Am Ende war kaum noch etwas von ihm und seinem Film übrig geblieben. Noch einmal sollte ihm das nicht passieren.

Sie bat ihn nochmals, dem Regieassistenten Bescheid zu sagen, dass er einen der anderen Männer zurückholen solle. Er war kurz davor, nachzugeben, als ihm einfiel, dass ihr Vater höchstens siebzig Jahre alt war, also überhaupt keine Ähnlichkeit mit diesem Methusalem haben konnte, und merkte, wie die Wut in ihm hochstieg. Fast hätte sie es wieder geschafft, ihn zu manipulieren.

Er schüttelte nochmals den Kopf.

»Warum nicht!?«, rief sie aus, als wäre es das Wichtigste der Welt. Er erwiderte kalt, dass sie nicht länger diskutieren solle. Er müsse jetzt proben, ihm liefe die Zeit davon.

»Bitte«, flehte sie kindisch, »tu mir nur diesen einzigen Gefallen.«

»Tut mir leid«, sagte er und merkte, wie sie erstarrte. Er erklärte ihr ruhig, dass er ihr so weit entgegenkommen könnte, für die Probe und für die Einstellungen mit ihr den Tattergreis durch eine Puppe zu ersetzen. Sie erwiderte etwas in ihrer altklugen Art, die er am meisten hasste. Er schüttelte nochmals den Kopf.

»Dann drehe ich diese Szene nicht!«, sagte sie und ging davon.

Das Team stand bereits etwa zehn Minuten herum, als er sich endlich entschloss, selbst zu ihr in den Trailer zu gehen, nachdem der Regieassistent es vorher schon einmal versucht hatte. Sie telefonierte bereits mit ihrer Agentin. Gregor stand in der Tür und beobachtete sie. Die Wut, mit der sie auf die Agentin einsprach, hatte etwas von ihrem jugendlichen Charme zurückkehren lassen. Ihre Wangen waren gerötet. Mit filigranen Bewegungen untermalte sie ihre Erklärungen. Dabei thronte sie wie eine kleine Prinzessin auf ihrem Schminkhocker. Das Biest wusste schon, was sie wert war.

Er forderte sie auf, zum Set zurückzukommen. Sie sprang auf. Sie warf ihm vor, dass er sehr unprofessionell sei. Nicht nur, weil er auf ihren Gefühlen herumtanze, die sie für ihre Rolle brauche, sondern auch, weil er so ignorant sei, dass er nicht begreife, dass sie Tochtergefühle entwickeln müsse, wenn sie die Rolle spiele. Daran, dass er das nicht begreife, könne man erkennen, dass er von der Schauspielerei nichts verstand.

Er war baff. Wie konnte sie es wagen! Er schrie und drohte ihr mit seinen Anwälten, wenn sie nicht sofort zum Set käme. Für jede Minute würde er sie verklagen. Sie nahm ihr Handy und tippte mit blitzartiger Geschwindigkeit eine Nummer. Er wollte ihr das Handy entreißen. Mit einem schrillen Schrei wehrte sie ihn ab. Er versuchte sie aus dem Raum zu zerren. Sie riss sich los, warf sich auf den Boden, heulte und beschimpfte ihn. Er sei ein Monster, schrie sie immer wieder: Ein Monster! Ein Monster! Ein Monster! Dabei spuckte sie.

Schließlich verbiss sie sich in den Teppich, den sie gleichzeitig mit ihren Klauen bearbeitete. Er sah dem Schauspiel selbstvergessen zu, so fasziniert war er davon. Ihr Gesicht war blutrot angelaufen, die Zähne entblößt. Sie trommelte mit den Fäusten auf den Boden. Dabei lief ihr ein Sturzbach von Tränen aus den Augen. Er hatte so etwas noch nie gesehen.

»Ich rufe jetzt den Produzenten an! Ich verklage dich!«, raunte er mürrisch. Es war das Einzige, das ihm einfiel. Ihre Performance war eindeutig besser.

Angeschlagen schlurfte er zurück ans Set und gab Anweisungen, die Einstellung auf den Alten vorzubereiten. Er wollte ihr eine letzte Galgenfrist gewähren. Wenn sie in fünf Minuten nicht da wäre, würde er erste Sanktionen in Gang setzen. Während der Kameramann einleuchtete, rief er den Produzenten und ihre Agentin an. Sie sollten ihr klarmachen, was für sie auf dem Spiel stand.

Aus der Entfernung hörte das Team ihr grässliches Schluchzen, kombiniert mit einer Art Schluckauf, der immer schlimmer zu werden schien. Er ging nach hinten. Sie lag flach auf dem Bauch, die Beine wie ein Frosch von sich gestreckt. Ihr ganzer Körper wurde von ihrem schrecklichen Schluckauf erschüttert.

Im selben Moment klingelte ihr zweites Telefon. Sie grapschte es sich, heulend und schluchzend. Es war die Stimme ihres dicken, kahlköpfigen PR-Agenten, der wie ein Hundetrainer zu ihr sprach. »Es ist gar nichts gut!«, keifte sie. Sie wusste, dass jetzt der beste Moment war, ihrem Sklaven und Leibeigenen einen Nervenzusammenbruch vorzuspielen. Sie befahl ihm, eine Limousine zu bestellen, die sie abholte, und zwar sofort.

Gregor entfernte sich. Das Einzige, was ihm jetzt noch blieb, war endlich den ersten Take zu drehen. Der Alte lag ruhig und fahl in seinem Bett, als wäre er tatsächlich schon an Altersschwäche gestorben. Im Hintergrund hörte man das Gekeife, Geschluchze und Geheule. Gregor drehte die Einstellung. Als er zurückkehrte, lag sie seitlich zusammengekrümmt in einer Ecke am Boden, eine Jacke und einen dicken Pullover über den Kopf gezogen, den Arm mit dem Handy, aus dem der Kahlkopf immer noch auf sie einsprach, weit von sich gestreckt. Ihr Körper zuckte heftig. Es sah aus wie ein epileptischer Anfall.

Diese Szene hatte sie bereits in einem Film von ihm gespielt; er erkannte sie sofort wieder. Sie war sozusagen eingeschrieben in ihren Körper und offenbar jederzeit abrufbar, wenn sich die entsprechende Gelegenheit bot. Faszinierend. Vielleicht kam als Nächstes, da ihre Nerven völlig zerrüttet waren, Deus ex Machina etwas Lustiges aus ihrem immensen Repertoire, und sie sprang auf und begann, eine Zigeunerpolka zu tanzen. Bei ihr war alles möglich.

Behutsam tat er einen Schritt in den Raum: »Konstanze? Konstanze?«, rief er leise.

Für einen Moment wurde sie ruhig und abwartend, als wäre eine Wendung des Geschehens zu erwarten.

»Was ist? Was willst du?«, schluchzte sie.

»Wir müssen drehen«, sagte er zuckersüß.

»Hast du einen neuen Alten?«

»Nein.«

Einen weiteren Moment blieb sie still.

Er hoffte, sie endlich da zu haben, wo er sie wollte, zerbrochen und am Boden zerschmettert. Immerhin hatte man ihn gelehrt, dass man manche Schauspieler erst brechen müsse, damit sie besonders gut wären. Jetzt würde er es sein, der mit ihr redete, wie sie sonst mit den anderen, nämlich wie mit einem kleinen Kind. Das sie ja auch war, ein kleines, überbegabtes, liebesbedürftiges Kind. Sie würde nun endlich verstehen, dass Tränen einzig dazu da waren, zu trocknen.

»Lass dich jetzt schminken und geh zum Set. Die Einstellung auf dich ist vorbereitet«, sagte er. Sie bäumte sich auf, warf die Klamotten vom Kopf und schrie, bis sich ihre Stimme überschlug, dass sie niemals mehr mit ihm drehen würde. Und wieder kam das Stakkato: Monster! Monster! Monster! Monster!

Da ihn das nicht mehr beeindruckte, fuhr sie stärkere Geschütze auf: Sie würde dafür sorgen, dass man ihn auswechselte. Sie habe schon mit dem Produzenten telefoniert. Sie drehe nicht mehr mit ihm. Ihre Stimme war wieder nüchtern und normal, als wäre nie etwas geschehen. Sie stand auf, zog ihr Kleid zurecht, setzte sich an den Schminktisch und fing an, ihre Wimpern zu tuschen. Sie wusste, dass ihre Worte ihre Wirkung nicht verfehlt hatten.

Er lief hinaus und rief sofort beim Produzenten an, um herauszufinden, ob das stimmte oder nur eine infame Lüge von ihr war, die mit seinen geheimsten Ängsten spielte. Denn klar war ja, dass man sie nach fünf Drehtagen allein aus finanziellen Gründen nicht mehr auswechseln konnte, ihn aber schon. Klar war auch, dass der Produzent sie anbetete und jederzeit vor ihr auf die Knie ging. Bei ihm konnte sie sich alles erlauben. Und, das war das Schlimmste, sie war fanatisch genug, die Sache durchzuziehen.

Wenn sie lange genug durchhielt, war er nach wenigen Tagen vom Hof gejagt. Und sie hatte nicht nur ihren Triumph, sondern auch die Oberherrschaft über seinen Film. Vielleicht würde sie sogar selbst Regie führen. Sie hatte mehrmals im Feuilleton darüber gesprochen, wie schlecht und unsensibel männliche Regisseure mit Frauen umgingen. Beim Produzenten war die ganze Zeit besetzt. Wahrscheinlich liefen bereits alle Drähte heiß.

Er rief seine Agentin an, die die beste Freundin ihrer Agentin war, und bat, zu vermitteln. Dann den Anwalt der Firma, dem er mitteilte, dass sie den Dreh boykottiere und er bereits zwei Stunden verloren habe. Der Anwalt sollte die Kosten ausrechnen lassen, an ihre Agentin schicken und ihr damit drohen, sie in Rechnung zu stellen. Bei zwei Stunden ging es bereits um fünfstellige Beträge. Dann versuchte er wieder den Produzenten zu erreichen, der aber nicht ranging. Was hatte das zu bedeuten?

Das ganze Team, das stumpfsinnig an seinen Geräten hockte und wartete, beobachtete Gregor, wie er im Stechschritt durch die Gänge marschierte und ins Telefon schrie. Am Ende bekam er den Produzenten doch noch an die Strippe und redete minutenlang auf ihn ein. Ruhig und abgeklärt meinte dieser, das sei eine klassische Szene: Vor wenigen Wochen habe Tom Tykwer in etwa das Gleiche erlebt; er solle das aussitzen, sie kriege sich schon wieder ein, auf die paar Stunden Drehzeit käme es jetzt auch nicht mehr an. Der Anruf beruhigte ihn.

Gregor schaltete einen Gang zurück. Er hockte sich auf den Ausleger des kleinen Krans, aß ein Salamibrötchen und betrachtete die herrlichen Titten der Enkelin des Alten, die sich unter ihrem Feinripppullover abzeichneten.

Etwa eine halbe Stunde später erschien Konstanze wie ein Gespenst an der Tür des Raums, wo das Set aufgebaut war. Sie war frisch geschminkt, allerdings konnte das Rouge ihre Bleichheit und das ausgemergelte Gesicht, das plötzlich unter der Schminke uralt wirkte, kaum übertünchen; ihre roten Augenränder hatte man auch nicht wegbekommen. Mit belegter Stimme fragte sie, was sie tun solle. Gregor erklärte es ihr. Sie nahm die Regieanweisung gleichgültig entgegen, nickte und machte dann genau das Gegenteil von dem, was er ihr gesagt hatte.

Er sagte: »Cut.« Sie sah ihn an und fragte abweisend, ob er die Einstellung noch mal drehen wollte.

»Nächste!«, befahl der dem Regieassistenten. Ihm wurde klar, dass sie ihn mit dieser Kälte bis zum Schluss der Dreharbeiten strafen würde. Keiner seiner Anweisungen würde sie Folge leisten. Das würde irgendwann der Dümmste merken, und er hätte den Schwarzen Peter gezogen. Denn entweder er würde so tun, als fände er das okay, und dann wäre er der letzte Schlappschwanz, oder er würde die Konfrontation mit ihr suchen.

Er wusste, dass sie ihn dann jederzeit bloßstellen konnte, indem sie ihn vor dem ganzen Team hinterfragte, sobald er sie kritisierte. Dem wäre er nicht gewachsen gewesen. Durch ihre jahrelange Theaterarbeit war sie die Gewieftere in solchen Auseinandersetzungen. Sie würde es schaffen, ihn in die Enge zu treiben und sich über ihn lustig zu machen. Er stünde da wie ein Depp. Aber klein beigeben konnte er auf gar keinen Fall, sonst wäre die ganze Sache verloren.

Deshalb sagte er: »Ich möchte diesen Take doch noch mal haben. Einige Dinge haben mir nicht gefallen. Ich konnte dich nur im Profil sehen, will dich aber von vorne. Deshalb würde ich dich bitten, ans Kopfende des Betts zu treten und frontal vor der Kamera mit dem Alten zu sprechen. Da ich einen Schwenk von dir zum Kopf des Alten machen will, kann ich ihn leider auch nicht auswechseln. Sorry. Ich hoffe, das ist okay für dich.«

Sie nickte. Technische Anweisungen waren immer ein guter Trick, sie zu manipulieren. Sie tat, was er sagte, warf allerdings dem Kameramann einen vielsagenden Blick zu. Er tat, als hätte er es nicht gemerkt, aber es versetzte ihm einen weiteren Stich.

Am Abend stieg sie in eine abgedunkelte Limousine. Vorne am Steuer saß ein Chauffeur, und hinter den dunklen Scheiben im Fond saß der Kahlkopf. Sie fuhren in ein anderes, wesentlich teureres Hotel, in das man ihre Koffer später bringen ließ.

Die grauenvollste Erfahrung mit sich selbst und mit Dreharbeiten hatte er allerdings bei einem anderen Film gemacht, der noch nicht so lange zurücklag. Dazu muss Folgendes vorausgeschickt werden: Die eigentlichen Dreharbeiten wurden einem schon durch die zähen Vorbereitungen vollkommen verleidet. Sie dauerten bei einem Kinofilm mittlerer Größe etwa drei Monate.

In dieser Zeit wurden von Anfang an ständig nur die blödesten und dümmsten Fragen geklärt. Jedes Department löcherte einen mit seinem elenden Scheiß: wie die Haustürklingel aussehen sollte. Was für ein Glockenläuten? Welche Sockenfarbe soll Darsteller II in der Szene am Montag tragen? Wie hatte er sich die Deckenhöhe des Apartments vorgestellt? Hoch oder niedrig? Alt oder neu? Welche Nasenspitze sollte Darsteller III in der Szene mit der Altersmaske tragen? Sie legten einem Katalogseiten von Nasenspitzen vor. Wie sollten die Mitesser auf der Stirn der Tochter angeordnet werden? Durfte sie einen

Aschenbecher im Zimmer haben, obwohl sie erst fünfzehn war?

Wer nicht ein vollkommener Fachidiot war und auch nur ein Fünkchen Phantasie besaß, konnte wahnsinnig werden bei diesen Fragen, denn sie drückten einen völligen pragmatischen Stumpfsinn aus. Hätte irgendjemand die Feinfühligkeit besessen und aufgrund des Drehbuchs kapiert, worum es in diesem Film ging, dann hätte ihm niemand diese Fragen stellen müssen. Dann hätte jeder von alleine gewusst, was er zu tun hatte. Dann hätte man sich nicht an Details festgehalten, sondern vielleicht mal über den Gesamteindruck nachgedacht. Und dann hätten sie ihm einen Vorschlag für das »picklige Mädchen« oder den »verklemmten Buchhalter« oder den »polymorph-perversen Opa« gemacht, mit allen Attributen, die zur Typisierung dieser Figuren gehörten.

Aber nein, das trauten sie sich alle nicht zu. Dazu waren sie viel zu feige und künstlerisch vollkommen unemanzipiert. Es fehlte ihnen das Selbstvertrauen, das Fingerspitzengefühl. Sie waren viel zu plump, um ihren Job wirklich gut zu machen. Ihnen fehlte dazu jede Phantasie und jedes psychologische Einfühlungsvermögen.

Das war die Krux! Das machte ihn so fertig. Und deshalb verweigerte er auch die Antworten auf ihre blöden Fragen! Was für eine Sockenfarbe soll Darsteller II in der Szene am Montag tragen? Was hatte er, verdammt noch mal, damit zu tun!!??

Der blöde Regieassistent, ein Department, das er nie leiden konnte, weil hinter der Fassade immer der hinterhältige, verkappte, verhinderte Regisseur steckte, der sich ständig irgendetwas beweisen musste, lief wichtigtuerisch mit riesigen Listen herum, die er verschwörerisch mit den verschiedenen Abteilungen abarbeitete. Er, ein kleiner, dicker Pole, stand immer viel früher auf als Gregor und machte einen Sport daraus, wer am längsten im Büro blieb. Er wollte Gregor beweisen, dass er viel mehr arbeitete als er.

Sein großes Hobby war der Drehplan.

Nachdenkend, sich fühlend wie ein Stratege, hockte er den ganzen Tag davor und veränderte ihn. Und umgekehrt: Der Drehplan veränderte den Regieassistenten. Er war kaum noch ansprechbar. Er tat so, als sei der Drehplan das Wichtigste von der Welt. Er machte ein großes Geheimnis daraus und zog sich immer mehr in sich selbst zurück. Wenn man ihn in einer wichtigen Frage sprechen wollte, war er kurz angebunden. Es gab keinerlei menschlichen Kontakt mehr zu ihm. Der Drehplan war sein Machtinstrument. Gregor hatte ohnehin längst jedes Interesse daran verloren. Dauernd musste er geändert werden und brach zusammen wie ein Kartenhaus. Eine regelrechte Sisyphusarbeit war das. Und immer musste das Wetter berücksichtigt werden, oder die Termine der Schauspieler, die sich ständig verschoben.

Der Regieassistent, der große, entrückte Herrscher über den Drehplan, ließ sich allerdings nie aus der Ruhe bringen. Mit zu Schlitzen verengten Augen, Tunnelblick und verkniffenem Gesicht saß er da. Hochkonzentriert. Und irgendwie abgehoben. Mit stalinistischer Härte. Unerbittlicher werdend jeden Tag.

Dann gab es diese elenden Runden mit dem Herstellungsleiter, den sie ihm vorgesetzt hatten, um ihm Angst einzujagen, einem Riesen mit einem abgehalfterten Boxergesicht, der mit ganz leiser Stimme sprach und vollkommen stoisch blieb, egal was passierte. Immer wurde um Geld geschachert, immer wurde gekürzt, weil angeblich kein Geld da war.

Tagelang fuhr man in einem Kleinbus mit dem halben Team durch die Gegend. Es roch immer nach Schweiß, als hätte noch niemand vom Gebrauch des Deos gehört. Man wurde zugedröhnt von ihrem Husten, ihren Meinungen, ihren blöden Hobbys, ihren Urlauben, dem ganzen privaten und beruflichen Mist dieser Leute, saß dichtgedrängt mit ihnen wie Herdenvieh hinten in den Sitz gequetscht und verlor Lebenszeit.

Diese drei Monate der Vorbereitung waren eine solche Strapaze, dass er sich am ersten Drehtag wie ausgespuckt und den Schauspielern zum Fraß vorgeworfen vorkam. Ihr Geltungsbedürfnis war kindisch, und er verachtete die meisten von ihnen. Immer überwog bei ihm die Skepsis, ob er ihre Eitelkeiten bis zum Ende ertragen würde. Den ganzen Tag musste er sich geduldig ihre blöden Fragen anhören. Sie waren genauso dämlich wie die der anderen, nur mit dem Unterschied, dass der Beweggrund ihrer Fragerei nicht wie bei den anderen ein bescheidener Pragmatismus war, sondern dass sie angestachelt wurden von ihrer obszönen Eitelkeit.

Am Ende seiner Kräfte, begann er abends zu trinken, und zwar allein, in irgendwelchen Lokalen, wo er sich sicher sein konnte, dass niemand ihn finden würde. Er trank, um schlafen zu können. Er rechnete sich aus, dass er, wenn er in sein Zimmer kam, gerade noch ein paar Stunden hatte, in denen er unbedingt Schlaf finden musste. Allein schon der Gedanke daran löste enormen Stress aus.

Um fünf schrillte der Wecker. Er musste aus dem Bett springen, duschen und sich anziehen wie beim Militär, sich mörderisch früh, mit bleiernen Knochen und vollkommen leerem, dummem Kopf in den Frühstücksraum begeben, um dort sofort angequatscht zu werden. Diesen robusten Menschen machte es offensichtlich nichts aus, sich kumpelhaft in den allgemeinen Massenterror zu begeben, er aber war immer schwer beleidigt über den Schlafentzug und konnte die hässlichen Fratzen vor dem Frühstück kaum ertragen, die ihn schon wieder mit Fragen löcherten.

Am schlimmsten war es, wenn die Nebendarsteller, mit denen er gar nicht gerechnet hatte, mit ihren blödsinnigen Schauspielerfragen um die Ecke kamen, bevor er den ersten Bissen von seinem Brötchen genommen hatte. Allein schon diese Taktlosigkeit machte ihn so wütend, dass er den ganzen Tag mit schlechter Laune herumlief. Wo waren die hübschen Mädchen in seinem Leben geblieben?

Er sah sie manchmal, wenn er in aller Herrgottsfrühe in den Fahrstuhl stieg, um sich seiner »Drückerkolonne« anzuschließen. Sie standen da plötzlich im Fahrstuhl, bildhübsche Mädchen mit Sonnenbrillen, teuren Täschchen und endlos langen Beinen. Woher kamen sie? Und wohin wollten sie? Er starrte sie eine Weile wie ein Weltwunder an, bis er begriff, dass es sich um Callgirls handelte, die die Nacht in irgendeiner Suite verbracht hatten. Sie starrten an ihm vorbei auf die gegenüberliegende Fahrstuhlwand.

Es tat richtig weh, auf nüchternen Magen diese endlos langen, schönen Beine zu sehen. Mit einer fuhr er zwei Mal den Fahrstuhl herab, eine dunkelhaarige Schönheit mit einem Gesicht, das einer modernen Variante von Audrey Hepburn glich, mit einer perfekten Figur. Beim zweiten Mal begann sein Herz bereits bis zum Hals zu klopfen, während er sich überlegte, was er zu ihr sagen sollte. Aber es wurde nichts daraus, denn sie hatten bereits das Erdgeschoss erreicht, und er suchte immer noch nach Worten, als sie bereits den Fahrstuhl verließ, was ihn richtig melancholisch machte.

In den Nächten kompensierte er all die banalen Schrecknisse des Tages, die langweiligen Drehorte, die langweiligen Vorschläge für Autos, Kostüme und all den anderen Dreck, der ihn nicht interessierte, indem er durch die Straßen des Kölner Eigelstein-Viertels tigerte (er drehte jeden seiner Filme in Köln, weil von hier das Geld kam), da ein Glas Wein kippte, dort das eine oder andere Laufhaus abklapperte, um am Ende wenigstens irgendwo noch zum Schuss zu kommen.

So hatte er allmählich, Jahr für Jahr, seine Nerven zerrüttet, sein Leben vergeudet. Mit Schwachsinn. Bei den Dreharbeiten selbst ging es immer nur darum, wer der Stärkere war. Man setzte sich sämtlichen Neurosen und Launen der Hauptdarsteller aus. Wenn man erst einmal drehte, war man bereits der Schwächere: Den Darsteller konnte man nicht mehr auswechseln, ohne viel Geld zu verlieren, ihn hingegen schon. Am nächsten Tag stünde halt eine andere Pappnase hinter der Kamera.

Die Angst vor einem kompletten Versagen beim Dreh, das Chaos, der Komplott der engsten Mitarbeiter gegen ihn, beschäftigte ihn bis in seine Alpträume hinein. Oft drehte er in diesen Träumen aufwendige Kriegsfilme mit Tausenden von Statisten.

In den grauen, schlecht eingeleuchteten Hallen des Studios staksten die Figuren herum und verschoben irgendwelche Kulissen, andere liefen herum und warteten auf Anweisungen, die keiner ihnen geben konnte. Es hatte eine Verschwörung stattgefunden. Es gab niemanden, an den er sich wenden konnte, um den riesigen Haufen an Menschen zu organisieren. Das normale Team, das so etwas organisierte, war nirgends zu finden. Der Film war offenbar nie vorbereitet worden.

Drahtzieher der Verschwörung schien offensichtlich der

Regieassistent zu sein, denn er amüsierte sich köstlich. Er saß mit dem Produzenten zusammen in einem Nebenraum. Sie tranken Sekt und flirteten mit sehr hübschen, knapp bekleideten Statistinnen. Was war los? Weshalb hatte der widerliche Kerl so gute Laune? War sein Film etwa schon abgedreht, ohne dass er etwas davon gemerkt hatte?! Verrat! Verrat!, wollte er schreien, aber in seiner dumpfen Angst kam kein Wort aus ihm heraus.

Er lief zurück. Es herrschte tosender Lärm. Aus einem Transporter wurde nun mit riesigen Schläuchen Schlamm auf dem Studioboden verteilt. Offenbar sollte also doch noch gedreht werden. Er versuchte, Auskunft darüber zu bekommen, und lief zu ein paar grauen Gestalten, die mit der Organisation des Schlammgießens betraut waren. Er sprach ein dickes, hässliches Mädchen an, das stark nach Schweiß roch, aber sie reagierte nicht auf ihn. Sie schrie die ganze Zeit durch den tosenden Lärm in Richtung der Männer, die den Schlamm verteilten.

Es kam immer mehr Schlamm aus den Schläuchen und vertrieb nun eine Hundertschaft zerlumpter Gestalten, die am Rand der Halle hockten und müde ihre Brote kauten. Es handelte sich offenbar um Statisten, die Kriegsgefangene, zerlumpte Soldaten oder Partisanen darstellen sollten und auf ihren Einsatz warteten.

Er musste unbedingt das Drehbuch lesen, und vor allem herausfinden, mit welcher Szene er es hier zu tun hatte, damit er endlich reagieren und sie inszenieren konnte. Das Chaos wurde immer größer. Er lief zu einem Typen, der am seitlichen Rand wie ein Linienrichter aufgestellt war und ab und zu mit einer Trillerpfeife pfiff. Neben ihm stand ein weiteres dickes, hässliches Mädchen, das einen Stapel Papier in ihren Händen hielt und mühsam zu entziffern versuchte, worum es hier ging.

Den Typen kannte er. Mit gewandten, raubtierhaften Bewegungen lief er die Seitenlinie des Chaos auf und ab, schrie seine Anweisungen, pfiff und ließ sich von Gregors Gegenwart nicht beeinträchtigen, ja er schubste ihn sogar weg, als er ihm kurz im Weg stand. Dieser Mensch, der lange Jahre als Aufnahmeleiter für ihn gearbeitet hatte, nahm ihn nicht mehr zur Kenntnis. Er hatte jede Autorität für ihn verloren.

Ein schreckliches Schuldgefühl kam in Gregor hoch. Hatte er sich zu wenig um die Vorbereitungen gekümmert? Wie an einen letzten Rettungsanker klammerte er sich nun an das hässliche, dicke, stinkende Mädchen. Er hielt sie sanft am Ellbogen fest, damit sie bei ihm blieb, und versuchte, die Seiten des Manuskripts zu entziffern, in dem sie hektisch blätterte. Es entbrannte ein Kampf um die Seiten. Schließlich entzog ihm das Mädchen den Arm und rannte weg. Sie hatte Wichtigeres zu tun. Sie hatte den Regieassistenten entdeckt, der mit dem Produzenten aus dem Raum mit den Statistinnen kam.

Der Regieassistent, eigentlich ein kleiner, dicker Pole, hatte sich plötzlich in eine Art germanischen Kriegsgott verwandelt. Er trug die Züge von Hagen, dem Mörder Siegfrieds. Seine Augen waren zu hasserfüllten Schlitzen verengt, seine Nase war winzig und verschwand unter der breiten, knochigen Stirn; seine schmalen Lippen hatte er verächtlich nach unten gezogen. Sein Ausdruck war wild entschlossen und brutal. Er war eine Kampfmaschine, also genau das, was ein Regisseur sein musste, der einen Kriegsfilm drehen wollte. Dabei hatte er ein winziges Gehirn, das nur auf ein Ziel ausgerichtet war: den Endsieg.

Gregor sah an sich herab. Verweichlicht, wie er war, nützte ihm weder seine Phantasie noch sein Einfallsreichtum, noch sein künstlerisches Genie. Dieser Typ würde ihn, ohne mit der Wimper zu zucken, bei lebendigem Leib durch den Fleischwolf drehen. Er war ein perfekter Faschist. Dass es so etwas heute noch gab: kaum zu glauben.

Gregor sah der hässlichen Praktikantin und dem Übermenschen eine Weile zu, wie sie gestikulierten. Der Übermensch hörte sich stumm und abweisend ihr aufgeregtes Geplapper an und schickte sie dann weg. Der Produzent, der neben ihm stand, war wie geblendet von seiner Autorität. Bewundernd sah er zu ihm auf, wie er einst zu Gregor aufgesehen hatte.

Der Übermensch schien allerdings von der Aufgabe, die vor ihm lag, überfordert. Er zögerte, in das Megaphon zu sprechen, das man ihm reichte. Er war es nicht gewohnt, Befehle zu erteilen, schon gar nicht so schneidende, wie Gregor es immer getan hatte. Aber immerhin hatte er diese Befehle und den Ton, in dem sie ausgesprochen wurden, verinnerlicht. Es bestand die Möglichkeit, dass er versuchte, Gregors Tonfall zu imitieren.

Gregor musste sich beeilen. Er musste verhindern, dass der gut vorbereitete Technokrat einen Putschversuch durchführte. Es war klar, dass er die Macht übernehmen wollte. Gregor rannte in eines der Büros, um die ganze Sache zu stoppen. Dieser engstirnige Arbeitssklave, dieses kleine Licht, durfte seinen Film keinesfalls drehen. Auch wenn er sich selbst vorwerfen musste, dass er sehr dekadent gewesen war: Das war unbedingt zu verhindern. In dem Büro, in dem er wohl als Einziger nie gewesen war, was sich jetzt auf fürchterliche Weise rächte, kannte er niemanden.

»Die Barbaren überfallen Rom!«, schrie er, aber niemand konnte ihn hören. Alles schien bereits in Auflösung begriffen; die Hälfte dieser übermüdeten, ausgelaugten

Arbeitsameisen mit ihrem Schweißfilm auf dem Gesicht arbeitete noch immer fieberhaft und unter Hochdruck, während die andere Hälfte schon die Computer und Bürosachen in Kisten packten, um wieder zurück ins »Mutterhaus« zu ziehen, da ihre Arbeit vor Ort erledigt war. Er kannte niemanden von all diesen hässlichen Menschen. Und er wollte auch keinen von ihnen kennenlernen. Er verzichtete darauf, das Wort an sie zu richten.

Schweißgebadet wachte er auf. Der Traum war symptomatisch für sein schlechtes Gewissen, weil er sich nicht genug um die Vorbereitung des Drehs gekümmert hatte. Der Traum stellte die zentralen Fragen: Was konnte er, was wusste er, wie gut war er vorbereitet, wenn er nun in den Dreh ging? Die Antwort lautete: überhaupt nicht. Dazu kam die Angst, dass er nicht bis zum Ende durchhalten würde, dass die Kräfte ihn vorzeitig verließen.

Der Produktionsdruck war hoch. Man arbeitete wie eine Drückerkolonne. Zeit gab es nie. Außer den grässlichen Wartezeiten, bis das Licht für die nächste Szene aufgebaut war, Zeit, die völlig nutzlos verstrich, in hässlichen, schlecht beleuchteten Räumen, zwischen irgendwelchen Bauscheinwerfern und herumliegenden Requisiten, oder im Teambus, der sich in Kölns Innenstadt durch den Stau quälte, bis man vollkommen am Ende war.

Oft ging er die letzten Tage vor Beginn der Dreharbeiten stundenlang bekümmert irgendwo herum. Manchmal hob er Kastanien oder andere Dinge von der Straße auf, kleine Murmeln, die er einsteckte, Talismane einer kindlichen Utopie, versunken im Morast der absoluten Sinnlosigkeit seines Lebens. Es gab kein Entrinnen aus der ganzen Scheiße: Es sei denn, er stiege aus! Es sei denn, er stiege aus dem Film aus!

Wie oft hatte er in den letzten Tagen vor einem Film

diese Erwägung in seinem Kopf hin und her gewälzt und von allen Seiten beleuchtet. Er stellte seinen Ekel dabei gegen die Hoffnungslosigkeit, die eintreten würde, wenn er aufgäbe.

Er telefonierte und geiferte in seiner Not eine mit ihm befreundete Redakteurin, seine Tochter und seine Agentin voll, die er alle als seelische Abfalleimer benutzte. Er erzählte ihnen, was es für eine Zumutung sei, diesen Film zu drehen. Hatte er sich genug ausgekotzt, dann ging er meist zurück in die hässlichen, immer in irgendeinem Industriegebiet gelegenen und in Plattenbauten untergebrachten Produktionsbüros, wo sie überall herumwimmelten – und zwar »für ihn« – wie sie immer wieder maulten, wenn sie von ihm eine Breitseite bekamen.

Wenn er sich nicht in den Puff davonschlich, kaufte er sündhaft teure Sachen, Armbanduhren für zehntausend Euro, Sonnenbrillen, die so viel kosteten wie die Wochengage seines Regieassistenten. Er hatte dabei überhaupt kein schlechtes Gewissen. Er schlenderte durch die teuren Geschäfte und ließ die Arbeitsameisen ihre Arbeit tun.

Er hatte die Erfahrung gemacht, dass sie ihn zwar mit Fragen löcherten, sobald er da war, aber ihre Entscheidungen wohl oder übel auch ohne ihn treffen mussten, wenn es der Zeitdruck verlangte, und da es für ihn sowieso keinen Unterschied machte, ob der Darsteller am Montag rote Socken trug oder blaue, blieb er einfach so lange wie möglich weg. Er konnte sich immer damit herausreden, dass er noch an der Auflösung gearbeitet hatte. Niemand konnte das nachprüfen.

Bevor er zurück in die Büros ging, um die letzten Stunden herunterzureißen, setzte er seine »Charaktermaske« auf. Dieser von Gudrun Ensslin benutzte Begriff traf es auf den Punkt. Er spielte den hochkonzentrierten Boss, der mitten in Gedanken war und viel zu tun hatte. Er setzte seinen Tunnelblick auf und bewegte sich schnell, mit aggressivem Gebaren. Das signalisierte, dass er Wichtiges zu tun hatte und nicht ansprechbar war. Er marschierte, nach allen Seiten flüchtig grüßend, direkt in sein Büro, schloss schnell die Tür hinter sich und recherchierte, wer am Abend um welche Zeit in welchem Puff arbeitete.

Wenn es doch noch jemand wagte, an die Tür zu klopfen, um ihn mit einer Frage zu belästigen, entgleisten seine Gesichtszüge augenblicklich. Er schrie durch die Tür: »Was geht mich das an? Frag gefälligst den Regieassistenten!« Die meisten schoben dann, dumm dreinblickend, ab.

Die Filmerei, der Pragmatismus, der den alles beherrschenden, angstvollen Teil seiner Seele verkörperte, hatte ihn schändlich weit von der Metaphysik seiner Kindheit weggerissen, von den großen Gedichten, den alten Mythen und Geschichten und ja, der Leitkultur, die ihm beigebracht worden war.

Er hatte es dazu kommen lassen, weil er Angst hatte, zu scheitern, zu versagen, nicht genügend irdische Reichtümer anzuhäufen, die ihn absichern würden gegen eine düstere, hoffnungslose Zukunft. Dabei hatte er vergessen, dass die Poesie und die Metaphysik immer die Wegbereiter seines Glücks gewesen waren, und die einzige Quelle, aus der er je hatte Kraft schöpfen können. Was für ein unendliches Arschloch war er doch, das zu vergessen und der beknackte Materialist zu werden, vor dem ihn sein Vater immer gewarnt hatte.

Allerdings konnte er immer noch die großen Gedichte auswendig, sogar *Die Glocke* von Schiller, wenn es darauf ankam. Ein alter Kinderstolz beflügelte ihn deshalb ein wenig, und während er begann, vor dem ersten Drehtag sein Müsli zu essen, traten ihm Tränen in die Augen. Dabei kam ihm sein Mund wie ein Mülleimer vor. Angewidert die Haferflocken in sich hineinfressend, musste er an die *Todesfuge* von Celan denken und nuschelte das Gedicht, das er ebenfalls noch auswendig konnte, leise vor sich hin.

Einen Tag vor dem ersten Drehtag des letzten Films sprach er dem Produktionsleiter auf die Mailbox und teilte ihm mit, dass er bis heute Abend verschreibungspflichtige Schlaftabletten brauchte, mit mindestens 7,5 Milligramm. Es sei wichtig.

Das Einzige, was ihn fortan interessierte, war, ob sie ihm die Schlaftabletten tatsächlich besorgt hatten. Am Mittag eilte er deshalb ins Produktionsbüro. Allgemeines Gewusel, allgemeines Chaos wie immer. Alle hingen am Telefon und organisierten irgendeinen Scheißdreck. Bloß offenbar nicht seine Schlaftabletten, denn sie lagen nicht auf seinem Tisch.

Wutentbrannt lief er zum Produktionsleiter und fragte ihn, ob er glaube, dass es nicht wichtig genug sei, seiner dringenden Bitte nachzukommen? Ob er glaube, dass es wichtiger sei, irgendeinen Scheißdreck zu organisieren?! Ob er die Dringlichkeit der Bitte vielleicht nicht verstanden habe?!! Ob er es ihm erklären solle?!! Oder ob er vielleicht selbst Regie führen wolle??!! Denn das müsse er, wenn bis heute Abend die Schlaftabletten nicht auf dem Tisch lägen, dann würde nämlich morgen nicht gedreht!! Ob er wenigstens das verstanden hätte??!! Oder ob er den Produzenten anrufen und ihm erzählen solle, was für eine

Pfeife hier den Dreh organisiere!!?? Anscheinend hätte er nicht begriffen, wo hier die Prioritäten lägen!!!

Er regte sich fürchterlich auf, spuckte und schrie. Aber das kannten sie schon. Damit konnte er auf sie keinen Eindruck mehr machen. Der Produktionsleiter, ein großer, aufgeschwemmter Nordländer, der viel aushalten konnte, sah ihn träge und resigniert an. All die Arbeitsameisen im Büro hatten ihre Kopfhörer beiseitegelegt und verfolgten seine Show.

»Wenn bis heute Abend nicht mindestens eine Packung verschreibungspflichtiger Barbiturate hier auf dem Tisch liegt, wird morgen nicht gedreht!!!«, brüllte er, lief zur Tür des Großraumbüros und knallte sie mit voller Wucht zu. Das hatten sie nun davon, dass sie mit ihrer mickrigen Existenz auf der Welt waren.

Gott, wie er sie alle hasste und verabscheute!

Draußen ließ er alle Drähte heißlaufen, um sich abzureagieren. Erst redete er eine Stunde auf seine Agentin ein, die er verpflichtete, dem Produzenten klarzumachen, wie gefährlich es war, wenn man seine vitalen Interessen außer Acht ließ, dann telefonierte er, um sich abzureagieren, nochmals mit der Redakteurin, und zum Schluss rief er schließlich den Escort-Service an und bestellte Diana, eine kampferprobte, alte Nutte, ins Hotel. Das Team ließ er warten und machte schließlich einen polnischen Abgang, denn der Drang, zur Nutte zu gehen, war wesentlich stärker als der, wieder in den Teambus zu steigen.

Um fünf ging er ins Produktionsbüro, um nachzusehen, ob die Tabletten schon da waren. Es hieß, man habe alles versucht. Eine Produktionsassistentin reichte ihm eine Tüte aus der Apotheke. Es waren mehrere Schachteln darin. Er fischte eine Packung heraus und schrie: »Was ist das denn? Baldriparan!!??« Sie hatten ihm tatsächlich Baldriparan besorgt!!! Er konnte es kaum glauben. Er rannte ins Büro des Produktionsleiters, aber der war wohlweislich nicht da.

Er schrie und tobte, bis er keine Kraft mehr hatte, setzte sich in die schwarze, abgedunkelte Limo und ließ sich vom Fahrer ins Hotel fahren. Er hatte nun wirklich Angst vor der kommenden Nacht.

Er wartete und wartete auf die eine gute Nachricht. Aber am Abend hatten sie ihm immer noch keine Tabletten besorgt. Das grenzte klar an Boykott. Er spürte die Wut in sich aufsteigen, aber er spülte sie mit einem Bier hinunter. Er hatte einfach keine Kraft mehr. Schließlich beruhigte er sich damit, dass er bisher noch immer irgendwann eingeschlafen war, und ging in das Laufhaus schräg gegenüber, um noch mal eine Stunde zu ficken.

Dieser Fick war sehr gut und sehr ausdauernd und fand ausschließlich in der gleichen Stellung statt. Eine Stunde lang durchbohrte er in der exakt gleichen Position die aus Mittelamerika stammende, fünfzigjährige Indianerin mit ihren großen Hängern und ihrem flachen Arsch, in den er sehr gut eindringen konnte, von hinten vor dem Spiegel, mal langsamer, mal schneller, mal tiefer, mal weniger tief, bis er irgendwann kam.

Seine Augen auf das mechanische Rein-Raus-Spiel gerichtet, durchdachte er immer wieder die Konsequenzen einer totalen Kapitulation und den damit verbundenen Ausstieg aus dem Beruf. Mit der Ejakulation verflüchtigte sich endlich die Selbstbefragung, und er kehrte in ein Lokal in der Nähe des Hotels ein, von dem er sich ausgebeten hatte, dass er dort allein, ohne das Team oder etwaige Schauspieler, residierte.

Er trank mit zunehmender Beklemmung zwei weitere Gläser Wein. Eine abgehalfterte Blondine zwei Barhocker weiter trank alleine Prosecco. Das wäre es jetzt, dachte er – Allzeit bereit! – und besah sie sich genauer. Schließlich stand sie auf und ging, Gott sei Dank. An ihr zumindest musste er sich nicht auch noch abarbeiten.

Er trank langsam ein Weizen, um nachzulegen, blickte auf die Uhr, sah den nur noch geringen Sicherheitsabstand, den er bis zweiundzwanzig Uhr hatte, die gesetzte Zeit, zu der er spätestens ins Bett gehen musste, eingerechnet, dass er nachts mindestens zwei Mal aufwachte, dann jeweils eine Stunde wach lag, um am Ende wenigstens sechs Stunden Schlaf zu bekommen.

Er sah den Pegel des Getränks langsam sinken wie Sand in einer Sanduhr. Eine Welle der Beunruhigung überkam ihn, die er mit einem weiteren Weizen wegzuspülen versuchte. Es gelang nicht. Das Lokal leerte sich abrupt. Nach wenigen Minuten war er der einzige Gast. Niemand hatte sich mehr bei ihm gemeldet. Das war, gelinde gesagt, eine große Unverschämtheit, die ihn weniger wütend als vielmehr paranoid machte.

Offenbar hatten sie es nicht mehr nötig, sich bei ihm wegen der Tabletten zu melden. Offenbar hatte sich herumgesprochen, dass er ein nervliches Wrack war. Sie hatten hinter seinem Rücken beraten, was zu tun war. Vielleicht stand schon ein Ersatzregisseur in den Startlöchern. Er fühlte sich auf einmal sehr isoliert.

Die Schauspieler hockten wahrscheinlich in der Hotelbar des Savoy und tranken. Er überlegte einen Augenblick, ob er zu ihnen gehen sollte. Es würde vieles erleichtern. Er musste sich nur einen Ruck geben. Sie waren doch eigentlich alle ganz nett. Das war der letzte positive Gedanke, den er hatte.

Danach packte ihn eine Art Grauen. Er saß fest, auf seinem Barhocker. Der junge Türke oder bärtige Kurde oder was auch immer dieses Arschloch hinter der Bar war, sah ihn scheel an, als er einen doppelten Wodka bestellte, einen letzten Absacker, wie er dachte. Vor einer Stunde hatte er mit seiner Tochter telefoniert. Sie war kurz angebunden gewesen, weil sie noch einen Termin hatte, und wünschte ihm viel Glück beim ersten Drehtag. Er rief sie noch mal an, aber sie nahm nicht ab. Wieder und wieder hackte er auf der Wahlwiederholungstaste herum, aber ihr Handy war ausgestellt.

»Verdammte Scheiße«, murmelte er unablässig. Hoffentlich war ihr nichts passiert.

Der Doppelte, den er auf ex runtergekippt hatte, wirkte wie Speed. Er war jetzt hellwach und vollkommen paranoid. Er konnte jetzt unmöglich hoch in sein Zimmer gehen.

Er überlegte, ob er einen Dry Martini bestellen sollte, was wahrscheinlich eine riesige Belastungsprobe für das Hirn dieses Arschlochs wäre; deshalb verzichtete er lieber darauf und bestellte noch ein Bier.

»Das ist aber das letzte«, sagte der junge Türke oder bärtige Kurde, »wir schließen in einer halben Stunde.«

Jaja, Arschloch, dachte er.

Zehn Minuten später war er draußen auf der Straße, mitten im Eigelstein, unter all den Pennern, die in den Eingängen der Supermärkte schliefen, und den armseligen, dicken, watschelnden Zigeunernutten vor den kaputten Bierkneipen, wo er ursprünglich herkam und schon lange wieder hingehörte, hätte er nicht so viel Geld. Er war ein Penner mit Geld.

Er trank ein Bier an einem Stehausschank und merkte, wie er müde wurde. Betont langsam, um diesen Zustand zu halten, schlich er zurück ins Hotel. Er durchquerte die Lobby und ging nach hinten in die Bar mit dem langen Tresen aus Plexiglas. Sowohl die Wand mit den Spirituosen, den vielen, teuren Whiskys, die man in der Karte nachschlagen konnte, wo das Glas bis hinauf zu dreihundert Euro kostete, als auch der lange Tresen selbst leuchteten rot und tauchten die Bar in ein höllisches Licht.

Die beiden Barkeeper waren ein perfekt eingespieltes Team, Dreitagebart, männliches, starkes Kinn, dichte schwarze Brauen und intensive, stechende Augen, wie es sich für richtige Teufel gehörte. Sie wussten, was in dieser Stadt vorging. Es gab ein Set, das unter dem seltsamen Begriff »Brautensemble« lief: Es kostete dreitausend Euro. Man konnte es bei ihnen bestellen. Es beinhaltete mehrere Flaschen sehr teuren Champagners und eine Diplomantensuite im obersten Stock. Es war eine verdeckte Einladung, die Nacht mit einem Callgirl zu verbringen. Oder einer Frau einen Heiratsantrag zu machen. Oder einem schönen Callgirl, das man nicht kannte, einen Heiratsantrag zu machen. »High Romance« hieß das Set jedenfalls.

Er pflanzte sich auf einen der Barhocker und bestellte einen trockenen Martini. Diese beiden Typen, die aussahen wie die Zwillingsbrüder von Marc Jacobs, wussten über alles Bescheid. Sie wussten, dass er das Escort-Mädchen aus dem Fahrstuhl begehrte und dass diese Sehnsucht nach ihr ihm weh tat, weil sie eine kaputte, romantische Sehnsucht war, die viel über sein Leben erzählte. Sie wussten, wie er das Mädchen aus dem Fahrstuhl erreichen konnte. Sie kannten ihre Nummer. Das signalisierten sie ihm mit ihrem Blick. Sie signalisierten ihm auch, dass sie gerne mit von der Partie wären, sollte er es alleine nicht schaffen.

Er trank einen zweiten und einen dritten Martini, war

aber schließlich zu spießig und zu geizig, das Hochzeitsset »High Romance« in Auftrag zu geben (zu dem im Übrigen ein kleiner Brillantring gehörte!). Und so verloren die Gesellen des Teufels ihr Interesse an ihm. Gregor zahlte, erhob sich von seinem Sitz und taumelte zum Fahrstuhl, von wo aus er schließlich in sein Hotelzimmer gelangte.

Er schaltete den Fernseher ein und legte sich in Klamotten aufs Bett. Er wollte dem Schlaf ein Schnippchen schlagen, indem er so tat, als würde er sich nur ein bisschen hinlegen wollen. Tatsächlich schlief er ein. Irgendwann schreckte er hoch und stellte zu seinem Erschrecken fest, dass er nur anderthalb Stunden geschlafen hatte.

Er war sofort hellwach. Jetzt packte ihn wieder das Grauen. Ruhig, dachte er. Du kannst noch immer zu den Schauspielern rübergehen. Ein paar von ihnen sind bestimmt noch wach.

Einem von ihnen sagte man nach, dass er kokste. Er könnte ins Savoy gehen und ein paar Lines mit ihm ziehen. Er könnte den Schauspieler oder vielleicht die ganze Truppe dazu bringen, durchzumachen. Gemeinsam wären sie stark. Einer würde Nachschub besorgen, sie würden sich beim Drehen das Zeug reinziehen – und Spaß haben, wie in der guten, alten Zeit. Darum ging es doch: Spaß zu haben.

Oh Gott, wie kaputt das alles war, was er dachte. Er versuchte trotzdem, den Hauptdarsteller anzurufen. Der nahm nicht ab.

Das Schlimmste, was jetzt passieren konnte, war, dass er komplett die Kontrolle über seine Gedanken verlor. Die Indianerin ließ die Rollos runter. Das Licht im Gang des Laufhauses war bereits erloschen. Das war also auch keine Option mehr.

Er landete so hart auf dem Boden der Tatsachen, dass ihm Tränen in die Augen schossen. Hatte er einen Nervenzusammenbruch? Jetzt also schlug das Unglück zum ersten Mal zu. Seine Undankbarkeit würde endlich bestraft werden. Die Götter hatten keine Geduld mehr mit ihm. Wenn er Pech hatte, würde er kein Auge zudrücken können.

Was das bedeutete, konnte er sich nur ungefähr ausmalen. Sein schwacher Körper hätte kaum die Ressourcen, einen Sechzehn-Stunden-Drehtag durchzuhalten. Er wäre weder dem Tempo gewachsen noch den vielen Fragen, mit denen sie ihn löchern würden. Sie würden sehr schnell merken, wie schwach er war, und würden mit ihm machen, was sie wollten.

Angesichts der Tatsache, dass diese Nacht noch aus unzähligen lähmenden, leeren Minuten bestehen würde, ergriff ihn endgültig die Panik. Er sah die Gesichter der Schauspieler und der wichtigen Teammitglieder monsterhaft vergrößert und verzerrt über sich: Sie würden ihn mit ihren Fragen auffressen wie Kannibalen. Er hämmerte auf der Wahlwiederholung herum. Der Schauspieler nahm ab. Er drückte ihn sofort weg. Er hatte sich verwählt, er wollte seine Tochter sprechen. Diesmal nahm sie ab.

Er merkte, wie er sie beunruhigte.

»Hab schöne Gedanken«, versuchte sie ihm zu suggerieren, »denk an was Schönes. Du schaffst das schon.«

Er gab ein langes Schweigen zur Antwort.

»Und wenn es nicht geht«, sagte sie schließlich, »dann kommst du eben nach Hause. Das wäre auch nicht so schlimm.«

Bei diesem Satz lösten sich endlich die Tränen, und er fing an zu weinen. Er durfte also nach Hause. Es ergriff ihn ein so tiefes Gefühl von Dankbarkeit, wie er es schon lange nicht mehr gehabt hatte.

»Ich hab dich sehr lieb«, sagte er.

»Ich dich auch«, erwiderte sie.

Danach gab es nichts mehr zu sagen.

»Also dann schlaf jetzt, versuch, zu schlafen, es ist alles nicht so schlimm«, sagte sie schließlich und legte auf.

Es war gegen drei, als er einen kalten Luftzug im Zimmer spürte, der die vom Schweiß feuchten, überempfindlichen Innenseiten seiner Armbeugen unterkühlte, die unter dem Kopfkissen seitlich herausragten. Er war kurz davor gewesen, in eine Art wohliges Idyll einzutauchen, in irgendeine große, warme Fotze, als ihn die harte Erkenntnis wie ein Steinwurf traf, dass es mit sehr viel Arbeit verbunden sein konnte, diesen Luftzug zu eliminieren, denn er wusste ja nicht einmal, woher er kam.

Schlagartig war er wieder hellwach, riss die Augen auf, starrte zu den Fenstern links und rechts von seinem Bett und stand schließlich auf, um die Dichtungen der Fenster zu überprüfen. Er fuhr mit der Hand den Rahmen entlang. Bis um sechs waren es noch drei Stunden. Er fühlte tatsächlich den Luftzug und vermaß ihn schrittweise, indem er immer wieder die flache Hand in die Dunkelheit hielt, um den Verlauf zu überprüfen. Er landete direkt in der Mitte des Zimmers. Hier, über dem Kopfkissen, trafen sich die beiden Luftzüge der beiden Fenster und vereinigten sich.

Er packte das Bett am vorderen Rand und versuchte es in die Mitte des Zimmers zu schieben. Es war ungeheuer schwer. Was hatten sie mit dem Bett gemacht? Hatten sie eine Stahlplatte hineingeschoben? War es aus Blei? Er gab auf und blieb wie betäubt an der Bettkante stehen. Unfähig, sich wieder hinzulegen, unfähig jeder geistigen oder körperlichen Regung, verharrte er einige Minuten in der Dunkelheit. Dann nahm er ein Gaffa-Tape (das er immer dabeihatte, um Eventualitäten vorzubeugen, genau wie Molton, genau wie den Knirps, von dem schon die Rede war) und begann, die Rahmen der Fenster abzukleben. Das machte Spaß. In seinem Übereifer fühlte er sich an Schulübungen aus seiner Kindheit erinnert.

Er legte sich wieder hin und versuchte, herauszufinden, ob der Luftzug noch da war. Er war nicht mehr da. Er nahm die Uhr, blickte darauf, erschrak erneut. Es war eine Stunde vergangen. Wie war das möglich? Die Aktion mit dem Gaffa-Tape hatte seiner Einschätzung nach höchstens eine Viertelstunde gedauert. War ihm tatsächlich eine ganze Stunde weggebrochen?!

Die Fragen an sich (Kant!), aber auch an sich selbst, an das Leben, daran, wie es so weit mit ihm hatte kommen können, verteilten sich wie Ameisen auf seinem ganzen Körper und verbrannten ihn mit einer ätzenden Säure an unzähligen Stellen, besonders im Schambereich, an den Hoden und an der Prostata. Wie der Gefangene in der *Strafkolonie* glotzte er tumb und blöd ins Leere. Die Antworten waren ihm ausgegangen. Das Einzige, was er jetzt noch wusste, war, dass er keine Hoffnung mehr hatte, keine Freunde mehr auf dieser Welt, und dass ihm außer Angst nichts geblieben war.

Nüchtern konstatierte er, dass er Schluss machen, dass er aufgeben müsste, bevor er wahnsinnig würde, und rief den Produzenten an. Nach dem sechsten Klingeln nahm dieser zu seiner Überraschung ab. Er erklärte ihm, in was für einem Zustand er war. Dabei versuchte er, seinen Humor zu wahren und einen Witz zu platzieren: »Ich habe wahrscheinlich so eine Art Midloud«, sagte er, »eine Mischung aus Midlife-Crisis und Burn-out.« Der Produzent lachte und erwiderte, dass das beste Mittel, einzuschlafen, einfach sei, an irgendeine Muschi zu denken.

»Das funktioniert vielleicht noch bei dir«, erwiderte er, »mir machen Muschis mittlerweile eher Angst. Ich finde, sie strahlen eine entsetzliche Leere aus, findest du nicht?«

»Keine Ahnung«, antwortete der Produzent und lachte, »ich dachte, du wärest derjenige, der Tittlatur, Fotzologie und Lochkunde studiert hat.«

Jetzt war es an ihm, zu lachen, was ihm erstaunlicherweise annähernd gelang. Was für einen Effekt hatte doch eine vertraute menschliche Stimme! Der Produzent war ein Bär von einem Menschen. Er war immer unglaublich gutmütig und liebevoll zu ihm gewesen und hatte auch jetzt vollstes Verständnis für ihn, ja, er versuchte nicht einmal, ihn davon abzuhalten, von dem Projekt abzuspringen. Seine Stimme war sehr sanft und weich, während er ihm erzählte, dass Schlafstörungen nichts Ungewöhnliches für ihn seien.

Er läge oft stundenlang nachts wach und genieße es, all die Dinge in einem leichten Whiskyrausch an sich vorbeiziehen zu lassen. Tagsüber habe er ja, im Gegenteil zu ihm, dazu überhaupt keine Zeit. Schwang da etwa ein leiser Vorwurf mit? Hatte ihm irgendein Arschloch erzählt, dass er während der Besprechungen in letzter Zeit kaum anwesend gewesen war und alles seinem Regieassistenten überlassen hatte?

Gregor schwieg.

Man touchierte die Schlaftablettenproblematik, dann kam man auf den Punkt: auf die mögliche Auswechslung. Sie besprachen klar und nüchtern das Vorgehen. Bekäme er die Tabletten nicht, würde er die Dreharbeiten abbrechen und es müsste ein Ersatzregisseur gefunden werden. Andernfalls würde er versuchen, so gut es ging, den morgigen Tag zu überstehen.

»Egal was passiert, du bist trotzdem mein Freund«, sagte der Produzent.

Freund war bei ihm kein Aktivum, eher ein Passivum. Es waren Leute, die er sich bereits einverleibt hatte. Es waren die, mit denen er nicht mehr essen ging, sondern die er bereits auf der Habenseite verbucht hatte, also Untote. Von daher war es nicht ungewöhnlich, dass ein Untoter jetzt bei ihm anrief.

Gregor bedankte sich bei dem Produzenten dafür, dass er abgenommen hatte. Etwas beruhigt von dem freundschaftlichen Gespräch legte er sich noch einmal seitlich aufs Bett, den Kopf auf den bereits hochgetürmten, für das Frühstücksfernsehen als Kopflehne zurechtgelegten Kissen. In einer langen Kamerafahrt mit vielen Überblendungen schwebten die unzähligen Muschis, für die er bezahlt hatte, an ihm vorbei. Und er schlief endlich ein.

Eine Stunde später klingelte der Wecker. Er stand so seltsam leicht und hohl auf, als wäre er ein Gespenst. Er tat so, als sei nichts geschehen, machte Kaffee, machte Müsli, versuchte, das Tagespensum des ersten Drehtags zu entziffern.

Als er den Fahrstuhl vom siebten Stock hinunterfuhr, stand ihm wieder das dunkelhaarige Mädchen gegenüber, das mit den perfekten Beinen und der riesigen Sonnenbrille. Er hatte ihr den Spitznamen »Pretty Baby« gegeben. Er merkte, wie Unmut sich in ihm ausbreitete, bis in die Fingerspitzen vibrierte und seine Beine unruhig machte. Er hätte sie haben können, letzte Nacht. Anstatt sich schlaflos herumzuwälzen, hätte er sie vögeln können, in der Präsidentensuite, wäre er nicht so spießig und geizig gewesen. Er hätte einfach nur das Hochzeitsset »High Romance« bezahlen müssen. So war er leer ausgegangen.

Als hätte sie seine Gedanken erraten, strafte sie ihn

mit Gleichgültigkeit und Verachtung. Er hatte nichts anderes verdient, als zu den Dreharbeiten abkommandiert zu werden. Er warf einen letzten Blick auf die endlos langen Beine von Pretty Baby. Es gab nun nichts mehr zwischen ihnen zu sagen. Er hatte es bedauerlicherweise nie gelernt, die richtigen Worte zu finden. Dabei wäre es das Wichtigste in seinem Leben gewesen. Das Mädchen entschwebte dem Fahrstuhl und benutzte die Lobby als Catwalk. Sogar von hinten konnte man ihr ansehen, wie sehr sie es genoss, alle Blicke auf sich zu ziehen. Pretty Baby drehte sich nicht ein einziges Mal um. Kein Traum wurde wahr.

Die Katastrophen spielten sich immer nur in seinem Kopf ab. Das hatte die letzte Nacht gezeigt. Tatsächlich trat nichts von seinen Befürchtungen ein. Die Dreharbeiten verliefen ruhig und fast ohne Komplikationen.

Gregor hatte mittlerweile den Ku'damm erreicht. Noch immer räsonierte er über das Filmgeschäft. Das Schlüsselproblem, weshalb die Filmherstellung jede Magie für ihn verloren hatte, war sein Ekel und seine Verachtung gegenüber jenen, die sich als Künstler ausgaben, aber nie ein Buch in die Hand nahmen, außer es handelte sich um einen Bestseller, dessen Filmrechte man kaufen wollte.

Das Lesen von Büchern war eine sehr feine und delikate Sache. Es erforderte ein gewisses Außenseitertum, ein Abseitsstehen, einen Hang zum Alleinsein. Das Filmgeschäft hingegen bestand in der Regel aus Herdenvieh. Sie rotteten sich gern zusammen, weil sie sonst mit ihrer Zeit nichts anzufangen wussten. Auf die Idee, sich zurückzuziehen und zu lesen, kamen die wenigsten, denn das machte man nur aus uneigennützigen Gründen.

Man geriet in den Bann der Literatur, weil man fasziniert und überwältigt war von der Sprache, von der Form, der Weltsicht des Autors. Die Pragmatiker des Filmgeschäfts suchten nur das Banale: Bestseller, die sie zu Geld machen konnten. Das hatte zur Folge, dass sie selbst Brecht und Thomas Mann, die zum Grundgepäck der Oberstufe gehörten, nicht kannten, weil sie in dieser Zeit lieber Fußball gespielt oder sich Filme mit Bud Spencer angeguckt hatten.

Sie suchten nach Büchern mit Helden für ihre blöden Filmchen, die sich als Identifikationsfiguren für den Normalverbraucher eigneten, Normalos, wie sie selbst es waren. Deutsche Gegenwartsschriftsteller kannten sie nicht. Die Klassiker überließen sie biederen Handwerkern, die sie im Seniorenstil mit mittelmäßigen Mimen brav nacherzählten.

So machten sie sogar noch die wenigen Heiligtümer kaputt, die das zwanzigste Jahrhundert in deutscher Sprache zu bieten hatte. Ein Werk wie *Die Reise* von Vesper, das in Frankreich von einem Regisseur wie Louis Malle kongenial nacherzählt worden wäre, ging in Deutschland vollkommen unter. Man überließ es Schweizer Handwerkern, die es versenkten.

Wo war die atemberaubende Intensität, die Anarchie, die Unbehaustheit, die Existenznot und Wehrlosigkeit, die innere Zerrissenheit und schizophrene Gespaltenheit des russischen Kinos? Wo waren Filme wie Tarkowskis *Stalker* oder Klimows *Komm und sieh*? Wo war der kalte, analytische Zynismus Bergmans, seine gestochen scharfe, traumgleiche, psychologische Intelligenz, seine von Hass und Verachtung geprägte, quälende Erotik? Wo war die Volksnähe des italienischen Realismus, wo die großen Hymnen an das Leben, wie sie in Filmen wie *Fahrraddiebe* oder *La dolce vita* zum Ausdruck kamen? Das italienische Weltkino hatte mehr als drei Jahrzehnte die Filmgeschichte dominiert. Alle wichtigen Regisseure des neuen amerikanischen Kinos waren Italiener und beriefen sich auch voller Stolz auf ihre große Tradition.

Wo waren die Deutschen? Hatten sie keine Tradition mehr? Wo waren die Gespräche über die wirklich wichtigen Werke der deutschsprachigen Avantgarde? Warum verfilmte niemand Peter Weiß' *Ästhetik des Widerstands*? Bernhards *Kalkwerk*, Handkes *Publikumsbeschimpfung* oder Brinkmanns *Rom, Blicke*? Wo waren die Metaphern, die Symbole, die Schatten, die Dämonen, wie sie Lang, Murnau oder Pabst auf die Leinwand gezaubert hatten?

War alles nach dem Krieg begraben und vom Mief der fünfziger Jahre erstickt? Das mickrige Aufbegehren des deutschen Autorenfilms hatte jedenfalls nicht sehr lange gedauert und war wirklich kein Ruhmesblatt. Gab es niemanden, der das Zeug dazu hatte, über plumpes Nacherzählen hinauszugehen? Ein paar Versuche hatte es wohl gegeben. Ein paar Namen wären wohl zu nennen gewesen, wären sie heute nicht so unbedeutend. Aber dieser Generation ging schnell die Puste aus. Sie überdauerte kaum die Nachwehen der Studentenunruhen.

Dann kam die totale Filmwüste der achtziger Jahre und danach das Biedermeier, das bis heute anhielt. Im Grunde standen auf den Sektempfängen des deutschen Films die gleichen Leute herum wie seinerzeit im Internat: Spießer, die jeden verachteten, der sich für Kultur interessierte. Selbst wenn man über Baudelaire oder Poe sprechen wollte, sahen sie einen schief an, als wäre das alles nur Zeitverschwendung. Dabei ging es hier um essentielle Dinge und nicht nur um irgendein Gequatsche. Denn irgendetwas musste es ja geben, das einem wichtig war, von dem man gelernt und das einen geprägt hatte, sonst musste man ja gar nicht erst anfangen.

Poe zum Beispiel, für den seine Bewunderung grenzenlos war, kannte fast keiner von ihnen. Höchstens *Der Rabe* vielleicht, weil dieses Gedicht so berühmt war, dass selbst Analphabeten davon gehört haben mussten. Aber schon bei *Annabel Lee* setzte das Verständnis aus, und sie sahen ihn mit blödem Gesichtsausdruck an.

Poe war die Schlüsselfigur zu der düsteren Romantik, die Gregor immer am tiefsten ergriffen hatte. Poes Mutter war bei seiner Geburt gestorben. Ihr Leichnam begann bereits zu verwesen, als sie den Säugling halb verhungert und erfroren neben ihr fanden. Poe bekam schweres Asthma. Im frühen Kindesalter wurde ihm gegen Schmerzen, die von einer Rachitis wegen Mangelernährung herrührten, Morphium verabreicht. Es vergingen etwa fünfzehn Jahre. Poe hatte sich bereits als junger Mann mit seinen Publikationen einen Ruf erworben, der ihn für eine außerordentliche Laufbahn an der Universität prädestinierte.

Er umwarb ein junges Mädchen aus guter Familie, in das er sehr verliebt war. Schließlich heiratete er sie. Sie wurde schwanger und starb im Kindbett. Wie seine Mutter. Von einem Grauen gepackt, suchte Poe den Arzt auf, der ihm in seiner Kindheit Morphium verabreicht hatte. Wieder bekam er Morphium von ihm und wurde sofort süchtig, was er bis zum Ende seines Lebens blieb. Die Sucht versuchte er, mit Alkohol zu kompensieren, indem er literweise Whisky trank und tagelang verschwand. Die gute Gesellschaft verstieß ihn, er verlor Amt und Würden.

Schmerz über den schrecklichen Verlust seiner jungen Frau, die ihn umso mehr an seine Mutter erinnerte, als sie das gleiche, schreckliche Schicksal mit ihr geteilt hatte, doppelte Schuldgefühle und die Scham trieben ihn hinaus in die Wälder und Sümpfe der nördlichen Atlantikküste, wo er sein Leben, unbehaust und mittellos und fernab der Menschen führte. Zeitweilig verlor er das Augenlicht, sei es durch den billigen Fusel (wenn es nichts anderes gab, trank er Absinth) oder sei es, weil sein Leid, seine Schuld und der daraus resultierende Horror seinen Verstand so stark blendeten.

In dieser Zeit schrieb der auf die dreißig zugehende Dichter, wissend, dass ihm nicht mehr viel Zeit blieb, seine großen Anklageschriften gegen das Leben. Es waren Gedichte von vollendeter Schönheit. Sie alle galten, unter verschiedenen Namen (Annabel Lee, Eulalie waren zwei davon), seiner verstorbenen Geliebten. Und sie galten gleichermaßen auch seiner Mutter, die dieser so ähnlich gewesen war.

Dieser unheimliche Zusammenhang, aus dem es kein Entkommen gab, prägte bis in die Syntax hinein die Gedichte, die von Geburt an in ihn eingeschrieben waren. Poe war nie etwas anderes übriggeblieben, als auf das elfenbeinerne, kalte Licht des Morgengrauens hinzuschreiben, das ihn am schicksalhaften Tag seiner Geburt erwartet hatte, als er neben seiner toten Mutter lag.

Ein grausames Schicksal hatte ihn auserwählt, Werke der Verdammnis zu schreiben. Er war der Poète maudit schlechthin, der die Richtung der nächsten Jahrhunderte vorgab.

Ähnlich tief wie die Texte von Poe gingen die großen, amerikanischen Melodramen aus den fünfziger Jahren, die ebenso dunkel, schicksalhaft und verzweifelt waren wie er. Eines wäre zu nennen, das besonders plastisch war: *Splendor in the Grass*, das es Gregor später ermöglichte, sein eigenes Melodram zu schaffen, das nichts anderes als eine Hommage an diesen Film war. Poe, und im Gefolge Kazan, Ray und Vidor, schuldete er als Filmemacher nahezu alles.

Ähnlich wie mit Poe ging es ihm mit Keats und Wordsworth, wenn er sie auch später entdeckte und ihr Einfluss daher nicht ganz so stark war. Wordsworth hatte man die

Ode an die Unsterblichkeit zu verdanken, auf deren Basis mehr als hundert Jahre später Elia Kazan ebendieses vielleicht atemberaubendste Melodram der Filmgeschichte geschaffen hatte.

Warren Beatty und Natalie Wood spielten ein blutjunges Liebespaar in den fünfziger Jahren, das aufgrund seiner Unerfahrenheit und Unschuld gegen die puritanische Enge und Verlogenheit der Verhältnisse, in denen es aufwuchs, nicht gewappnet war und ohnmächtig dem Scheitern seiner großen Leidenschaft zusehen musste. Das Mädchen wurde dabei verrückt.

Es gab eine berühmte Szene, in der eine Lehrerin das Mädchen zwang, die ersten Verse der *Ode an die Unsterblichkeit* zu interpretieren. Der Dichter pries darin die Verheißung der frühen Jugend, die alles so mächtig, leuchtend und intensiv machte, und stellte sie gegen die Desillusion, die sich schon sehr bald einstellen würde, wenn die Jugend zu Ende ging und von dem Glanz nichts mehr blieb als das Grau des Alltags.

Die Szene spielte, kurz nachdem der Geliebte das Mädchen aufgrund gesellschaftlicher Rücksichten fallengelassen hatte. Er kam aus der Oberschicht, sie aus der Unterschicht. Es ging um Klassenverhältnisse.

Das Mädchen bemühte sich tapfer, das Gedicht zu interpretieren, und kämpfte gegen die Tränen, aber mit jeder Zeile, die sie weiter in dem Gedicht vordrang, wurde ihr der Verrat unerträglicher, den das Leben an ihr begangen hatte. Sie weigerte sich mit Verbissenheit und einem letzten Aufbäumen von Stolz, daran zu glauben, dass ihre große Liebe, die ebenso leuchtend, intensiv und allumfassend gewesen war wie das Leuchten im Gras, von dem der Dichter sprach, ein Opfer von Feigheit, Kleinherzigkeit und Charakterlosigkeit gewesen sein konnte.

Mit einer solchen Wucht kehrte ihr Kummer zurück, dass sie aufsprang und aus dem Klassenzimmer rannte, um sich die Wasserfälle hinunterzustürzen. Niemals hatte ein Film Emotionen so auf die Spitze getrieben, und niemals hatte eine Schauspielerin so gut gespielt.

Fieber im Blut war der großartige deutsche Titel. Die Fabel war so alt wie die Welt. Dieses Fieber verkörpern zu können, wo »der Tod der Liebe die junge Seele zum ersten Mal mit seinen kalten Fingern anfasst«, verdankte Natalie laut ihrer Aussage dem Studium der Gedichte von Edgar Allen Poe, die Kazan ihr in die Hand gedrückt hatte. (Was für ein genialer, was für ein großer Regieeinfall, die Geister der spirituellen Welt anzurufen!) Und zwar vornehmlich *Annabel Lee.* Dieses flirrende Mädchen namens Natalie Wood war aus demselben Stoff gemacht wie die Gedichte von Poe, deren Geschöpf sie hätte sein können. Und das hatte Kazan genau erkannt. Ein kaltes, fatales Wissen brannte in ihr über die Elfenbeinstätten des Todes.

Auch Gregor kannte das Gefühl sehr genau, von Poe in einem bestimmten Zustand angefixt zu werden. Wie oft hatte er die großen Gedichte *Eulalie, Der Rabe* und *Annabel Lee* in Endlosloops zeitversetzt auf seinen drei alten Kassettenrekordern in seiner kleinen Wohnung in der Kurfürstenstraße abgespielt und sich daran bis zur Erschöpfung berauscht.

Die zutiefst platonische Haltung in Poes Gedichten hatte ihn immer zu einer tiefen Demut gezwungen. Sie entsprach genau dem, was er selbst fühlte. Durch den Nebel seiner eigenen Verlustängste hindurch drang undeutlich die Erkenntnis, dass er selbst zölibatär war, lustfeindlich, und daher – denn diese beiden Gegensätze bedingten sich – im Übermaß gierig und süchtig nach allem, was ihm Linderung von seiner Qual, auf der Welt zu sein, verhieß, und dass er selbst vielleicht nur einen einzigen Menschen in seinem Leben haben würde, auf höchster platonischer Ebene. Und dass alles andere der »Dreck des Lebens« war, mit dem man sich notgedrungen beschmutzen musste.

Poe blieb das Lebenselixier seiner eigenen Kunst. Auf der Kenntnis von ihm und weniger anderer basierte der Wunsch, zu schreiben und Filme zu machen. In seiner grenzenlosen Naivität hatte er das ganz platt »Sehnsucht« genannt. Heute war von dieser Sehnsucht nicht mehr viel übrig. Er wusste, dass er lediglich ein Adept von Poe war, wie viele andere, mehr nicht.

Ihm wurde zunehmend bewusst, dass es ihm nicht gelungen war, seinen durch Misserfolge entstandenen Zynismus zu besiegen. Sein Bedauern darüber hielt sich in Grenzen. Er war mittlerweile fast so abgebrüht wie die anderen.

Manchmal ging er den »Filmproleten« absichtlich auf die Nerven, um sich zu rächen, weil er ihnen die Schuld an seinem Versagen gab. Wenn er angetrunken war, dozierte er gern. Er hielt Leuten, die es nicht hören wollten, auf Sektempfängen und Premieren scheußlicher Komödien lange Vorträge über Poe und hielt sie am Handgelenk fest, wenn sie gehen wollten.

Einen von ihnen hatte er einmal am Jackett festgehalten, dabei waren zwei Knöpfe abgerissen. Er wurde sofort von einem Gorilla am Arm gepackt und »sanft« aus dem Saal geführt, zwischen all den Gästen einer Columbia-TriStar-Premiere hindurch, die bereits auf ihren Sitzen Platz genommen hatten. Das war selbst seiner Tochter peinlich gewesen, die einiges gewohnt war. Seitdem war er zum Glück nie wieder von Warner oder Columbia-TriStar eingeladen worden.

Hätte er am Anfang seiner Karriere gewusst, wie stumpf die Leute in diesem Geschäft waren, hätte er gleich auf einer Baustelle arbeiten können. Ständig trafen sie sich auf irgendwelchen grässlichen Veranstaltungen, wuselten durcheinander, tauschten ihre dämlichen Plattitüden aus und steckten sich dabei mit ihren Grippeviren an.

Er erinnerte sich noch genau, wann er zu lesen angefangen hatte. Es war in der siebten Klasse des schrecklichen humanistischen Gymnasiums gewesen, in der ehemals geplanten Reichshauptstadt Nürnberg. Die Schule, ein furchteinflößendes, dunkles Gemäuer mit einem Labyrinth aus düsteren Treppenhäusern, war eine Domäne alter Nazis.

Lehrer toter Sprachen mit verfaulten Zähnen, Schmissen im Gesicht und Mundgeruch spuckten einem Essensreste ins Gesicht, während sie herumbrüllten, oder malträtierten einen bei der kleinsten Unaufmerksamkeit mit Faustschlägen gegen den Hinterkopf. Oft wurde er nach einer solchen »Kopfnuss« aus dem Unterricht expediert und schlich durch die Treppenhäuser, die vom Gebrabbel der Lateinklassen widerhallten.

In einem dieser Gänge, versteckt unter einer Treppe, begann er zu lesen, und zwar *Moby Dick*. Dabei holte er sich eine Blasenentzündung, weil er so tief in den Roman versank, dass er nicht bemerkte, wie kalt der Boden war. Die Blasenentzündung mündete in eine Nierenentzündung. Er musste ins Krankenhaus und wurde sehr lange krankgeschrieben. In dieser Zeit las er unermüdlich, Roman um Roman, den ganzen klassischen Kanon. Die Literatur war dadurch interessant, dass sie, je nach Autor, die Welt in einem ganz speziellen Licht betrachtete, die nichts mit der banalen Wirklichkeit zu tun hatte, die man täglich über sich ergehen lassen musste.

Mit Kafkas *Schloß* hatte es seine besondere Bewandtnis. Er hatte den Roman im Winter gelesen, als das Dorf, wo er seit seinem vierzehnten Lebensjahr im Internat war, im Schnee versank. Er war fünfzehn, und alles, was er bisher gelesen hatte, verblasste vor dieser düsteren Vision menschlicher Ohnmacht angesichts eines unerreichbaren Ziels. Dazu kam, dass der Schnee alles unwirklicher machte. Er schien die Wirklichkeit, das Internat, den Unterricht, das Dorf, in weite Ferne zu rücken, die Wirklichkeit des Romans aber immer näher, bis Gregor schließlich glaubte, die Fußstapfen, die er im Schnee hinterließ, gehörten nicht ihm selbst, sondern dem Landvermesser K.

Er war zu dieser Zeit, wie fast immer, krankgeschrieben und einzig mit Lesen beschäftigt. Doch diesmal packte es ihn wirklich. Das Buch, einmal weggelegt, war nicht beendet. Im Gegenteil. Es verfolgte ihn.

Auf Schritt und Tritt hatte er den Eindruck, dass sich ihm Häuser und Internat entzogen, wenn er von einem seiner Spaziergänge kam. Der Roman hatte ihm aufs Eindringlichste vermittelt, wie wenig Sinn es hatte, zu versuchen, das Schloss zu erreichen. Er ahnte, dass auch sein Versuch, ins Internat zurückzukehren, zum Scheitern verurteilt sein könnte. Ein schleichendes, ständig zunehmendes und bedrückender werdendes Gefühl von Angst, dass dies eintreffen könnte, hielt ihn tatsächlich davon ab, es überhaupt erst zu versuchen.

Je später es wurde, je dunkler es wurde, umso schwieriger empfand er es, sich zu überwinden, den Versuch zu wagen, zu seiner Beruhigung unter Beweis zu stellen, dass die Wirklichkeit nicht der des Romans entsprach, indem er einfach ins Internat zurückzugehen versuchte. Lieber ließ er sich im Schneegestöber auf einer Bank nieder. Wie früh, fragte er sich, hatte den Landvermesser der Zweifel gepackt? War er an einer Lähmung des Willens gescheitert? Wollte er vielleicht gar nicht wirklich zum Schloss? Viele Fragen türmten sich in seinem Gehirn, während man ihn im Internat bereits suchen ließ.

Noch Tage später sah man seine skurrile Erscheinung mit weit ausgreifenden Schritten das Dorf umkreisen. Er wollte einfach immer weiter mit dem Roman schwanger gehen und war nicht bereit, in die Banalität des Schulalltags zurückzukehren. Der hypnotische Kern des Romans, die uralte Metaphysik der Schuld, übte nach wie vor eine starke Anziehung aus. Erst langsam, gegen Gregors Willen, der sich immer wieder an die Sätze des Buchs klammerte, immer wieder lange Passagen laut las, bis er sie fast auswendig konnte, löste sich die Besessenheit, mit der er die Krisis suchte, im Schnee, in der Kälte, in stundenlangen Gewaltmärschen in der Dunkelheit – und er kehrte widerwillig und angeödet in die Schule zurück, als sie ihm drohten, ihn hinauszuwerfen.

Mehr oder weniger unbewusst gab der Roman seinem Kopf den ganzen Winter über Nahrung. Gregor fühlte sich eingehüllt wie in ein Leichentuch, das aus einer tiefen, alten böhmischen Dunkelheit bestand, mit der er offenbar viel zu tun hatte, so wie mit den glänzend im Schnee hingestreuten Satzgebilden Kafkas, die Sternzeichen verlorener Planeten glichen. Er fühlte sich in seiner hoffnungslosen Existenz bestätigt. Alles ergab einen tieferen Sinn. Der Zauber, der Bann, blieb die ganze Zeit ungebrochen, obwohl er wieder im Internat schlief und in die Schule ging.

Bis der Schnee schmolz und zum Halbjahreswechsel plötzlich ein langhaariger, neuer Lehrer die Klasse betrat und ein Buch hochhielt, das den Titel *Das Schloß* trug. Gregor schwante Schreckliches. Ihm wurde schummrig bei dem Gedanken, dass dieser unsympathische, blauäugige Hippie, Nachkomme astreiner Faschisten – denn genauso sah er aus –, im Besitz einer solchen Kostbarkeit war. Etwas konnte hier nicht stimmen. Es kam Gregor unheimlich vor, dass dieser Lehrer plötzlich mit diesem Buch in der Hand auftauchte.

»Es muss sich um einen Irrtum handeln«, murmelte er, ganz im Sinne des Landvermessers, dessen Denken und Jargon er sich immer mehr angeeignet hatte.

Der Lehrer stellte *Das Schloß* vor. Er behauptete, dass es sich bei »diesem Buch« – und er hielt es erneut hoch und klopfte energisch dagegen – um einen politischen Roman handle, der »hellseherisch« das Schicksal des jüdischen Volkes im Zusammenhang mit dem aufkommenden Faschismus hinterfrage. Der Roman sei eine Parabel, die, anhand einer Einzelperson, um die Frage der Existenzberechtigung des jüdischen Volkes kreise.

Gregor schrie auf. Er hielt sich beide Ohren zu und verließ die Klasse. Wie war es möglich, dass dieser linke Heuchler, dieses Stereotyp eines Post-Achtundsechziger-Germanisten es wagte, das Geheimnis des Romans, den seine dreckigen Finger in der Hand hielten, mit solch einer banalen These zu entweihen? Die hohlen Sätze des Dummkopfs hallten ihm noch Stunden danach in den Ohren. Der Roman war unglaublicherweise beschmutzt worden und würde sich nie wieder ganz von diesem Makel erholen.

Jedes Mal, wenn Gregor in seiner Not versuchte, Passagen des Romans erneut zu lesen, tauchte die hässliche Stimme des Lehrers mit seinen Gemeinplätzen auf und brachte ihn völlig aus dem Lot, so dass er schließlich den Roman ganz weglegen musste. Er bekam eine solche Wut darauf, dass dieser Strauchdieb in die heiligsten Regionen seines Geistes geschissen hatte, dass er ihm noch in derselben Nacht die Reifen seines Autos zerstach, um nichts Schlimmeres zu tun. Mit Schrecken wurde ihm allerdings auch klar, wie wenig er zur Verteidigung der Außengrenzen seines Gehirns bisher getan hatte. Daran musste noch hart gearbeitet werden.

Fünfundvierzig Jahre später kehrte Gregor Samsa noch einmal zur Lektüre von Kafka zurück. Noch immer beschlich ihn die gleiche Ahnung wie mit fünfzehn, nämlich dass der Landvermesser eigentlich gar nicht zum Schloss wollte. Was sollte er da? Es gab nun wirklich schönere Orte. Wahrscheinlich machte sich der Landvermesser K. bloß etwas vor. Vielleicht wollte er viel lieber ficken, dachte Gregor mit sechzig. Bei ihm selbst war es ja genauso gewesen.

Je zäher, je schwieriger sich die Dinge anließen, umso größere Bedeutung hatte er ihnen beigemessen, sei es bei Filmprojekten oder irgendwelchen blöden Liebesgeschichten. Hätte er damals hinterfragt, was er wirklich wollte, dann wäre er sehr schnell zu der Erkenntnis gekommen, dass es ihm nur darum ging, am Ende seinen Willen durchzusetzen, denn auf die eigentliche Sache hatte er wegen des Frusts, den sie verursachte, schon lange keine Lust mehr.

Gregor kam zu dem Schluss, dass es dem armen Landvermesser genauso ging. Er war einfach noch zu jung, um zu begreifen, dass es besser wäre, ficken zu gehen, als immer wieder gegen Windmühlen zu kämpfen und sich den Arsch aufzureißen. Schuld an allem war das Testosteron.

Andererseits erinnerte das Schicksal des Landvermessers Gregor heute unangenehm an das eines Asylanten, der eine Aufenthaltsgenehmigung brauchte. Wenn er, Gregor, heutzutage in der Schlossverwaltung säße, würde er K. jedenfalls eiskalt abblitzen lassen. Aber eine Gemeinsamkeit fand er zu seinem Trost doch noch mit dem Landvermesser – und das war seine beschnittene Vorhaut.

In seiner Jugend verschlang Gregor Samsa Bücher. Er mied jede Begegnung, weil er durch niemanden in seiner reinen Kunstwelt gestört werden wollte. Wenn er Hunger hatte, ging er heimlich an den Kühlschrank. Er verweigerte die gemeinsamen Essen mit den Großeltern, weil er sich nicht auf das »niedrige Niveau« ihrer Tischgespräche herabbegeben wollte.

Man fing an, ihn wegen seiner Undankbarkeit zur Rede zu stellen. Immerhin hatte man ihn aufgenommen. Er schloss sein Zimmer ab und kam selbst dann nicht heraus, als sie anfingen, gegen die Tür zu trommeln. Er wollte in Ruhe *Krieg und Frieden* zu Ende lesen. Sie schrien, er solle gefälligst Sport machen, und wünschten ihm, dass er »einmal einen Krieg mitmachen« müsste – die Gründe dafür verstand er nicht, denn er hatte sich die Ohren verstopft. Sie schlugen gegen die Tür: »Was soll aus dir werden!? Was machst du da drin den ganzen Tag!?«, brüllten sie.

Sein Verhalten war asozial. Sie nährten einen Kommunisten oder etwas noch Schlimmeres an ihrer Brust. Sie gerieten in Wallung. Sie platzten vor Wut, Neid, Eifersucht und Missgunst. Am Ende ging es wieder nur darum, wer der Stärkere war. Sie wollten ihn zerstören. Aber Tolstoi hatte ihn unzerstörbar gemacht. Sie warfen sich mit ihren hässlichen, alten Körpern gegen die Tür, das Brecheisen und den Knüppel schon in der Hand. Er entwich im letzten Moment durch das Fenster.

Bevor er sie mit seinem Undank »ganz kaputtmachen« konnte, steckten sie ihn in jenes »Sportinternat«, damit er endlich lernte, sich »der Gemeinschaft unterzuordnen«. Er ließ sich sofort krankschreiben. Die Symptome einer veritablen Nierenentzündung kannte er ja bereits und konnte sie sehr genau simulieren. Er legte sich ins Bett und nahm sich die nächste dicke Schwarte vor; es war, zugegeben auch aus Attitüde und um sich von den Metzgersöhnen abzugrenzen: *Das Kapital* von Karl Marx.

Manchmal hatte es auch beim Film große Momente gegeben. Aber die waren eher selten.

In langen Seminaren (über Wenders, Godard, Antonioni) hatte man Anfängern wie ihm auf der Filmhochschule eingetrichtert, dass Kino ausschließlich mit Ästhetik und Tradition zu tun hatte und nicht mit Handlung. Endlose Einstellungen von Wenders oder Antonioni, in denen nichts passierte, versuchte man den Regiestudenten als große Kunst zu verkaufen. Waren sie obendrein noch schwarzweiß, dann waren sie sakrosankt. Dabei erinnerten sie eher an Architekturvideos.

Genres, die nicht hochintellektuell vom Regisseur »gebrochen« waren, wie Godard es tat, wurden als »amerikanische Küchenpsychologie« verachtet, wie alles, was unterhaltsam war. Trash und subversiver Humor wie etwa der von John Waters oder des New Yorker Underground wurden belächelt und als kindisch abgetan.

Sarkasmus war den deutschen Akademikern eher fremd. Sie hielten es mit dem Ernst und dem Purismus. Filmkunst durfte auf keinen Fall Spaß machen. Es ging um die Form, nicht um den Inhalt. Deshalb durften die Filme vollkommen inhaltsleer sein. Am besten waren die endlosen Fahrten von Antonioni entlang irgendwelcher italienischer Straßen. Es galt als stilvoll, wenn da minutenlang Jeanne Moreau mit nachdenklichem Gesicht ging. Je länger die Filme in solchen bedeutungsschwangeren Einstellungen schwelgten, desto mehr wurden sie verehrt.

Das Allergrößte war *Die Verachtung* von Godard. Da war der Ästhetizismus so auf die Spitze getrieben, dass er es tatsächlich schaffte, zu überdecken, dass die Geschichte vollkommen hohl war (ganz anders als in dem Roman von Moravia, der aufgrund der scharfen, analytischen Sprache psychologisch absolut nachvollziehbar war). Man begriff absolut nicht, weshalb Brigitte Bardot Michel Piccoli mit Verachtung strafen musste. Er hatte ihr nicht das Geringste getan. An den Maßstäben Normalsterblicher gemessen war ihre Attitüde vollkommen unverständlich, und dadurch wurde ihre Figur im Verlauf des Films leider immer unsympathischer.

Man fragte sich die ganze Zeit, was sie bloß hatte und warum sie den armen Kerl ständig auflaufen lief. Das führte natürlich dazu, dass man sich überhaupt nicht mehr auf den schrecklich redundanten Film konzentrieren konnte und am liebsten Tomaten gegen die Leinwand geworfen hätte, wie es im Eiszeitkino in Kreuzberg tatsächlich der

Fall war, wo das Publikum solche überambitionierten Filme hasste und mit Hohn überschüttete.

Die Filmstudenten verehrten zwar auch den amerikanischen Autorenfilm, sahen sich hundert Mal hintereinander *Taxi Driver* und *Deer Hunter* an, aber lernen taten sie rätselhafterweise überhaupt nichts daraus. Sie blieben bei ihren dämlichen, verknöcherten, frustrierten und akademischen Problemfilmchen. Wie unbegabt sie nur waren!

Man musste sich schon an den Kopf fassen, wenn man an den Output dieser Hochschulen in den achtziger und neunziger Jahren zurückdachte. So begrub sich unter der Oberleitung dieser selbsternannten Priester des guten Geschmacks das deutsche Autorenkino selbst und mutierte zu so etwas Schrecklichem wie der Berliner Schule. Spätestens ab den Achtzigern wollte niemand mehr deutsche Filme sehen. Man empfand es als Strafe, einen deutschen behämmerten Film zu gucken.

Die Filmhochschulen hatten eine Generation von Regiestudenten wie eine Hammelherde hinters Licht geführt und den deutschen Steuerzahler um Millionen erleichtert, weil aus keinem dieser Regiestudenten je etwas wurde, geschweige denn Regisseur. Sie waren eine dem Dogmatismus geopferte, verlorene Generation, die sich dafür bei Wenders und Antonioni bedanken durfte.

Auch er verfiel am Anfang solch ambitionierten Irrtümern, wie man Filme zu drehen hatte, in Schwarzweiß, in Plansequenzen, wie es Welles und Kubrick vorgemacht hatten. Was von den stümperhaften Versuchen, die ganz Großen nachzuäffen, am Ende auf der Leinwand übrig blieb, war lächerlich. Er hatte sehr schnell begriffen, dass diese Kunst eine ziemlich pragmatische Angelegenheit war, die viel mit der Kosten-Nutzen-Rechnung der Herstellungsleiter zu tun hatte.

Dennoch gelang es einem manchmal, die Puppen richtig tanzen zu lassen. Aber dazu bedurfte es, je aufwendiger und komplizierter eine Szene war, genauer Vorbereitung und handwerklicher Umsetzung, die vor allem Routine und Erfahrung voraussetzte. Das war es, was den eigentlichen Regieberuf ausmachte. Doch dies wurde nicht honoriert. Das hatte er spätestens gemerkt, als er seine beiden aufwendigen, großen Filme gemacht hatte.

Das logistische Handwerk, der reibungslose Ablauf der Auf- und Abtritte, die Mengen der Komparsen, die dirigiert werden mussten, die Tausende von Anschlüssen, die man beachten musste, den Ablauf der vielen Einstellungen eines Tagespensums, den man im Auge behalten musste, weil man gezwungen war, Richtungen abzudrehen: das alles musste ineinandergreifen, damit die Choreographie solcher Szenen am Ende auch wirklich funktionierte. Das war pures Handwerk!

Aber da die Kritik und die Leute in den Gremien offensichtlich nicht wussten, wie das Regiehandwerk funktionierte, wurden am Ende solche Herausforderungen nicht belohnt, und die Regiepreise gingen an Leute, die zwei Schauspieler an einem Küchentisch inszeniert hatten. Das machte ihn am Anfang wütend und enttäuscht. Wenig später setzte Resignation ein. Heute war ihm das Karrierekarussell, auf dem sich die ganzen Idioten befanden, vollkommen gleichgültig geworden. Sollten sie hoch und runter fallen und purzeln in diesem lächerlichen, geistlosen Zirkus. Ihm war es egal. Nein, er pflegte lediglich eine Abneigung gegen Indiskretion.

Es gab nichts Schrecklicheres, als einem bestimmten Typus Produzent zu begegnen, den man neuerdings »Networker« nannte. Diese Typen hatten nichts anderes in ihrem Leben zu tun, als ihre Nase überall hineinzustecken. Sie profilierten sich darüber, alles zu wissen, was in der Branche passierte, und immer auf dem neuesten Stand zu sein, wer was machte. Wenn man ihnen zufällig ins Messer lief, texteten sie einen damit zu. Er brauchte anschließend oft Stunden, um diesen Mist wieder aus seinem Kopf rauszukriegen, welche Prestigeprojekte gerade an welche Idioten gegangen waren, welchen blöden Bestseller welcher phantasielose Arsch gerade in der Mache hatte. Sein Kopf dröhnte davon.

Nachts, wenn er wach lag, musste er daran denken, wie es der eine oder andere geschafft hatte, nur deshalb Karriere zu machen, weil er mit dem stupiden System im Einklang war. Zu seinem Ärger verletzte es ihn sogar massiv, weil er keine andere Möglichkeit für sich und seine Arbeit sah, als so anpassungsunfähig zu bleiben, wie er eben war. Das alles beschäftigte ihn nur, weil er am Abend auf irgendeiner dieser dämlichen Veranstaltungen einem dieser Idioten in die Arme gelaufen war, die nichts Besseres zu tun hatten, als herumzuerzählen, was wer wann mit wem machte!

Das Kino in Deutschland wurde vornehmlich von Leuten gemacht, die aus dem »Kleinbürgertum« kamen. Sie hatten keinerlei Raffinesse (wie beispielsweise die Italiener oder Franzosen), ihr Humor war plump. Sie kamen meist aus dem sportlichen Bereich und waren sehr ehrgeizig. Ihr winziger Intellekt reichte gerade mal dazu aus, den amerikanischen Mainstream zu kopieren. Sie benutzten Ausdrücke wie »state of the art«, »high concept movie«, oder sie kürzten das ohnehin schon schreckliche Wort »romantic comedy« mit »romcom« ab. Die meisten von ihnen fuhren gern Porsche und hatten einen kleinen Schwanz. Das wurde zumindest von den Schauspielerinnen kolportiert, mit denen sie geschlafen hatten.

Inzwischen hatte Gregor den Olivaer Platz erreicht, als ihm jäh einfiel, dass Grete wieder »Bei Susi« arbeiten musste. Er bog hastig in die Leibnizstraße ab und lief immer schneller in Richtung des Puffs. Dabei dachte er an die helle Baumwollunterwäsche, die sie angehabt hatte. Er hatte diese Schulmädchenunterhose, in der sie lächelnd dastand und ihn ruhig ansah, mit Wasser durchnässt, bis sich ihre Schamlippen darunter abzeichneten. Sie hatte darüber gelacht, ihn nicht ausgelacht, sondern ihr helles, mädchenhaftes Lachen erklingen lassen, als Bestätigung, dass es sie amüsierte, was er da tat.

Er freute sich ungeheuer darauf, es wieder zu tun, ihre Grazie und Lässigkeit zu bewundern, mit der sie alles über sich ergehen ließ, worüber andere die Nase gerümpft hätten. Er freute sich besonders darauf, ihre Schamlippen freizulegen und sie mit dem Finger langsam zu zerteilen. Die Gier übermannte ihn so sehr, dass er über die Kreuzung rannte, ohne groß auf den Verkehr zu achten.

Die Sache mit Grete, allein der Name sprach ja schon Bände, hatte eine Vorgeschichte.

Er hatte sie schon bei Dussmann gesehen, bevor er wusste, dass sie eine Nutte war. Sie war ihm sofort aufgefallen, weil sie so eine schöne, vorspringende, stolze Adlernase hatte und diese ziemlich hoch trug. Außerdem hatte sie eine ungewöhnlich gerade Haltung. Unter den weiten Klamotten, die sie offensichtlich trug, um nicht aufzufallen, zeichneten sich ihre Rundungen ab. Damit man ihren üppigen Hintern nicht sehen konnte, hatte sie eine Hängetasche darüber gehängt.

Die Faszination, die ihr Selbstbewusstsein auf ihn ausübte, war stark genug, dass er ihr folgte. Sie ging hinunter in die CD-Abteilung zu einem bestimmten Regal, wo sie etwas suchte. Dabei hatte sie einen längeren Weg zurückzulegen, und er konnte ihren schönen Gang und die Bewegungen ihrer Hüften bewundern.

Der lässige, etwas altmodische Studentenlook, den sie trug, langer Schlabberpulli, Faltenrock, Stiefel, trug dazu bei, dass er dachte, sie sei bestimmt eine von diesen überambitionierten, schnippischen, pseudointellektuellen Studentinnen, die alles daransetzen würden, eines Tages im Lektorat eines überkandidelten Verlags wie Suhrkamp zu arbeiten. Narzisstisch, selbstgerecht bis zum Umfallen, und dennoch, oder gerade deshalb – sehr attraktiv.

Obwohl sie wusste, dass er ihr gefolgt war und sie unausgesetzt beobachtete, ignorierte sie ihn vollständig. Das war, so konnte man sehen, eine große Genugtuung für sie. Denn sie war natürlich Feministin genug, um so ein Verhalten zu verachten. Immerhin hatte sie wunderschöne Brüste, und da die Tasche hinten den Pullover nach unten zog, zeichneten sie sich besonders deutlich ab.

Als sie bemerkte, dass er sie anstarren konnte, ohne dass sie rechtzeitig in der Lage gewesen wäre, den Pullover wieder zurechtzurücken, wurde sie rot vor Ärger. Sie hatte sich eine Blöße gegeben. So etwas durfte keinesfalls passieren. In ihrer perfekten Welt waren solche Flüchtigkeitsfehler ein Unding. Dass sie sich ärgerte, war eine Genugtuung für ihn. Er musste lächeln. Als sie das sah, griff sie wütend eine CD und marschierte nach oben.

Er hielt sie für eine höhere Tochter. Wie sehr sollte er sich täuschen. Er folgte ihr bis nach oben an die Kasse, wo er sie aus einigem Abstand beobachtete.

Aggressive, männliche Aufdringlichkeit mit größter Ignoranz zurückzuweisen, das konnte sie wirklich gut. Sie konnte ihm zeigen, wo der Hammer hing. Hier kontrollierte noch feminine Stärke und Selbstgewissheit die rüden, männlichen Instinkte und hielt sie im Zaum. Besser konnte man es nicht machen.

Er bemerkte, was für zierliche, hübsche, weiße Schultern sie hatte. Darauf ruhte das selbstbewusste Köpfchen mit dem dunkelblonden, hochgesteckten Haar. Natürlich lächelte sie dem Kassierer zu; sie war eine freundliche, gute Kundin. Ihn würdigte sie weiterhin keines Blickes; mein Gott, dachte er, wie konnte man nur so hübsch sein. Sie lief vergnügt hinaus und verschwand im Straßenverkehr.

Er ging noch einmal hinunter, um zu sehen, was sie sich genommen hatte. Es war die Rubrik mit den Hörbüchern. Das ließ sie in seiner Achtung noch höher steigen. Natürlich war nicht damit zu rechnen, sie jemals wiederzusehen. Umso mehr fiel er aus allen Wolken, als er sie eines Tages in dem Billig-Puff »Bei Susi« wiedersah.

Sie stellte sich mit fünf anderen Mädchen vor. Er hatte Skrupel, zu ihr zu gehen, weil es kompliziert werden könnte. Immerhin war er etwas verliebt, und das flößte ihm viel zu großen Respekt ein. Er wäre sofort unter einem Rechtfertigungszwang, würde sich klein vor ihr fühlen, und das eigentliche Verhältnis, weswegen er hier so viel Spaß hatte, nämlich die Dominanz über die slawischen Nutten, bei denen er sich bedienen konnte, wie er wollte, wäre sofort in eine Schieflage geraten. Vor ihr würde er sich nackt fühlen, und wenn er Pech hatte, würde er keinen hochbekommen und gedemütigt mit seinem eingeschrumpften Pimmel vor ihr stehen wie bei einer ärztlichen Untersuchung. Er war trotzdem zu ihr gegangen.

Überraschenderweise hatte sie ihn wiedererkannt. »Warst du nicht der, der mich bei Dussmann beobachtet hat?«, fragte sie ihn. Er bestätigte die Vermutung verunsichert. Sie lächelte und fragte ihn scherzhaft, was er machen wollte. Er begann mit irgendeinem Rechtfertigungsgeschwafel, das sie irgendwann mit einem »Pscht, pscht…« unterbrach.

Er hatte Küssen extra genommen und hielt sich eine Zeitlang mit sanften Küssen auf den Mund über Wasser. Als sie ihre Hand auf seinen Schwanz legte, schob er sie weg. Sie hatten sich in den Arm genommen, und er begann, ihren Hals mit kleinen Küssen zu bedecken. Kopfschüttelnd hielt er nach einer Weile inne.

»Ich glaube, das wird nichts«, sagte er, »sorry, aber du gefällst mir zu gut.«

»Das ist doch ein Widerspruch«, sagte sie in gebrochenem Deutsch und lachte.

»Nein, gar nicht«, sagte er schüchtern und sah zu Boden. Dabei fiel ihm der Baumwollslip auf, den sie trug. Ihn hätte er nicht in einem Billigpuff erwartet. Das war ein Fetisch für den besseren Geschmack, für ausgefallenere Wünsche, für die man normal extra bezahlen musste.

»Wo hast du den her?«, fragte er.

»Wieso?«

»Der sieht so exklusiv aus.«

Sie lachte.

»Ich hatte keine Zeit, mich umzuziehen. Das ist alles.«

Er begann sich manisch auf den Slip zu konzentrieren. Der Slip war der Rettungsanker. Er hing wie ein weißes Fähnchen zwischen ihren üppigen Flanken. Er ging davor auf die Knie. Zum Glück roch sie gut. Er hatte schon Schlimmes geargwöhnt, als sie sagte, sie hätte keine Zeit gehabt, sich umzuziehen. Er hatte eine sehr empfindliche Nase. Die geringste Irritation konnte ihn vollkommen rausbringen.

Sie blickte auf ihn herab und fragte, ob ihm das gefiele. Der Slip war groß und saß locker über dem hellen Bikinistreifen. So etwas mochte er. Er nickte. Er fragte sie, ob sie in den Ferien gewesen war.

»Ja, in Solarium-Ferien«, sagte sie.

Jetzt lachten beide. Das Eis war gebrochen. Während er ihr den Slip langsam hinunterzog, sagte er: »Schade, ich dachte schon, am Schwarzen Meer.«

Er konnte sie sich sehr gut auf einem Liegestuhl am Schwarzen Meer vorstellen. Endlich hatte er die Chance, mit ihr zu flirten, was es ihm ungeheuer erleichterte, von ihr Besitz zu ergreifen. Während er begann, sie zu lecken, fragte er sie nach der CD aus, die sie aus dem Regal geholt hatte.

»Majakowski«, antwortete sie und fragte, warum er das wissen wollte, was ihn veranlasste, sie heftiger zu lecken.

Er fragte sie, ob sie deutsche Vorfahren habe, während er sie halb um ihre eigene Achse drehte, um sie von hinten weiterzulecken. Sie hielt sich am Waschbecken fest und lachte hell. Das Rate-und-Antwort-Spiel, während sie geleckt wurde, schien ihr Spaß zu machen.

»Komme aus Litauen«, sagte sie.

»Tatsächlich?«, fragte er. »Kennst du T. S. Eliot?«, während er ihre hellen Arschbacken zu kneten begann. Sie schüttelte den Kopf und sah argwöhnisch über die Schulter zu ihm hinab. Dieser Blick war verdorben. Zum ersten Mal spürte er, dass sie Lust auf ihn hatte. Das Reden hatte also geholfen. Er stand auf und zog sich einen Gummi über. Mit einem flüchtigen Seitenblick begutachtete sie seinen Schwanz.

»T. S. Eliot ist ein US-amerikanischer Dichter«, begann er zu dozieren und drang in sie ein. »Gleich in den ersten Versen von *The Waste Land* ist von Litauen die Rede:

April ist der grausamste Monat, er treibt
Flieder aus toter Erde, er mischt

Erinnern und Begehren, er weckt
Dumpfe Wurzeln mit Lenzregen.
Winter hielt uns warm, bedeckte
Land in Schnee des Vergessens, nährte
Karges Leben mit trockenen Knollen.
Sommer überfiel uns, kam über den Starnbergersee
Mit Regenschauer; wir rasteten im Säulengang
Und schritten weiter im Sonnenlicht in den Hofgarten,
Tranken Kaffee und plauderten eine Stunde.
Bin gar keine Russin, stamm' aus Litauen, echt deutsch.

So ging es weiter. Die Zauberworte taten ihre Wirkung. Den großen, lockeren Baumwollslip zog er sich über den Kopf. Sie fickten und lachten und unterhielten sich dabei. Ab und zu hielt er inne und fragte sie, ob es ihr gefiele, was sie mit einem aufreizenden »Ja, wieso fragst du?« beantwortete.

Er ging wieder zu ihr. In seiner Paranoia kaufte er ein Sixpack Baumwollslips, weil er Angst hatte, sie könne normale Reizwäsche tragen.

Einmal blieb der Gummi in der Aufregung in ihrer Möse stecken, einmal platzte er, weil sie vorher so stark an ihm gelutscht und auf ihm herumgebissen hatte. Er gab nicht viel darauf. Sie war in gewisser Weise schon Fleisch von seinem Fleisch. Sie hatte sich ihm ein paarmal wirklich ergeben. Er merkte das an der erhitzten Röte in ihrem Gesicht, an ihrem Saft, der herausquoll und den er seinen Schaft hinunterlaufen ließ, während sie sich immer ungestümer auf ihm bewegte, weil sie kommen wollte. Anders als der sterile, gekonnte Sex, den er sonst oft bekam, spürte er hier jene Art Natürlichkeit und Nähe, wie sie ein seltener Glücksfall war. Das nahm ihm die Angst vor ihren Körperflüssigkeiten.

Irgendwann stellte sich, wie immer, eine Art Überdruss

ein. Er hatte sein Pulver verschossen. Zitate zündeten nicht mehr. Es wurde mechanisch, von seiner Seite. Er wusste, er musste bei ihr eine längere Pause einlegen, wenn er sie nicht vollkommen abschreiben wollte. Er überging sie, wenn sie sich gemeinsam mit den anderen Mädchen vorstellte.

Meist ging er in andere Puffs, bevorzugt auf der Route Kreuzberg/Neukölln oder Wilmersdorf/Schöneberg. Ein paar Monate bekam er nichts von ihr mit.

Eine Prostituierte des Clubs »Bei Susi«, mit welcher er, aus alter Gewohnheit, seit zwanzig Jahren gelegentlich verkehrte, hatte ihm dann eines Tages erzählt, dass Grete ganz scharf auf »Neger« sei. Und dass sie manchmal nachts, wenn aufgrund des einen oder anderen Gläschens der Kontrollverlust eingetreten sei, auch zwei oder drei drüberließe. Es war dabei auch von einer berüchtigten Dreier-Gang die Rede, Schwarze, üble Burschen, die eigentlich Hausverbot hatten, weil sie im Ruf standen, einige Prostituierte, die sie immer zu dritt buchten, schon übel zugerichtet zu haben. Und die außerdem »krank« aussähen.

Diese Aussagen der eifersüchtigen, alten Rivalin machten ihn wieder wahnsinnig scharf auf Grete. Diese Typen hatten bestimmt nicht T. S. Eliot zitiert. So viel war jedenfalls sicher. Zwei Monate telefonierte er hinter ihr her, aber es hieß immer, sie sei »im Urlaub«. Vor wenigen Tagen hatte er es noch mal versucht und erfahren, dass sie wieder da war. Nun fieberte er diesem Termin entgegen. Er ging in die Kohlhaas-Buchhandlung und kaufte *S.C.U.M.*, von Valerie Solanas, das Hetzpamphlet gegen Männer, das mit dem Aufruf endete, sie alle umzubringen. Bei Eliot konnte er nicht stehenbleiben. Er musste die Sache etwas anheizen.

Die Hausdame öffnete die Tür, die Mädchen stellten sich vor. Als Letzte kam sie. Er hätte sie fast nicht wiedererkannt. Sie hatte sich die Haare weißblond gefärbt, und statt ihrer Baumwollwäsche trug sie ein rosafarbenes Negligé und billige rosa Unterwäsche. Außerdem war sie geschminkt. Das Seltsamste aber war der Ausdruck ihrer Augen. Sie waren riesig und glitzerten. Sie sahen irgendwie wahnsinnig aus, wie von einem Alien. Sie schwebte auf ihn zu und strahlte ihn an.

»Hallo, mein Schatz, wie geht es dir?«, hauchte sie. »Du warst lange nicht da. Ich habe gewartet auf dich.«

Es war ein Standardsatz, wie er ihn schon oft gehört hatte. Sie wirkte abwesend, während sie ihn sagte.

»Alles okay mit dir?«, fragte er. Sie nickte.

»Kommst du zu mir?«, fragte sie, mit einer gewissen Dringlichkeit.

Er nickte aus Höflichkeit. Beim Abgehen wackelte sie anbiedernd mit dem Hintern. Das hatte sie früher nie nötig gehabt. All das gefiel ihm nicht. Er überlegte einen Moment, ob er wirklich zu ihr gehen sollte. Dann kam der dicke Housekeeper mit dem schrecklichen Mundgeruch und fragte, welches Mädchen er wolle.

Er entschied sich für sie, mehr aus Neugier, weil er wissen wollte, was mit ihr los war. Sie strahlte ihn an. Auch dieses Strahlen war viel zu übertrieben. Es wirkte, als ob sie eine unfassbare Traurigkeit überspielen wollte. Er zögerte wieder. Da packte sie seine Hand und zog ihn nach hinten.

Als sie im Zimmer waren, fragte er sie: »Wo ist deine Baumwollwäsche?«

Sie zuckte mit den Achseln und blickte ihn an. Was hatte sie nur für riesige, blaue Gucker! Ihre Lider und die Außenränder der Augäpfel waren gerötet, als hätte sie vor kurzem geweint oder Haschisch geraucht. Er wollte erneut fragen, ob alles okay mit ihr sei, wusste aber, dass er damit die Sache, auf die es ihm ankam, nämlich einfach eine geile Nummer zu schieben, noch schwieriger machen würde. Außerdem hätte sie wahrscheinlich wieder mit dem Kopf geschüttelt. Warum sollte sie ihm erzählen, was los war. Falls überhaupt etwas los war.

In dieser gewissermaßen beklemmenden Atmosphäre setzte er zu einer längeren Erklärung an.

»Sieh mal«, sagte er, »du hast wunderbares, aschblondes Haar gehabt. Warum hast du es dir weißblond gefärbt? Das tun nur gewöhnliche Nutten. Du aber bist etwas ganz Besonderes. Und das weißt du auch, oder?«

Sie nickte brav. Er überlegte, ob er eine Strafe einbauen sollte für ihren geschmacklosen Aufzug, etwas Bondagemäßiges, das der Sache mehr Würze verlieh.

»Und sieh mal«, fuhr er fort, »wenn die Freier hier, weil sie zu primitiv sind, deine schöne Schulmädchenwäsche nicht schätzen, dann kann ich dich bei einer Adresse empfehlen, wo die Gäste kultivierter sind und deine Baumwoll-Höschen durchaus zu schätzen wissen.«

Sie nickte. Fast kamen ihr die Tränen dabei.

»Was ist los?«, fragte er nun doch. »Ist was Blödes passiert?«

Sie schüttelte den Kopf, wandte sich ab und kramte in einem Wäschebeutel.

»Hier, siehst du. Ich hab noch welche für dich – extra aufgehoben«, rief sie und hielt triumphierend einen zerknitterten Baumwoll-Schlüpfer hoch.

»Na siehst du, ich wusste doch, dass du eine Intellektuelle bist!«, rief er.

Sie zog sich rasch den einen Slip aus und den anderen an. Das sah sehr hübsch aus.

»Hast du inzwischen *Waste Land* gelesen?«, fragte er.

Sie schüttelte den Kopf.

»Keine Zeit gehabt?«

Sie schüttelte den Kopf.

»Ich habe dir was Besseres mitgebracht, *S.C.U.M.*«

Er holte das Manifest aus der Tasche und legte es ihr auf den Nachttisch.

»Worum geht es?«, fragte sie naiv und nahm die Broschüre zur Hand, um oberflächlich darin zu blättern, während er ihr rigoros den Slip herunterzog, um mit Daumen und Zeigefinger ihre Muschi zu öffnen. Ihre Spalte sah kindlich aus. Sie hatte während des Waschens ihre Schamlippen in die Vagina geschoben, um sie zu verstecken. Er holte sie der Länge nach mit dem Zeigefinger wieder heraus.

»Wow«, rief er und starrte die langen, auseinanderklaffenden Schamlippen an. »Perfect Girl«, sagte er und sah zu ihr hoch. Sie war rot geworden.

»Worum geht es in dem Buch?«, fragte sie.

»Setz die Brille auf, dann kannst du es lesen«, sagte er.

Er hatte sich weit heruntergebeugt und beschäftigte sich wie ein Gynäkologe mit ihrer Muschi. Während Zeigefinger und Daumen der Linken sie immer noch geöffnet hielten, fuhr er mit dem Zeige- und Mittelfinger der Rechten mechanisch im Inneren ihrer Spalte auf und ab.

»*S.C.U.M.*«, dozierte er, »ist ein Manifest zur Vernichtung der Männer. Die Autorin, die der Auffassung ist, dass sie Untermenschen sind, ruft dazu auf, ihnen den Schwanz abzuschneiden und ihn ihnen mitsamt den Eiern in den Mund zu stopfen und sie dabei langsam verbluten zu lassen. Gefällt dir das?«

»Hm«, machte sie und blätterte weiter in der Broschüre, während er, mittlerweile lustlos, weiter an ihrer Muschi herumspielte. Er sah auf die Uhr. Es waren erst zehn Minuten vergangen, aber sie waren keinen Schritt weitergekommen. Er ließ von ihr ab und suchte nach seinem Rettungsanker. Der Baumwollslip hing ihr in den Kniekehlen und hatte zumindest das Potential, ihm wieder Lust zu verschaffen.

»Setz dich, aber lass den Slip zwischen den Kniekehlen«, sagte er.

Sie setzte sich brav zu ihm.

»Erzähl mal, was hast du gemacht?«, fragte er und legte den Arm um sie.

»Warst du am Schwarzen Meer?«

»Nein«, rief sie unwillig, »ich war im Solarium, das habe ich dir schon einmal gesagt.«

»Entschuldigung«, sagte er, »man kann ja mal was vergessen, ich bin alt.«

Ratlos saßen sie einen Moment nebeneinander.

»Willst du mir etwas aus *S.C.U.M.* vorlesen?«, fragte er sanft.

Sie nahm das Buch und zitierte lustlos: »*Tief in seinem Innern weiß jeder Mann, dass er ein wertloser Misthaufen ist.*«

Gregor musste lachen.

»Weiter!«, rief er, da er merkte, dass er einen Ständer bekam.

»*Er ist geil wie ein Vieh und schämt sich deswegen zutiefst …*«

Er fing an zu wichsen.

»*Er will sich nicht offenbaren, sondern seine totale Körperlichkeit, seine totale Egozentrik, seinen Hass und seine Verachtung für die anderen Männer verbergen …*«

Während sie weiterlas, wichste er. Nach einer Weile robbte er aufs Bett und präsentierte ihr sein Hinterteil. Dabei öffnete er weit sein Rektum. Er bat sie, zwischen seinen Beinen durchzugreifen, seine Eier »in den

Schraubstock zu pressen«, wie er sich ausdrückte, und den »Kolben« weiter zu wichsen.

Sie tat dies eine Weile und fragte ihn dann mit mütterlicher Besorgnis in der Stimme, ob er Gleitcreme wolle, was er wütend verneinte und sie ausdrücklich bat, nicht vom rechten Kurs abzuweichen, er wolle nicht noch einmal betonen müssen, dass er alt sei und die leiseste Besorgnis in ihrer Stimme schon ein psychosomatisches Desaster bei ihm auslösen könne. Sie antwortete, er solle sich nicht so haben – also genau die richtige Antwort.

Er kam auf die Beine und brachte sie in die Standardposition, auf alle viere. Der herrliche Schmelz, den ihr Körper hatte, die leichte Bräunung an genau den richtigen Stellen veranlasste ihn einen Moment, sich bestimmte Teile von ihr in einer großen Bratpfanne vorzustellen, was, die Schwellung seines Ständers betreffend, genau das richtige Motiv war. In der Summe war sie perfekt und in den Einzelteilen perfekter.

»Ich stopf dich«, rief er, »ich stopf dich wie eine Weihnachtsgans!«

Und er flutschte in sie hinein, bevor sie sich bis zum Anschlag mit Gleitgel vollschmieren konnte. (Gleitgel war der alte, üble Trick der Nutten. Je mehr sie benutzten, desto weniger Reibung entstand, desto weniger merkten sie. Die Freier hatten das Nachsehen, denn sie merkten selber noch viel weniger, da sie ja auch noch mit dem Gummi zu kämpfen hatten. Es hatte lange gedauert, bis er hinter den Trick gekommen war. Unerfahrene Freier kämen gar nicht auf die Idee, sich darüber Gedanken zu machen.)

Am Anfang lächelte sie und konzentrierte sich dabei auf die Stöße in ihre möglicherweise bereits ein wenig wundgescheuerte Möse. Es war immerhin schon vier Uhr. Er rechnete damit, dass sie mindestens schon fünf Freier gehabt hatte. Vielleicht tat es ihr weh. All diese Gedanken drohten ihn erschlaffen zu lassen.

Er sah sich nach dem Pamphlet um. Es war außerhalb ihrer Reichweite geraten. Vielleicht war es jetzt besser, sich einfach auf den prächtigen Arsch unter ihm zu konzentrieren. Obwohl er diesmal nicht das Gefühl hatte, dass es ihr Spaß machte, kam er langsam in eine Art Trance-Zustand, wie er es von langen Radtouren kannte.

Nach einer Weile blickte er auf und sah, dass sie völlig geistesabwesend war. Ihr Gesicht war leer und maskenhaft. Wie eine Sphinx, dachte er. Außerdem wirkte sie düster und depressiv, als würde sie an ganz schlimme Dinge denken. Er sah schnell wieder weg.

»Hey«, rief er und versuchte dabei seiner Stimme etwas Zärtlichkeit zu geben. Sie war in Gedanken vollkommen woanders.

Er stieß mittlerweile immer wieder hart gegen ihren Gebärmuttereingang. Es fühlte sich an, als würde er gegen Knochen stoßen. Er hatte das Gefühl, sie zu missbrauchen, sie gegen ihren Willen zu vögeln. Sie braucht Geld, und sie lässt sich unterjochen dafür. Nun gut, das hat sie nun davon, dachte er.

»Diesmal fick ich dir das Gehirn raus«, murmelte er. Er brauchte Kopf-Stimulanz, sonst würde er abschlaffen. Seine Potenz reichte in letzter Zeit nicht mehr, bei all dem Missbrauch, den er täglich trieb. Er brauchte mehr Zunder, und er wollte sie aus ihrem düsteren Zauberschlaf wecken.

»Du fickst gern mit Negern, oder?«, fragte er. Unwillig drehte sie den Kopf nach ihm um.

»Was ist mit den Negern? Es sind mehrere, nicht? Wie groß sind ihre Schwänze?«

Sie ging auf das Spiel ein, weil sie wusste, wie impotent

er bereits war. Sein Schwanz in ihr fühlte sich an wie Matsch.

»Diese Frage«, und Heiterkeit kehrte in ihre Stimme zurück, »kannst du dir selbst beantworten. Manche groß, manche klein.«

Er merkte, wie sofort sein Ständer zurückkehrte.

»Du geile Sau«, schrie er, »du geile Russensau.«

»Bin gar keine Russin, komm aus Litauen«, gab sie schlagfertig zurück.

Er stieß sie ein Weilchen weiter, sicher, einen Stellungswechsel nicht mehr durchzuhalten. Er schob den Gummi, der sich schon halb gelöst hatte, wieder seinen Schaft hoch. Er dachte an die Unwiederbringlichkeit des in Trümmern gefallenen Ganzen, das ihr und sein Leben irgendwann einmal gewesen sein musste. Daraus erhob sich nun das Tier mit den zwei Rücken, das sie gemeinsam bildeten, als Kompensation gegen das miese Schicksal. Hier wären wir also wieder bei Wordsworth, Poe und Natalie Wood gelandet, dachte er.

Wenn es selbst mit dieser Nutte, und das würde bald sein, nicht mehr klappte, eine Art Idealzustand zu simulieren, egal welche Mittel dazu nötig waren, dann war es vorbei. Wenn es mit dieser Nutte vorbei war, würde es schwierig werden. Was konnte er dann noch machen, um einen Kitzel hervorzurufen? Risiko gehen? Eine »härtere Gangart« einlegen? Schwierig. Alles schwierig. Und das eine hing mit dem anderen zusammen.

In die Kindheit zurück konnte er sich nicht ficken, auch wenn er es dauernd versuchte. Oder besser gesagt: In die Kindheit zurück konnte er sich mit ihr nicht ficken. Obwohl diese Stellung von hinten eine Art Urvertrauen bewies, Hingabe simulierte, perfekt war.

Sie glitten dahin, und er driftete ab an den Rand jener

Horizonte, wo die Sexualität in ihm erwacht war. Sie war eine Art Archetyp, den er immer schon begehrt hatte, das Mädchen aus der 7b. Schon in der siebten Klasse hatte es ein Mädchen wie sie, unerreichbar, gegeben. Nur dass sie Karin geheißen hatte und nicht Grete. Aber Grete war nur ihr Deckname als Nutte, genau wie seiner als Freier Peter war. Vielleicht hieß sie ja in Wirklichkeit Karin und war das Mädchen aus der 7b.

Nun war er in ihr mit seinem harten, alten Schwanz, der so lange brauchte, bis er endlich abspritzen konnte, dass es für alle eine Qual war, die man nur überstand, wenn man wirklich genug Phantasie aufbrachte. Und die hatte sie seltsamerweise. Sie war zugleich Dulderin und Spötterin, eine gute, ja, eine hochentwickelte Mischung.

Er dachte an ukrainische Kornfelder, durch die sie mit ihren weizenblonden Haaren ging, in einer Schar anderer Mädchen, die genau gleich aussahen.

»Du bist ein Lebensborn-Mädchen«, keuchte er, »ich weiß es genau. Ich erkenne es an deiner Adlernase und an deinem missmutigen Stirnrunzeln. Du bist ein Herrenmensch. Weißt du, was ein Lebensborn-Mädchen ist?«, fragte er. Sie schüttelte unwillig den Kopf. Sie hatte keine Lust mehr zu bumsen.

»Lebensborn-Mädchen waren dazu da, eine perfekte Rasse zu zeugen«, erklärte er, »und du bist eine davon. Du bist vielleicht die Letzte deiner Art. Wenn du es nicht schaffst, die perfekte Rasse zu zeugen, wer dann? Du bist das kostbarste Exemplar aus der Herde des Führers«, stöhnte er. »Ich kenne einen riesenhaften Neger. Er arbeitet im Lafayette. Ich werde euch zusammenbringen. Ihr werdet die perfekte Rasse zeugen, und eure Kinder werden die Welt beherrschen. Er ist ein Boko Haram. Du weißt doch, was ein Boko Haram ist?«

Sie wandte den Kopf über die Schulter und – gähnte! Sie hatte überhaupt nichts verstanden.

»Ich hab allmählich genug«, sagte sie, »aber wenn du ihn rausnimmst, kannst du mir in den Mund spritzen.«

Auf diesen Kompromiss konnte er keinesfalls eingehen. Er rammelte weiter. Aber irgendwie drohte sein Schwanz beim Gasgeben zu verrecken.

»Woran denkst du?! Wo bist du mit deinen Gedanken?!«, rief er, um die Verbindung wieder herzustellen. »Erzähl mir was, komm! Bestimmt bist du in deinen Gedanken schon im KaDeWe, beim Austernschlürfen in der Gourmetabteilung, stimmt's?!«

Sie schüttelte angewidert den Kopf.

Er blickte auf die Uhr. Es waren bereits fünfundvierzig Minuten vergangen. Als er vorhin kurz vor dem Abspritzen war, hatte er wieder den beschissenen Fehler begangen, die Sache weiter auszudehnen, anstatt sich endlich damit zufriedenzugeben, dass er überhaupt noch kam. Er hielt wütend mitten in der Bewegung inne. Er presste seinen weichen Schwanz bis zur Wurzel in sie hinein. Dabei reglos hinter ihr stehend, starrte er sie an. Ihr Gesicht war von einem Vorhang weißblonder Haare bedeckt, der Kopf gesenkt.

»Guck mich an«, befahl er. Sie sah hoch.

»Was nun?!«, fragte er.

»Was ist?«, fragte sie. »Stellungswechsel?«

»Bist du wahnsinnig?!«, schrie er. »Du weißt doch selbst, dass es vorbei ist, wenn ich ihn herausnehme. Ich bin zweiundsechzig«, log er.

Sie sah ihn mit ihren riesigen Nacht-Tieraugen an, reglos, mit seinem Schwanz bis zum Anschlag in ihr.

»Gefällt dir das?«, fragte er. Normalerweise beantwortete sie die Frage mit ja. Sie senkte den Kopf.

»Mach weiter«, sagte sie, »wir haben nicht mehr lange.«

»Du weißt, dass du keinen Stress machen darfst. Warum machst du das?«, fragte er.

»Was ist los mit dir?«

Plötzlich sah er undeutlich, wie ein paar Tränen über ihr Gesicht liefen.

»Was ist denn?«, fragte er lahm. Es war jetzt keine Zeit für Mitleid. Erst musste er kommen. Er legte eine Hand auf ihre Taille; sie fühlte sich gefühllos an wie ein Stück Holz. Die Sache war gelaufen. Er zog seinen völlig abgeschlafften Schwanz heraus, um den der Gummi wie ein Stück faltiges Zellophan lag. Er zog den Gummi herunter.

»Dreh dich um, du kannst dich jetzt normal hinsetzen«, sagte er.

Er stand auf, entsorgte den Gummi, der offensichtlich noch okay war, und untersuchte seinen Schwanz nach etwaigen haarfeinen Rissen.

»Nicht so schlimm«, sagte er und wischte sich ab.

»Du hast einen sehr schönen Penis«, sagte sie.

»Du lügst«, erwiderte er, »aber du lügst sehr charmant.«

»Nein, nein, dein Penis ist sehr sexy.«

»Er ist alt und kaputt, wie ich, und das weißt du, du Biest, du geile Sau!«, rief er und bekam einen Steifen, weil sie das Wort »Penis« benutzt hatte. Da war er wieder, der Sound der unreifen, bürgerlichen Tochter, deren Versautheit bisher nicht in ihr Vokabular Einlass gefunden hatte. Sie sagte: Penis. Sie sagte: Vagina!

Sie benutzte nicht den gemeinen Sound der Zigeunernutten und den der versauten deutschen Teilzeitkosmetikerinnen. Sie nannte die Geschlechtsteile bei ihren bürgerlichen Namen, die sie aus der Schulfibel kannte. Sie war eine abtrünnig gewordene lettische Bildungsbürgertochter, und das war es, was ihn zur Weißglut brachte. Und dessen war sie sich bewusst. Sie war tief gefallen, wie er, aber unschuldig, im Gegensatz zu ihm. Und das brachte ihn, indem er ein paarmal an sich herumwichste, schließlich doch noch zum Abspritzen.

Der Niedergang der intellektuellen Klasse der Sowjetunion hatte ihm diesen Reichtum an Mädchen beschert. Sie waren ihm in den Schoß gefallen, ohne dass er etwas dafür getan hätte. Er sollte endlich mal dankbar sein. Er schwor sich, nicht noch einmal zu Zigeunernutten zu gehen, wenn er das hier haben konnte.

»Danke«, sagte er immer wieder, »danke, danke, danke«, während er eine mittelhohe Fontäne in ihr gefärbtes Haar spritzte.

Sie verließ schnell das Zimmer. Während er sich anzog, glaubte er draußen ein Gebrüll und riesiges Geschimpfe zu hören. Aber als er innehielt und horchte, war es schon wieder vorbei. Als er in den Flur kam, kam sie aus dem kleinen Kabuff, in dem die unsympathische Hausdame mit dem stinkenden, dicken Putzer saß. Sie hatte geweint und wischte sich die letzten Tränen aus den Augen. Es hatte also doch eine Auseinandersetzung gegeben.

Als sie ihn sah, strahlte sie ihn wieder an. Er starrte sie an, aber dieses überirdische Strahlen hörte nicht mehr auf. Im selben Moment merkte er, dass das ihr Trick war, gegen die Tränen zu kämpfen. Er musste lächeln darüber, wie sie dastand und strahlte, während die Tränchen kamen, so gerührt war er. So hatten ihn nur sehr wenige Frauen in seinem Leben angeschaut, und zwar immer dann, wenn es darum ging, für immer Abschied zu nehmen oder sich für jemanden zu entscheiden. Er konnte sich nicht für sie entscheiden. Er konnte sie nur noch einmal an der Tür zum Abschied in den Arm nehmen. Mehr konnte er nicht für sie tun.

Als sie sich voneinander lösten, weil die böse Aufseherin sie mit ihren kalten Augen anstarrte, damit er endlich verschwand, flossen ihr bereits die Tränen. Sie winkte ihm hinterher, als er im Treppenhaus verschwand. Er kam sich vor wie ein Dieb. Er dachte noch, gehört zu haben, wie sie sagte: »Ich warte auf dich«, aber das konnte auch Einbildung gewesen sein.

Die alte Hure, die ihm von den Schwarzen erzählt hatte, die bei Grete gewesen waren, kam ihm auf der Treppe entgegen wie ein schlechtes Omen. Sie erkannte ihn nicht, obwohl er seit über zwanzig Jahren zu ihr ging.

Auf dem Weg zur U-Bahn sah er Gretes Gesicht immer wieder vor sich, wie eine Liebe, die man verloren hat. Zugleich beschlich ihn der Gedanke, dass sie vielleicht krank war und er sich bei ihr angesteckt hatte.

Um halb sieben kam er nach Hause, öffnete einen Piccolo und zappte sich durch die verschiedenen Regionalprogramme, die das Einzige waren, was er im Fernsehen noch ertragen konnte, da es dort um handfeste Probleme ging, um Schwimmbäder, die in Duisburg vermoderten, um Bohrmaschinen und deren Qualität, um Vorgartenbereinigung im Frühling und dergleichen. Außerdem mochte er die Menschen, die dort befragt wurden, Gemeindehelfer, Tierpfleger, türkische Gemüsehändler von altem Schrot und Korn, es beruhigte ihn, dass es solche Menschen noch gab.

Nach dem zweiten Piccolo, gegen halb acht, rief endlich seine Tochter an. Er holte sich schnell noch einen Pommery, um mit ihr anzustoßen. Sie war auf ihrer Norditalientour nach Florenz weitergereist, um mit den Photoshop-Typen, die dort saßen, die Bildauswahl für die italienische Vogue zu bearbeiten.

Er hatte für sie im sündhaft teuren La Granza reservieren lassen, um ihr eine Freude zu machen. Als sie ihm erzählte, dass sie von der von ihm reservierten Juniorsuite mit Blick auf den Dom in die Laura-Ashley Suite gewechselt war, bekam er einen Schreikrampf.

»Wie oft«, brüllte er sie an, »habe ich dir gesagt, dass

du die Ashley-Zimmer meiden sollst. Du weißt, welche Angst ich jedes Mal habe. Willst du mich ärgern damit?! Willst du, dass ich einen Herzinfarkt kriege!?«

»Jetzt stell dich doch nicht so an«, schrie sie zurück, »es passiert schon nichts. Du immer mit deiner Angst!«

Dabei wusste sie genau, dass das Ashley-Zimmer ein zentrales Motiv in seinen Alpträumen war. Wie oft hatte er ihr von Bilitis erzählt, von dem nebligen Apfelgarten, von dem Pferd, auf das sie stieg und auf Nimmerwiedersehen davonritt!!?? Wie konnte sie ihm das antun!?

»Was siehst du, wenn du aus dem Fenster blickst?!«, rief er beunruhigt und aufgebracht.

»Den Dom von Florenz!«, schrie sie zurück.

»Bist du sicher?!«

»Ja!!!«

»Wie kann man sich jemals sicher sein«, murmelte er.

»Was!!??«, schrie sie.

»Okay, okay, ist ja gut«, fügte er beruhigend hinzu.

Sie fand, dass er nicht gut am Telefon klang, und fragte ihn, ob er wieder schwer und schlecht gegessen habe. Seine Stimme sei so weit oben. Ob er nicht tiefer sprechen könne? Er sprach tief wie ein Wolf. Sie lachte. Um ihr gute Laune zu machen, zählte er ihr eine lange Liste aller Luxusartikel auf, die er für sie gekauft hatte und auf die sie sich freuen konnte, wenn sie zurückkam. Sie wirkte gelangweilt und müde und beendete das Telefonat bald.

Als sie aufgelegt hatten, brach ihm der Schweiß aus. Er sah hinüber zu ihrer Schiebetür. Ihr Zimmer war voller Unordnung, Bündel von Klamotten, Haufen von Schuhen. Ein Grauen überkam ihn bei der Vorstellung, dieses Zimmer könne eines Tages verwaist sein und er müsse in einer grauen Zukunft allein hier sitzen. Um sich gegen eine Angstattacke zu wappnen, half es immer, zu trinken.

Meist kam die Angst durch Nüchternheit im fortgeschrittenen Stadium.

Er erhob sich von der Couch, um den schweren Druck abzuschütteln, der auf einmal auf ihm lastete, und ging in die Küche, um sich einen doppelten, eisgekühlten Wodka einzuschenken, den er langsam und bedächtig trank. Das Handwerk des Trinkens hatte er von seinem Vater gelernt. Am Anfang musste man sich auf jeden Schluck eines harten Getränks konzentrieren. Sonst kam die Wirkung auf einmal, wenn man nicht damit rechnete. Er trank dazu noch ein Glas Champagner. Danach ging es ihm schon wesentlich besser. Er konnte Entschlüsse fassen. Die lähmende Schwere war verflogen.

Hier konnte er keinesfalls bleiben. Er musste auf die Straße hinaus. Er bestellte ein Taxi und zog sich Schuhe an. Er wollte noch einmal Grete ficken. Eine Songzeile fiel ihm ein: »I stalked the hooker who infected me.« Vielleicht war Marita auch da, oder die alte Nutte, die eine Rassistin war und Schwarze abwies. Am Abend platzten diese Wohnzimmerpuffs von den vielen Mädchen.

Er hatte eine geniale Idee. Es war erst acht Uhr. Das Lafayette hatte bis neun Uhr offen. Er konnte den Boko Haram rekrutieren und ihn mit Grete kreuzen. Das war eine einmalige Gelegenheit. Er nahm viel Geld mit. Er war furchtbar aufgeregt. Mit klopfendem Herzen näherte er sich der Küche der Fischabteilung. Aber der Boko Haram war nicht mehr da. Enttäuscht und ratlos, wie er war, überlegte er einen Moment, ob er ins Kino gehen und sich *Mad Max* ansehen sollte.

Dann entschied er sich, Grete ohne Gummi zu ficken. Er hatte vergessen, *Die 120 Tage von Sodom* mitzunehmen, mit der er das nächste Schäferstündchen hatte aufpeppen wollen. Das ärgerte ihn so sehr, dass er mit voller Wucht gegen die Seitenscheibe des Taxis schlug, während er gleichzeitig darin einstieg. Der Taxifahrer, ein alter, glatzköpfiger Pole, den er glaubte schon einmal gesehen zu haben, warf ihm durch den Rückspiegel nervöse Blicke zu. Er fuhr, wie alle Polen, absichtlich sehr langsam. Nach einer gefühlten Unendlichkeit, als Gregor schon vollkommen destimuliert war, parkte der Pole seinen eiernden Kahn endlich vor »Susi«.

Die böse Hausdame, eine hübsche, aus irgendwelchen Gründen total verbitterte Blondine, öffnete.

»Grete ist nicht da!«, sagte sie und wollte die Tür gleich wieder schließen.

»Moment, vielleicht will ich gar nicht zu Grete«, sagte er mit einem Lächeln und trat ein.

»Wo ist sie?«, fragte er.

»Grete ist krank«, antwortete sie widerwillig.

»Was heißt das?«, fragte er. »Heute Morgen war sie doch noch ganz gesund.«

»Grete krank! Grete kommt nicht mehr!«, wiederholte sie wütend und wollte in ihr Zimmer gehen. Was sie sagte, beunruhigte ihn schlagartig. Er hielt sie am Arm fest. »Moment mal, was soll das heißen?«, fragte er. »Was hat sie?!«

Die Hausdame riss sich los.

»Krank! Krank!« Sie schrie jetzt fast. »Willst du andere Mädchen?! Sonst musst du gehen!«

Er stand einen Augenblick wie erschlagen. Er konnte es kaum glauben.

Am Vorhang zu den Zimmern hatte sich die ganze Brigade aufgebaut. Es waren etwa zehn Mädchen, davon fünf Bulgarinnen. Eine Dicke gab es, und ein knochiges, altes, russisches Musterexemplar. Sie stach heraus. Sie sah ihn mit leuchtenden Augen an. Als die Reihe an ihr war, nahm sie gekonnt seine Hand, führte sie gegen ihren Schritt und flüsterte ihm mit heiserer Stimme ins Ohr:

»Mit mir wirst du Spaß haben.«

Er nahm sie. Er sagte ihr, dass er sie ohne Gummi ficken wollte. Es kostete fünfzig Euro mehr.

Er zog sie gierig aus und warf sie auf das Bett. Er drang in sie ein, fickte sie fünf Minuten und befahl ihr, die Position zu wechseln. Ihr alter, knochiger Körper war nicht sehr beweglich. Er drang von hinten in sie ein und drückte mit seinen Fingern ihre Schamlippen zusammen, damit sie enger war. Er befahl ihr, ihm die Eier abzuklemmen. Sie griff unter sich nach hinten zu ihm. Sie drückte zu, dass es weh tat. Einen Finger schob sie ihm in den Arsch.

Sie war eine sehr gute Nutte, sehr gut gebaut, sehr robust. Sie war extrem liederlich. Ihre Fotze sah aus wie ein Beefsteak, gut durchblutet, dunkelrot, ins Violett übergehend. Er ließ ihn immer wieder hinausgleiten, um sich ihre alte Fotze anzusehen.

»Fickst du oft ohne Gummi?«

»Nur sehr selten. Du weißt, wie gefährlich das ist«, gluckste sie.

»Machst du dich lustig über mich?«

»Fick mich!«

»Ich fick dich ja, aber wir können uns doch trotzdem unterhalten. Was ist, wenn ich Aids habe?«

Sie lachte trocken.

»Ich bin ein Mädchen aus dem Norden. Ich werde nicht krank.«

»So, so«, widersprach er, »und die Dreiergang?«

»Welche Dreiergang?«

Er rieb mit der Spitze seines Schwanzes am Eingang ihres großen Lochs, da, wo er die Klitoris vermutete. Sie roch nun ein wenig nach altem Weiberurin.

»Ich will in dir kommen«, rief er.

»Das kostet noch mal fünfzig Euro extra.«

Er stellte sich vor, wie der Virus von ihm zu ihr übersprang. Oder umgekehrt! Risikosex sollte ein Thrill sein, wie ihm ein alter Kumpel einzureden versuchte? Eine Art Grauen packte ihn. Warum tat er das alles? Warum hatte er sich nicht mehr unter Kontrolle? Er war auf einmal sehr müde. Er glitt aus ihr heraus und zog sich wortlos an.

»Bist du gekommen?«, fragte sie und fingerte in ihrer Muschi herum.

»Nein«, murmelte er und warf ihr einen Fünfziger hin, damit sie Ruhe gab. Als er ging, saß sie immer noch auf dem Bett, sah ihn mit leuchtenden Augen an und lachte ihn aus.

Er nahm zwei Schlaftabletten und legte sich ins Bett. Er zwang sich, an etwas Schönes zu denken, aber es gelang ihm nicht. Stattdessen kam ihm, wie eine Schreckensvision, seine Villa in Sizilien in den Sinn, die so schön und marode war. Das Haus lag einsam und herrschaftlich am Hang des Ätna, dessen Silhouette sich gegen den gewaltigen blauen Himmel abhob. Jedes Mal hatte sein Herz höhergeschlagen, wenn er das Haus nach längerer Zeit wiedersah.

Das letzte Mal, als sie ankamen, war das Dach der Eingangshalle abgesunken. Ein Holzbalken war gesplittert. Durch das Loch in der Decke regnete es hinein. Das Wasser lief an den Wänden hinunter und sammelte sich auf dem alten, teuren Marmorboden. Der furchtbare Anblick hatte ihm die Stimme verschlagen. Er hatte sich festhalten müssen. Es traf ihn wie ein Schlag: Sein stolzes Haus hatte sich innerhalb weniger Monate in eine Ruine verwandelt.

Es war seine Tochter, die schließlich die Kraft aufbrachte, Handwerker anzurufen, um das Dach reparieren zu lassen. Er selbst, gedemütigt durch diesen Schock, hätte dem Schicksal nichts entgegenzusetzen gehabt. Er hätte das Haus aus Trotz aufgegeben, weil es sich als noch kränker und anfälliger als er selbst erwiesen hatte. Dabei hätte es ihm doch Stütze und Halt sein sollen. Er war empört.

Immer wieder um diese schlimme Uhrzeit, wenn seine Leber auf Hochtouren lief, malte er sich in den düstersten Farben aus, wie das Haus wohl jetzt aussah und was sie erwarten würde, wenn sie das nächste Mal kämen. Vielleicht war es bereits eine Ruine, wie er. »Mein Haus, mein schönes Haus …«, wimmerte er wehleidig, den Tränen nahe, während ihn eine Rohypnol, die er noch gefunden hatte, langsam in die Tiefe des Schlafs zog. Der von den Tabletten verursachte traumlose Schlaf hatte den Vorteil, dass er nicht schwitzte. Der Nachteil aber war, dass er während der Zeit des Wachwerdens hässliche Halluzinationen bekam.

Beim Kaffeetrinken glaubte er aus der leeren Tasse etwas herausragen zu sehen, eine Art Schatten. Als er genauer hinsah, war da natürlich nichts. Trotzdem nahm er die Tasse und untersuchte gründlich ihr Inneres. Vor zwei Tagen hatte er geglaubt, einen kleinen, schwarzen Schlangenkopf zu bemerken, der aus der Tasse ragte und ihn neugierig fixierte. Es lief ihm kalt den Rücken hinunter.

Okay, resümierte er schließlich gelangweilt und mit einer gewissen Genugtuung, jetzt habe ich das Virus endlich. Dreißig Jahre habe ich mich vor ihm gefürchtet. Und jetzt habe ich Aids. Dank der teuren Tabletten, die es auf dem Markt gab, konnte man mittlerweile etwa dreißig Jahre durchhalten, bevor das Virus ausbrach. Das überschritt seine Lebenserwartung bei weitem. Also, was soll's, dachte er, lehn dich einfach zurück und genieße die Krankheit. Jetzt brauchst du wenigstens keine Angst mehr zu haben, dich anzustecken. Doch dann fiel ihm ein, dass Aids manchmal schon nach wenigen Monaten ausbrach. Die schrecklichen Symptome und Folgen kannte er, die Flecken, das Dauerhusten, das Anschwellen der Lymphknoten. Er hatte sich oft genussvoll mit ihrem Grauen auseinandergesetzt.

Die alte Nutte, die er gestern Abend ohne Gummi gefickt hatte, bediente die gleiche Klientel wie Grete. Bestimmt war die Dreier-Gang über sie rübergestiegen und hatte sie infiziert. Oder anderes Kroppzeug, das sich nachts betrunken auf der Kantstraße herumtrieb. Er hatte es sich gestern Nacht geholt.

Völlig panisch rief er bei der Aidshilfe an. Die teilten ihm mit, dass es Präventiv-Medikamente gäbe. Diese müsse man spätestens bis zu vierundzwanzig Stunden nach der Ansteckung einnehmen, aber je eher, desto besser. Er rechnete durch, wie viel Zeit er noch hatte. Es waren immerhin noch ein paar Stunden.

Er zog einen Moment in Erwägung, noch eben Marita zu bumsen und dann erst in die Tagesklinik zu fahren, die ihm die Aidshilfe genannt hatte. Der Puff, wo Marita arbeitete, lag auf dem Weg.

Dann dachte er an die kaputte Stimmung im Laufhaus »Fuchs«. Die Nutten, die meist im Zwanzig-Minuten-Takt junge Kriminelle aus dem Wedding über sich drüberließen, waren um diese Zeit noch völlig lethargisch und meist noch gar nicht bereit. Mit schlampigen Jogginghosen und Haaren wie Vogelnestern standen sie vor ihrem Spind und zogen sich schlechtgelaunt um. Manche waren müde oder sogar verkatert und dünsteten Alkohol aus, wenn sie gähnten. Eine hatte neulich ein Schawarma mit Zwiebeln verzehrt, während er auf ihr lag.

Nein, nein, keine gute Idee, schon wieder Mist zu bauen. Oder eben jetzt erst recht? Das letzte Mal, als er bei Marita war, hatte sie ihre großen Hängetitten angepackt und wie Dummdummgeschosse auf ihn gerichtet: »Peng Peng« hatte sie gemacht. Das war ein witziger Auftakt zu einem guten, humorvollen Fick.

Er rief ein Taxi. Bis das Taxi kam, konnte er immer noch entscheiden, ob er erst zu Marita gehen oder gleich in die Tagesklinik fahren sollte.

Er zog sich an und lief hinunter zum Taxistand. Er wollte nicht warten, bis ein Bestelltaxi sich dazu herabließ, endlich zu kommen, er wollte keine der für sein Leben so kostbaren Minuten verlieren, weil irgendein alter Ossi dreißig km/h auf dem Weg zu ihm fuhr.

Er schmiss sich in das vorderste Taxi am Taxistand und merkte, dass er sich immer noch nicht entscheiden konnte, ob er erst zu Marita wollte oder nicht. Vorne saß ein mürrischer Pole, der mit unendlicher Langsamkeit seinen Kopf Richtung Rückspiegel drehte und ihn mit blöden Augen und halboffenem Mund anglotzte. Er war die Personifikation völliger Gleichgültigkeit. Gregor sprang sofort wieder aus dem Taxi und stieg in das nächste. Auch dort ein Pole mit langem Schafsgesicht, großen, fleischigen Ohren, einem platten Hinterkopf und unendlicher Gleichgültigkeit.

Wahrscheinlich teilten sich die unterschiedlichen, verfeindeten Clans mittlerweile die Haltestellen untereinander auf, hier die Polen, dort die Türken. Die Polen waren immer angeödet, die Türken fast immer aggressiv, die alten Ossis oft lahmarschige Nazis. Er versuchte, ruhig zu bleiben und seine Worte sorgfältig zu wählen.

»Fahren Sie mich bitte in folgendes Krankenhaus«, begann er und bat den Taxifahrer, eine Route zu suchen, auf der es keinen Stau gab, er habe es leider eilig, eine dringende gesundheitliche Sache, er wisse schon. Wenn er schon auf Marita verzichtete, dann wollte er wenigstens keine Zeit verlieren. Der Pole war ein Zwillingsbruder von dem davor. Er sah ihn genauso blöde an. Seine Mundwinkel waren genauso angewidert nach unten gezogen, ähnlich wie seine Augenlider, die ebenfalls unendlichen Überdruss und Resignation ausdrückten. Es war schwer für Gregor, ein Lachen zu unterdrücken. Seufzend ergab er sich in sein Schicksal.

Natürlich hatte der Pole sich gleich in den zähesten Stau eingefädelt, der möglich war. Während Gregor zum Fenster hinaus auf den Verkehr blickte, der sich durch die breiten Straßen dieser hässlichen, grauen Stadt wälzte, sah er immer wieder wie in einem Endlosloop Berührungen von Schleimhäuten vor seinem inneren Auge. Seine Penisspitze drang in eine schleimige Zone vor, die mit Blutpartikeln gesprenkelt war. Durch die mikroskopisch vergrößerten Poren drang der Virus aus der Blutbahn von Grete und von der alten Nutte in seine Blutbahnen ein und teilte sich mit rasender Geschwindigkeit.

Gregor schrie den lahmen Fahrer an, schneller zu fahren. Ein kurzes Wortgefecht entbrannte, das schnell heftiger wurde. Schließlich entschuldigte sich Gregor. Der Pole fuhr mürrisch weiter.

Dies also war seine Fahrt über den Acheron. Ein Hammel mit großen Ohren fuhr ihn, der seine Ressentiments gegen die verwöhnten Arschlöcher des Westens schon so verinnerlicht hatte, dass sein Kopfinneres einem Betonbunker mit einer dicken Teflonschicht glich, durch die nichts mehr hindurchdrang.

»Ja, ja, im Sozialismus ist bestimmt alles besser gewesen«, murmelte Gregor leise vor sich hin. Der Fahrer fuhr stur im Schneckentempo. Immerhin hatte er sich Gregor gegenüber durchgesetzt und diktierte jetzt die Bedingungen. Sollten diese Westarschlöcher endlich mal lernen, was es hieß, zu warten und um jede Dienstleistung betteln zu müssen. Er hatte es jahrzehntelang durchgemacht. Endlich konnte er sie es selbst fühlen lassen.

Das blöde Gesicht, das ihn mürrisch durch den Rückspiegel anglotzte, drückte in seiner Dämlichkeit und Gleichgültigkeit gegen das Schicksal anderer all seine Bösartigkeit aus. Der flache, längliche Hinterkopf des Hammels löste dumpfe Gewaltphantasien in Gregor aus. Am liebsten hätte er ihn mit einem Ziegelstein zu Brei geschlagen. Dass Gregor diese lächerliche Farce über sich ergehen lassen musste, nötigte ihm schließlich am Ende doch ein lautes, unkontrolliertes Gelächter ab. Das hier grenzte an Folter, aber gemessen daran, was jetzt gleich auf ihn zukommen würde, war es nichts.

Je näher sie der Klinik kamen, umso aufgeregter wurde Gregor. Er begann schon im Vorhinein den ekelhaften Lysolgeruch in den Gängen der Klinik zu riechen, der ihn gleich erwarten würde. Sein Herz pochte. Der Wagen eierte. Offenbar hatten die Räder kaum noch Luft. Die Sitze schaukelten. Würden sie es schaffen, bevor Gregor einen langen, weißen Bart hatte?

Er sah den Mann im Rückspiegel an. Er beneidete ihn um sein Temperament. Er konnte sich nicht vorstellen, dass so ein Mensch eine Gegenwart hatte. Wahrscheinlich bewahrte er seine Mutter als Mumie im Keller auf, hockte den ganzen Tag vor seinem polnischen Sender und ließ sich immer weiter vergiften von der reaktionären Propaganda gegen den Westen, bis er eines Tages an seinem Hass erstickte. Sie erreichten das Krankenhaus.

Die Tagesklinik war ein kleiner, schon etwas verrotteter Flachbau aus den siebziger Jahren, der abseits der Hauptgebäude im Klinikpark lag und einen verlassenen Eindruck machte. Die Gänge waren leer und niedrig, und es war keine Menschenseele zu sehen. Es roch nach Angst.

Der Pfleger, ein dicker, schwuler Schubiack mit feistem, kahlköpfigem Gesicht vom Zuschnitt Brandenburger Kartoffelbauer, kam ihm entgegengewatschelt und begrüßte ihn scherzhaft mit den Worten: »Na, kleinen Sexunfall gehabt?«, indem er ihm salopp auf die Schulter klopfte. Er führte ihn in ein fensterloses Wartezimmer mit Metallspinden und einem Geländer an den Wänden, an dem sich ein vollkommen abgemagerter, aidskranker Ex-Junkie im Endstadium entlanghangelte, der das permanente, feine Lächeln eines Heiligen in seinem ausgemergelten Gesicht trug. Gregor wurde sofort schwindlig. Der Anblick des Kranken setzte ihm zu.

»Der Arzt kommt gleich«, rief der Pfleger jovial und eilte davon.

Allein gelassen, verfolgte Gregor die mit unendlicher Langsamkeit und Konzentration ausgeführten Bewegungen des Menschen, um voranzukommen.

»Was für eine Geduld«, murmelte er.

Die Gelenke und Knochen des Kranken waren dünn und zerbrechlich wie die eines Vogels. Er trug riesige, neonbunte Laufschuhe, die er vorsichtig einen vor den anderen schob. Lange konnte sich Gregor diesem Anblick nicht mehr aussetzen, ohne in eine tiefe Depression zu fallen. Er erhob sich schwer und wollte gerade den Raum verlassen, als der Kranke plötzlich mit krächzender, hoher Stimme zu krakeelen anfing. Da er keine Zähne mehr im Mund hatte, konnte man ihn nicht verstehen. Offenbar schrie er nach dem Pfleger. Nach dieser Anstrengung sackte sein Kopf zur Seite, und er atmete schwer. Mit letzter Kraft schien er sich an das Geländer zu krallen, mit einer gewissen Aggressivität sogar, als hätte er einen Anspruch darauf, weiterzuleben.

Gregor würde einen Teufel tun, um ihm zu helfen. Er bemerkte, dass die Hände des Kranken groß wie Klauen waren, und auch die Fingernägel waren lang und ungepflegt. Dieser Vogel hing noch am Leben, mit letzter, verzweifelter Kraft. Das machte Gregor wütend. Einen Moment stellte er sich vor, gegen diese großen Hände zu treten, die sich mit aller Kraft ans Leben klammerten. Er atmete tief die dünne, verbrauchte Luft ein, deren Geruch sich ihm schon im Taxi angekündigt hatte, und seufzte. So zu enden musste entsetzlich sein. Nun hatte er anschaulich vor Augen, was aus ihm werden konnte, wenn er wirklich Aids hatte.

Er erhob sich voller Panik und lief in den Gang. Wo blieb der verdammte Pfleger!?

»Hallo!«, schrie er. »Hallo!«

Der Pfleger kam selbstgefällig angewatschelt und nahm den Kranken gutmütig von der Stange, dessen Augen sich nun gen Himmel richteten, immer mit diesem demütigen Lächeln der Ergebenheit im Gesicht.

Gregor klopfte gegen seine goldene Yachtmaster Rolex Edition 78 mit dem berühmten Wildlederarmband, einem absoluten Prestigeobjekt, das er sich seinerzeit aus Trotz gegen die beschissenen Drehvorbereitungen anno 2012 gekauft hatte. Für diesen sündhaft teuren Fetisch mit einer Auflage von 1500 Uhren existierte eine eigene Namensliste der Besitzer; einer davon war Bret Easton Ellis! (Auch deswegen würde er es bedauern, zu sterben, weil er dann nichts mehr von der Uhr hätte!)

»Wo bleibt der Arzt?!« Er schrie fast. »Ich brauche die Medikamente.«

Der Pfleger hatte ihn nicht gehört. Er hob den Junkie hoch wie ein morsches Stück Holz, beförderte ihn auf eine Bahre vor der Tür und schob ihn in Schlangenlinien durch den Gang. Der Junkie krähte und stieß schrille Laute aus, offenbar vor Freude. Gregor schnaufte vor Erleichterung.

Von hinten kam ein kleines, schmächtiges Männlein in einem weißen Kittel angeschlichen, offenbar der Arzt. Er wirkte müde und niedergeschlagen, als hätte ihn der Leidensdruck in diesem Räumen klein gepresst. Kein einziges Mal hob er den Kopf, um Gregor entgegenzusehen, während er aus dem langen Gang näher kam. Er gab Gregor auch nicht die Hand, sondern verschwand mit einem knappen Kopfnicken in einem winzigen, zellenartigen Raum, in welchen Gregor ihm folgte.

Das Männlein setzte sich hinter seinen Schreibtisch und bot Gregor mit einer gereizten Geste Platz auf dem Hocker davor an. Gregor setzte sich. Es sagte jetzt, ohne aufzublicken, dass er der leitende Arzt der Station sei, und fragte ihn, was er für ihn tun könne. Gregor nutzte die Gelegenheit, diesen Menschen zu mustern, und fragte sich dabei, wann er endlich das Gesicht zu sehen bekäme, denn dieser sogenannte Arzt starrte weiterhin auf die Tischplatte, wohl um seinen Unwillen und seine Antipathie auszudrücken.

Immerhin konnte Gregor seinen Scheitel und das ungepflegte, längere Haar betrachten, das hinter die Ohren geschoben war, eine Haartracht, wie man sie in den siebziger Jahren getragen hatte. Auch dass Gregor die Stirn sah, konnte der Arzt nicht verhindern. Diese war breit und hoch und nahm offenbar einen großen Raum im Gesicht ein. Die Haut war gelb, aber das konnte auch an dem Licht liegen. Die Stirn war mit einem Schweißfilm bedeckt. Die dicht zusammengezogenen Brauen verliehen dem Gesicht etwas Finsteres, Brütendes und verhinderten, dass Gregor etwas von den Augen zu sehen bekam. Sein Blick wanderte an der schmächtigen Gestalt hinunter zum Boden. Zwei riesige, weiße Latschen aus Plastik standen da weit auseinander wie Entenfüße.

Gregor räusperte sich. Wann endlich würde dieser dubiose Experte sein Haupt erheben und ihn ansehen? Nichts dergleichen geschah. Das Schweigen dauerte an – und wurde langsam etwas unheimlich. Zumindest gab es Gregor die Möglichkeit, seine Beobachtungen fortzusetzen. Er stellte fest, dass der Arzt einen Kugelschreiber in der Hand hielt und dass die Tischplatte von winzigen Einschüssen übersät war, die von der Spitze desselben herrühren und ein Indiz für schlechte Nerven, Ungeduld und Gereiztheit sein konnten, was Gregors These, die Körpersprache des Arztes betreffend, bestätigte.

Als Gregors Blick in den hinter ihm liegenden Teil des Raums wanderte und dort eine Pritsche entdeckte, hörte er das Männlein sagen: »Ich warte noch immer auf eine Antwort von Ihnen, was ich für Sie tun kann.«

Gregor wandte sich sofort wieder um, aber der Arzt hielt noch immer den Kopf gesenkt.

»Ich bin hier, weil ich die Prophylaxe-Tabletten brauche…«, fing Gregor an.

Der Arzt unterbrach ihn sofort: »Wer hat Sie darüber informiert, dass Sie hier die Tabletten bekommen?«

»Die Aidshilfe. Ich habe angerufen und habe denen erzählt, dass mir gestern ein Kondom geplatzt ist, bei einer Prostituierten, die HIV-positiv ist …«, begann Gregor wie ein Hilfsschüler. Der Arzt fiel ihm wieder ins Wort.

»Woher wollen Sie das wissen? Woher wollen Sie wissen, dass die Prostituierte HIV-positiv ist? Hat sie Ihnen das etwa gesagt?«

War da ein gewisser Zynismus herauszuhören? »Nein, natürlich nicht«, verteidigte sich Gregor, »eine Kollegin von ihr hat es mir gesagt.«

»So, so, und Sie glauben einer ›Kollegin‹ einer Prostituierten?«

Gregor gab keine Antwort. Er sah den Arzt nur an. Irgendwann würde er aufblicken müssen. Gregor nutzte die lange rhetorische Pause des Arztes, sein Hauptaugenmerk auf dessen gerade gezogenen Scheitel zu konzentrieren, und bemerkte feine, rote Risse, Kratzwunden offenbar.

»Sie brauchen mir nicht zu antworten, denn es spielt überhaupt keine Rolle, was Sie glauben oder nicht. Ich bin gesetzlich verpflichtet, darauf zu achten, wem ich das Medikament gebe. Dazu müssen Sie mir einige Fragen beantworten«, sagte der Arzt mit seiner leisen Stimme.

Er schob ein Blatt, das schon auf dem Tisch lag, näher an sich heran und räusperte sich. Dann begann er, den Fragenkatalog abzuarbeiten. Er begann mit der möglichst genauen Uhrzeit des Sexunfalls und stellte alle möglichen unangenehmen Fragen nach der Art der Penetration. Die Notwendigkeit vieler dieser Fragen begriff Gregor nicht und begann, ungeduldig zu werden.

Bevor der Arzt seine langatmigen Erklärungen beenden konnte, fuhr Gregor, der längst begriffen hatte, worauf die jeweilige Frage hinauslief, mit einem knappen Ja oder Nein dazwischen. Dies wiederum veranlasste den Arzt,

Gregor zu ermahnen, ihn nicht zu unterbrechen, und noch schleppender und langsamer zu reden. Er begann nun penibel die quälenden Einzelheiten des bürokratischen Ablaufs und der gesetzlichen Regelungen aufzuzählen, auf die Gregor sich gefasst machen müsse, wenn er die Prophylaxe bekäme.

»Ich habe keine Zeit mehr«, rief Gregor unbeherrscht dazwischen, »ich brauche die Pillen jetzt, wenn sie noch wirken sollen. Wie ich Ihnen bereits gesagt hatte, ist der Sexunfall dreiundzwanzig Stunden her.«

Der Arzt seufzte. Seine kleine Hand ballte sich um den Kugelschreiber und hieb mit diesem auf die Tischplatte ein. »Na gut«, sagte er und blickte auf.

Gregor erschrak. Das Gesicht, das ihn anstarrte, war wie aus gelbem Wachs oder Leder gemacht. Die Linien zwischen der Nase und den dick mit Eigenfett gepolsterten Wangen sahen aus wie Schweißnähte. Aber am schlimmsten waren die leeren und vollkommen ausdruckslosen Augen, die auf den seinen hafteten, als wollten sie sich festsaugen. Gregor hatte Mühe, seinen Blick von ihnen zu lösen. Ein Schauer lief ihm den Rücken hinunter. Leatherface!, dachte Gregor, mir sitzt Leatherface gegenüber.

Unbeobachtet und unter anderen Umständen hätte Gregor diese Landkarte des Grauens, in der jetzt deutliche Regungen von Häme und Anzüglichkeit hervortraten, wohl stundenlang betrachten können, und sei es allein, um das Geheimnis des schwulen Aussehens darin zu entschlüsseln; die weitaus schlimmere Erkenntnis, die er aus der Betrachtung dieses Gesichts zog, war allerdings die, dass sein Gegenüber mit ziemlicher Sicherheit Aids hatte.

»Na, haben Sie mich nun lange genug angesehen?«, fragte der Arzt.

»Ähm«, machte Gregor verlegen.

»Ähm?«, gab der Arzt sarkastisch zurück und starrte ihn noch durchdringender an.

Gregor senkte den Blick.

»Kommen wir zum rechtlichen Teil«, sagte der Arzt und fing an, mögliche Drohszenarien aufzubauen, die jeden vernünftigen Menschen davon abhalten würden, vom Angebot des Medikaments Gebrauch zu machen. Es ging bis hinauf zum Totschlag, dessen er sich unter gewissen Umständen im Falle einer Falschaussage schuldig machen würde.

Der Arzt breitete diese schlimmen und absurden Möglichkeiten pedantisch vor Gregor aus, mit einem Timbre, aus dem unterdrückter Hass sprach. Gregor riss es vor Ungeduld vom Sitz hoch. Er konnte das alles nicht mehr hören, es führte zu nichts und war reine Schikane.

»Auch wenn es Ihnen lästig ist, sich das anzuhören, würde ich Sie trotzdem bitten, sich wieder hinzusetzen«, sagte der Arzt nun leise und umso bestimmter. »Ich bin nämlich noch nicht fertig mit meinen Ausführungen.«

»Nein«, rief Gregor. »Ich werde mich nicht wieder hinsetzen. Ich will Ihre Scheißtabletten nämlich nicht mehr. Ich gehe.«

Er wandte sich zur Tür, die aber im selben Moment von dem dicken, hässlichen Pfleger verstellt wurde, der seinen großen, kahlen Schubiak-Kopf hineinschob und von einem zum anderen blickte, bevor er mit einem fiesen Grinsen in Gregors Gesicht wieder verschwand. Gregor wurde schwindlig. Diesen Moment der Schwäche nutzte der Arzt, um aufzustehen und die Tür zu schließen, neben der er jetzt stehen blieb.

Gregor kam es vor, als habe er das alles schon einmal erlebt oder geträumt. Ein Gefühl der Lähmung überwältigte ihn. Er merkte, wie seine Beine schwer wurden und er sich wieder setzen musste.

»Behalten Sie Ihre Tabletten«, murmelte er, ließ den Kopf hängen und starrte dumpf brütend zu Boden. Er wusste, dass der Arzt ihn ansah, aber es war ihm egal, wie ihm überhaupt egal war, was mit ihm passierte. Es war wie damals, an jenem Abend draußen auf der Bank, als er sich hatte zuschneien lassen, weil ihm die Kraft und der Mut gefehlt hatten, aufzustehen und ins Internat zurückzukehren. Er merkte, wie die Sekunden vergingen, ohne dass etwas geschah, lange Zeiträume innerhalb dieser Sekunden, aber das Fragwürdige daran machte ihm nichts mehr aus. Vielleicht war es das Beste, sich in die Obhut des Arztes zu begeben und sich diesem vollkommen auszuliefern, denn das war es ja vielleicht, was beide insgeheim wollten.

»Ich bleib da«, murmelte er, »ich bleib ja da.«

Kaum hatte er diese Zauberformel gesprochen, als er merkte, wie ihn eine leise Euphorie ergriff. Er stellte sich vor, wie es war, neben dem Aidskranken in einem Zimmer liegen zu dürfen und vor sich hin zu dämmern, ab und zu ein bisschen Kamillentee eingeflößt zu bekommen und immer schwächer zu werden, bis man schließlich nicht mal mehr seinen Arm heben konnte. Er begriff jetzt den Ausdruck von Ergebenheit in das Schicksal auf dem Gesicht des Junkies und fand ihn überhaupt nicht mehr lächerlich oder bemitleidenswert.

Im Raum hatte sich eine warme, brütende, diffuse Dämmerung ausgebreitet, die der Geborgenheit im Mutterleib am nächsten kam. Gregor wurde schwindlig. Sein Kopf pendelte über den Knien, und es fehlte nicht viel, dass er sich vom Stuhl fallen ließ. Er war jetzt bereit dafür, sich von dem dicken Schubiak abtransportieren zu lassen.

»Was haben Sie gesagt?«, fragte der Arzt.

Gregor schrak hoch und richtete sich auf.

»Ach, nichts«, antwortete er und sah den Arzt erschrocken an. Der Arzt, der sehr genau verstanden hatte, quittierte seine Antwort mit einem mitleidigen Lächeln.

»Ich werde jetzt gehen«, sagte Gregor.

»Ach, tatsächlich«, erwiderte der Arzt ironisch. »Gerade noch sah es so aus, als wollten Sie sich noch anhören, was ich Ihnen zu sagen habe.«

»Ich will Ihre Medikamente nicht mehr.«

»Ach, und weshalb nicht?«, fragte der Arzt.

Gregor blickte zu Boden.

»Ich würde jetzt ganz gern gehen«, sagte er.

»Darf ich fragen, warum Sie meine Zeit in Anspruch genommen haben, wenn Sie die Tabletten gar nicht wollen?«

Gregor gab keine Antwort.

»Sie kommen hierher, weil Ihnen bei einer ›womöglich HIV-positiven Nutte‹ ein Kondom geplatzt ist, und erwarten von mir, dass ich Ihnen ein Medikament gebe? Und dann berate ich Sie eine halbe Stunde, und plötzlich wollen Sie meine Tabletten nicht mehr?!«, rief der Arzt mit erregter Stimme.

Gregor erwiderte nichts. Der Arzt packte wütend seine Papiere zusammen.

»Wissen Sie was: Ich scheiße auf Sie!«, schrie er plötzlich.

Gregor zuckte zusammen. »So lasse ich nicht mit mir reden«, gab er tapfer zurück. »Sie sollten sich besser zusammenreißen.«

»Ach finden Sie?«, rief der Arzt. »Ich finde das absolut nicht! Und wissen Sie auch, warum?! Weil es Menschen gibt, die diese Tabletten viel dringender brauchen als

Sie! Und weil Sie diesen Menschen die Tabletten wegnehmen!!«, fuhr der Arzt mit erregter Stimme fort. »Weil diese Menschen sich nämlich wirklich täglich mit HIV anstecken können!! Im Gegensatz zu Ihnen! Haben Sie schon mal von den vielen schwulen Partnerschaften gehört, von denen der eine Partner nachgewiesenermaßen Aids hat?!! Nein!? Haben Sie nicht!?« Am Ende schrie er wieder.

Gregor war von dem plötzlichen Wutausbruch wie vor den Kopf gestoßen und verharrte in schuldbewusster Pose.

»Es regt mich fürchterlich auf, dass ihr verdammten Heteros immer wieder hier angeschissen kommt und denen die Tabletten wegnehmen wollt, die sie viel nötiger brauchen als ihr!« Der Arzt schrie nun und hieb mit der Spitze des Kugelschreibers in die Tischplatte. »In hundert sogenannten Notfällen, die bei mir waren, hat kein einziger von euch Heteros Aids bekommen!!! Die Schwulen kriegen es!! Wir kriegen es, ihr kriegt es nie!!«, schrie der Arzt mit schriller Stimme.

Gregor wich Richtung Tür aus. Bevor er sie erreichen konnte, riss der Arzt sie auf, um sie mit lautem Knall wieder zuzuschlagen. »Ihr glaubt immer, ihr kommt so einfach überall raus! Und euch wird alles nachgeschmissen, denkt ihr! Aber so ist es nicht!! Es gibt viel zu viele, die hier nicht wieder rausgekommen sind!!«

»Was ist los mit Ihnen?«, murmelte Gregor. »Beruhigen Sie sich. Was habe ich Ihnen getan?«

»Du machst mich total aggressiv!«, schrie der Arzt wütend. Tiefe Furchen zogen sich auf einmal durch sein ganzes Gesicht, dessen Nähte zu platzen drohten. »Ich hasse Typen wie dich!«, schrie der Arzt. »Ihr denkt, die ganze Welt gehört euch Scheißheteros, ja?! Hast du jemals von anderen Menschen gehört? Von Elend, Krankheit und Tod? Nein!? Dann erzähle ich es dir jetzt! Hier! In diesen Räumen sind in den letzten zwanzig Jahren Hunderte von Menschen gestorben, denen nicht zu helfen war, weil der Scheißstaat, die Scheißregierung und die Scheißindustrie es nicht für nötig gehalten haben, ihnen wirklich zu helfen! Sie haben immer nur so getan! Aber in Wirklichkeit waren sie froh, wenn die perversen schwulen Säue heimlich verreckten, weil sie nicht in das schöne Bild eurer feinen Gesellschaft passten!! Aber für Typen wie dich ist das ja alles nur ein Witz?! Hast du jemals anderen geholfen?!«, brüllte der Arzt.

Gregor hob hilflos die Arme. »Nnnein …«, stammelte er und blickte zu Boden, um den nächsten Hieb abzuwarten.

»Ich allein entscheide, wer Hilfe bekommt und wer nicht!«, schrie der Arzt und trat einen Schritt auf ihn zu.

Gregor wich zurück und blickte sich nach einer möglichen Waffe um. Unter dem Tisch lag eine Schere. Der Raum versank für Momente in einem tiefen Schweigen und schien gleichzeitig unterzugehen. Gregor hatte das Gefühl, dass es um ihn dunkler wurde und er keine Luft mehr bekam.

»Bist du schon mal anal penetriert worden!?«, hörte er den Arzt sagen. Seine Stimme klang plötzlich brüchig. Gregor drehte sich nach ihm um und sah, dass seine Hände zitterten. Der Wutanfall hatte ihn offenbar stark mitgenommen. Er wirkte auf einmal ganz klein und zerbrechlich. Gregor nutzte seine Schwäche und schrie ihn an: »Nein! Bin ich nicht! Und das wird auch so bleiben, okay?!«

Der Arzt musste sich setzen. Einen Moment blickte er reglos an sich herab und sammelte sich. Es war das gleiche Bild wie am Anfang: Die schwarzen Indianerhaare fielen in ein Gesicht, das sich verbarg. Gregor starrte ihn an, bereit, ihn von seinem Schemel zu treten, falls er irgendeine linke Nummer versuchen sollte. Aber von dem Arzt kam nichts weiter als ein resigniertes Seufzen. Mit einem grimmigen Lächeln blickte er zu Gregor auf und räusperte sich.

»Was ich damit sagen wollte, ist: Hundert Prozent aller Fälle mit Ansteckung erfolgen bei analer Penetration! Du brauchst keine Tabletten! Fick weiter deine Nutten. Und lass dich hier nie mehr blicken.«

Gregor riss wutentbrannt die Tür auf und stürmte hinaus. Der Arzt lief ihm hinterher und rief: »Auch wenn du denkst, ich bin nur ein schwules Stück Scheiße. Ich habe Leben gerettet im Gegensatz zu dir.«

»Ja, ja, ist schon gut«, murmelte Gregor. Er versuchte sich vorzustellen, was es bedeutete, Jahr um Jahr durch Scheiße zu waten, durch blutigen Auswurf, Kaposi, Gestank und Elend, aus dem es kein Entkommen gab, und was das mit dem Charakter machte.

Er ging mit Riesenschritten den nicht enden wollenden Gang hinunter, vorbei an hässlichem Grünzeug, vorbei an dem süßlichen Gestank, der aus den Toiletten und leeren Zimmern drang. Am Ende des Gangs hörte er noch ein lautes, glucksendes Lachen aus dem Raum, in welchem er zu Anfang gesessen hatte. Dann endlich gelangte er zu der automatischen Glastür, die mit einem Ruck vor ihm aufging.

Nach einer Weile erreichte er die obere Kantstraße. Aus den Augenwinkeln konnte er sehen, wie er beobachtet wurde. Vor einem Shisha-Laden saßen vier junge Türken und sahen zu ihm hinüber. Einer sprang von seinem Stuhl auf und machte einen Satz auf ihn zu. Gregor sprang erschrocken zurück. Die anderen lachten.

»Schwuler! Schwuchtel«, riefen sie.

Gedemütigt ging er weiter. Er kam in eine Gegend, die er von früher kannte. Kleine, dunkle Seitenstraßen hinter der Kantstraße, der alte Charlottenburger Kiez.

Hier hatte er die Karriere seines damals besten Freundes, eines Jung-Regisseurs, ruiniert, indem er in einem seiner Filme eine größere Rolle spielte. Damals, Mitte der Achtziger, war es auf den Filmhochschulen modern, Laiendarsteller zu nehmen, so wie das große Vorbild Robert Bresson, dessen Filme von seinem Kumpel förmlich angebetet wurden. Es sollte ein »atmosphärischer« Film sein, deshalb bestand er aus langen Einstellungen, in denen Gregor nichts anderes zu tun hatte, als Straßen hinunterzugehen und zu rauchen.

Er war unter der Bedingung auf den Deal eingegangen, dass der Regisseur den weiblichen Part mit einer bildhübschen Schwedin besetzte, in die er sich unsterblich verknallt hatte, an die er aber nicht herankam. Sie lebte mit ihren Eltern am Wannsee in einer riesigen Villa. Dieses arme Mädchen ließ sich bequatschen, in dem Film mitzuspielen. Fortan musste sie immer irgendwo im Gegenlicht sitzen, nachdenklich und verträumt gucken und rauchen, den ganzen neunzigminütigen Film hindurch.

Der Film hatte, anders als bei Bresson mit seinen spärlichen Parabeln, überhaupt keinen Inhalt und wurde daher ein regelrechter Saalfeger. Schon nach fünf Minuten verließen die Leute während der Premiere das Kino. Nach zehn Minuten war der Saal leer. Der Regisseur wollte sich mit den Hauptdarstellern betrinken, aber er, Gregor, konnte an nichts anderes denken als daran, die Schwedin zu ficken, der er während der ganzen Dreharbeiten Avancen gemacht und die er jetzt weichkriegen würde. Er machte mit ihr einen polnischen Abgang. Der Regisseur nahm ihm das so übel, dass es zum Bruch der Freundschaft kam.

Der erhoffte Fick fand nicht statt. Das Mädchen zog sich zwar aus, aber sie war den ganzen Tag Fahrrad gefahren und hatte sich nicht gewaschen. Sie roch zu stark. Er konnte seine Erektion nicht halten. Sechs Wochen während der Dreharbeiten hatte er ihr mit einem Dauerständer entgegengefiebert; sogar noch während der Vorstellung hatte er mit einer äußerst schmerzhaften, bisweilen sogar nässenden Erektion zu kämpfen gehabt, und jetzt das!

So hatte es früher immer geendet. Entweder er kam nicht ran, oder er kam nicht, oder er konnte seinen Ständer nicht halten, weil irgendetwas an der Sache nicht stimmte. Wer konnte es ihm da verübeln, dass er irgendwann sein Glück bei Nutten versuchte?!

Er blickte durch die dichten Kastanien hoch. Dort oben

wohnte immer noch sein Jugendfreund, wie in damaligen Zeiten, in der gleichen kleinen, dunklen, billigen Wohnung. Gregor schlich vorbei, schaudernd bei dem Gedanken, ihm zu begegnen.

Er ging quer durch das Viertel. Dabei musste er an seine Geschichte mit Grete denken. Sie war keine Deutsche, vielleicht nicht mal legal hier. Keine Versicherung würde die Medikamente bezahlen. Sie würde in ihr kleines Land am Rande Europas zurückkehren und sehr krank werden. Für wenig Geld hatte sie sich ausbeuten lassen. Unter den vielen unterschiedlichen Nutten, die er gehabt hatte, war sie diejenige gewesen, die er vielleicht am meisten begehrt hatte. Dass ausgerechnet sie sich die Krankheit zugezogen hatte, war schon seltsam.

Grete saß jetzt wahrscheinlich in einem ausgeleierten, alten, polnischen Pullman-Bus und fuhr durch jene flache und öde Steppe aus Brachland und Weizenfeldern in ihre Heimat zurück, um zu sterben, in der sein Großvater 1942/43 in der Etappe verbracht hatte, um Heckenschützen und »Franktireurs« zu exekutieren, um zu verhindern, dass sie die deutschen Frontlinien aus dem Hinterhalt angriffen. Prost Mahlzeit, dachte er und seufzte.

Er erinnerte sich an die Momente, wo Grete aus Freude am Sex gelegentlich lachte oder kicherte. Das geschah meist, wenn sie auf ihm ritt, was er anfangs falsch deutete. Er dachte nämlich, sie lache ihn aus, was wiederum zur Folge hatte, dass er sie zur Strafe im Stehen von hinten vögelte, weil er in dieser Position am tiefsten in sie eindringen konnte. Wenn er sie lange genug in dieser Position erforscht hatte, brachte er sie am Ende trotz Gummi dazu, jede noch so winzige Bewegung seines Schwanzes in gesteigertem Maße zu spüren. Er zwang sie förmlich, es zu ertragen, bis sie sich, gegen ihren Willen, am Ende vollkommen vergaß und eine wilde Lust die Oberhand gewann und sie eruptiv auf jede seiner Bewegungen reagierte und dabei sogar laut stöhnte, wenn sie kam.

Beim Gedanken daran beschleunigte Gregor seine Schritte. Er musste unbedingt in den Puff »Bei Susi« gehen. Es musste doch irgendeine Möglichkeit geben, Grete wiederzusehen, auch wenn sie Aids hatte. Eine masochistische Neugier trieb ihn dazu, herauszufinden, ob sich das gestrige Drama dort schon endgültig aufgelöst und sich die Tore des Rotlichtmilieus von Berlin bereits hinter der Aussätzigen geschlossen hatten, oder ob sie sie, skrupellos wie sie waren, trotz der Krankheit wieder aufgenommen hätten, so dass er wieder hinfahren konnte, um sie weiterhin zu vögeln. Aber die Puffmutter schrie ihn an, was er wolle, Grete sei weg!! Weg!!! Ob er nicht verstanden hätte!!!??? Und knallte den Hörer sofort wieder auf.

Er erinnerte sich, wie ihm vor fünfzehn Jahren eine Ärztin wegen seiner schlechten Blutwerte geraten hatte, einen Test zu machen. Er hatte damals nicht den Mut dazu gehabt. Mit tiefer Reue wegen seines Umgangs mit Prostituierten war er damals durch die Straßen geschlichen. Es war einfach noch zu früh gewesen, um zu sterben. Wenn er heute in den Spiegel blickte, fühlte er sich eigentlich reif, vor seinen Schöpfer zu treten.

Degeneriert wie er war, mit seinem schwulen Einstecktuch, dem Pepita-Jackett, der gepunkteten Samtfliege, die schief zwischen dem angeschmuddelten weißen Hemdkragen saß, den langen, dünnen Rockerhaaren, den Tränensäcken, war er perfide und abgebrüht genug, um sich nicht von Petrus abweisen zu lassen. Er seufzte tief. Prost Mahlzeit, dachte er nochmals. Das Leben war schon echt eine Farce.

Er hatte sich viel zu tief in das Labyrinth des alten

Charlottenburger Kiezes gewagt. Er hatte keine Geduld mehr und begann, wie ein Verfolgter durch den Tunnel entlaubter Kastanien zu rennen, voller Empörung darüber, dass nichts in seinem Kopf war außer einem hässlichen Brei von Befürchtungen. Die Straße wollte kein Ende mehr nehmen. Vorne, vor einer Eckkneipe, lungerten ein paar Gestalten herum. Er schlug einen Haken, um nicht noch einmal jungen Männern aus »dem arabischen Raum« begegnen zu müssen, die gern Homosexuelle zusammenschlugen und ausraubten.

Endlich erreichte er den Spandauer Damm und winkte einem Taxi. Ein junger, testosterongesteuerter Irokese hielt mit finsterem Blick. Als er auf sein »Hallo, guten Tag« nicht reagierte, ging er sofort weiter. Der Nächste, der hielt, war zum Glück ein alter Ossi. Das sah man sofort. Mit sumpfigen, misstrauischen Augen musterte er Gregor durch den Rückspiegel, als wolle er gleich sagen, er fahre keine Schwulen. Und es stimmte, der Fahrer war rechtsextrem, wie mittlerweile nahezu alle Ur-Berliner Taxifahrer.

»Ich habe gesehen, dass Sie den Kanaken weitergewunken haben«, sagte er, »richtig so.«

Gregor bedankte sich für das Lob.

»Die haben wir jetzt wie die Pest am Hals. Die kriegen wir nie wieder raus. Und jeden Tag kommen mehr. Schuld ist diese gekaufte Clique da oben«, sagte der Fahrer und zeigte gegen das Dach seines Taxis, »mit ihrer Lügenpresse!«

»Sie nehmen mir das Wort aus dem Mund!«, pflichtete Gregor ihm bei. »Mir wird schlecht, wenn ich sehe, dass die Merkel immer noch als Kanzlerin durch die Fernsehbilder torkelt«, fügte er leiser hinzu. Er war froh, sich ein bisschen von seiner Misere abzulenken.

»Diesen Politclown da oben sollte man an den höchsten Baum hängen«, sagte der Fahrer und zeigte auf ein Wahlplakat. »Gucken Sie sich den mal an, die schwule Sau.«

Gregor nickte kleinlaut, weil der Fahrer ihn wieder misstrauisch beäugte.

»Wo wollen Sie überhaupt hin?«, fragte er.

»Zu Marsano, dem Blumengeschäft. Das ist knapp hinter der Friedrichstraße.«

»So, so. Blumen wollen Sie also kaufen«, fragte der Fahrer, und sein Blick fiel auf Gregors feminines Einstecktuch.

»Ja, für meine Tochter«, beeilte sich dieser zu sagen.

Der Fahrer nickte befriedigt.

»In diesen Zeiten, wo die Moslems die Straßen regieren, ist es wichtig, eine Tochter zu haben«, antwortete der Fahrer.

Ein nachdenkliches Schweigen entstand ob dieser obskuren philosophischen Anmerkung.

»Da haben Sie wohl recht«, erwiderte Gregor nach einer Weile.

»Man kann nicht genug tun für die eigene Tochter«, ergänzte der Fahrer nachdenklich. »Aber noch besser ist es, einen Hund zu haben«, sagte er abschließend.

»Da haben Sie vollkommen recht«, sagte Gregor nach langem Nachdenken. »Aber ich bin schwul und habe leider Aids«, fügte er flüsternd hinzu.

»Was? Haben Sie was gesagt?«, fragte der Fahrer irritiert. Gregor schüttelte den Kopf.

Sie erreichten den Potsdamer Platz und fädelten sich ein. Der Fahrer war jetzt hektisch damit beschäftigt, sich auf den Verkehr zu konzentrieren, von dem er offensichtlich überfordert war. Er hupte, ließ das Seitenfenster herunter, brüllte in das dichte Verkehrschaos hinein.

Schweißtropfen standen ihm auf der Stirn, und im Auto begann es irgendwie nach Scheiße zu stinken. Die kleinen, fiesen Augen des Fahrers schnellten gehetzt hin und her. Ein Fahrradkurier schnitt ihn, brüllte und schlug ihm mit voller Wucht auf die Kühlerhaube. Der Fahrer setzte die Hupe in Gang. Er war kurz vor dem Herzinfarkt.

»Fragen Sie sich mal, wer an diesem Scheiß-Chaos schuld ist«, sagte er. »Die Scheiß-Grünen mit ihrer Fahrradpolitik. Sie haben aus dieser Stadt gemacht, was sie heute ist: ein Haufen Scheiße, wo keiner mehr glaubt, sich an die Regeln halten zu müssen.«

»Ich habe die Grünen schon immer verachtet«, pflichtete Gregor ihm bei.

»Die hässliche Kröte, die immer so im Fernsehen rumpöbelt, die alle Kanaken hier reinlassen will, wenn ich die mal irgendwo sehe, dann fahr ich einfach drüber. Dann ist mir egal, was passiert.« Der Fahrer runzelte die Stirn.

Der Wagen näherte sich Marsano und hielt. Der Fahrer bedankte sich für das nette Gespräch. Gregor gab ihm ein fettes Trinkgeld.

»Was tut der Scheißstaat für mich? Die Fotze im Fernsehen ernähren!«, fügte der nette Taxifahrer noch hinzu.

»Man sieht sich immer zwei Mal im Leben«, sagte Gregor.

Im Verkaufsraum von Marsano befand sich ein riesiges Meer weißer Lilien, die den Raum in ihrem Duft ertränkten. Gregor wurde für einen Moment schwindlig vor Glück. Mit Tränen in den Augen orderte er dreißig weiße Lilien und einunddreißig weiße Freilandrosen, die einen prächtigen Ring um die Lilien bildeten. Er musste dabei an seine Tochter denken und das Leuchten in ihren Augen.

Der Strauß war sündhaft teuer und so riesenhaft und schwer, dass Gregor ihn liefern lassen musste. Der Verkäufer, der ein ähnliches Einstecktuch hatte wie er und gebleichte, riesige Zähne, versprach, den Strauß in einer Stunde zu bringen.

»Es kann sich nur um eine Hochzeit oder eine Beerdigung handeln«, sagte er.

Er versuchte offensichtlich, zu flirten.

»Letzteres«, sagte Gregor aus einer makabren Laune heraus, »ich habe nämlich leider schon lange Aids. Und die Krankheit ist mittlerweile ausgebrochen.«

»Dafür sehen Sie aber noch sehr gut aus«, erwiderte der Verkäufer gutgelaunt und strahlte.

»Vielen Dank«, sagte Gregor und verließ den Laden.

Diesmal suchte er ein Taxi mit einem Fahrer, der nach viel Testosteron aussah, denn er wollte so schnell wie möglich nach Hause, um alles für die Rückkehr seiner Tochter zu arrangieren. Der Halbaffe am Lenkrad beförderte ihn stumm und martialisch, mit abgesägtem Hinterkopf und gefühlten hundertfünfzig km/h Geschwindigkeit bis vor die Haustür.

Oben angekommen wartete er, bis endlich der Strauß kam. Dabei rechnete er hoch, inwieweit die monatlichen Kosten für die teuren Medikamente gegen Aids seine Luxus-Depots angreifen würden und ob er trotzdem noch in gleicher Regelmäßigkeit in den Puff würde gehen können. Er grübelte vor dem Eisfach, ob er sich einen Piccolo genehmigen sollte, verzichtete aber darauf, weil seine Tochter es so hasste, wenn er schon angesäuselt war. Schließlich kam der Strauß. Zum Glück brachte ihn nicht der schwule Verkäufer.

Den Rest der Zeit überbrückte er, indem er verschiedene Kontrollgänge durch die Wohnung machte, um der polnischen Putzfrau, die er nicht mochte, Fehler beim Putzen, Spülen und Bügeln nachzuweisen, die er akribisch notierte, um sie damit schikanieren zu können.

Als er seine Tochter hörte, öffnete er die Haustür, lief zurück ins Zimmer, ging auf alle viere und bellte laut und freudig, als sie zur Tür hereinkam. Dabei wackelte er wie wild mit seinem Hinterteil, um ein Schwanzwedeln anzudeuten.

»Wuff! Wuff! Wuff!«, machte er. Sie trug ein teures, schwarzes Kaschmirkleid, das ihr knapp über die mageren Knie reichte. Unseligerweise hatte sie seine dürren, sehnigen X-Beine geerbt, die ebenso muskulös aussahen wie die von Madonna. Vielleicht lag es an diesen schwierigen Beinen, weshalb sie noch keinen Lover gefunden hatte. Vielleicht war dieser Makel der Garant, dass sie bei ihm blieb. Sie trug turmhohe Schuhe von Jimmy Choo. Sie beugte sich zu ihm herunter und kraulte ihm den Nacken.

»Ja, Fiffi, ja …«, sagte sie.

Während sie den Mantel aufhing, versuchte er, schnell den Schampus einschenkend und sich wieder auf alle viere niederlassend, erneut freudig bellend die beiden Sektkelche zu apportieren. Die beiden halb gefüllten Gläser zwischen Zeige- und Mittelfinger geklemmt, schob er sich auf dem Boden vorwärts, bis er die Couch erreicht hatte, auf der sie bereits saß, um ihre letzten Mails zu beantworten. Sie nahm das Glas, ohne ihn zu beachten, und tippte weiter, während er zu ihren Füßen in gespannter Erwartung zu ihr aufblickte, wann seine Herrin ihm wohl Beachtung schenke.

»Wuff, Wuff«, machte er.

»Entschuldige«, sagte sie, »ich bin gleich fertig«, und tippte weiter.

Sie hatte Ärger mit einem kapriziösen Mailänder Model, das für eine Kampagne von Prada durch eine verdreckte, vermüllte U-Bahn-Station kriechen sollte, aber einen Sauberkeitsfimmel hatte und nun verlangte, dass die ganze U-Bahn-Station samt sämtlicher Requisiten vorher mit Sagrotan gereinigt werden sollte.

Als seine Tochter aufblickte und endlich den Strauß bemerkte, sprang sie auf und rief: »Oh, sind die schön!« Sie lief zu dem Strauß und arrangierte ihn mit den Händen neu. Dabei liebkoste sie die Blumen. Er hoppelte auf allen vieren hinter ihr her und sprang an ihr hoch.

»Schön hast du das gemacht«, rief sie und packte seinen Kopf mit beiden Händen, um ihm eines ihrer kindlichen Küsschen zu geben. Als ihr sein Atem entgegenkam, wandte sie sich angeekelt ab.

»Uhh, was hast du denn heute schon wieder Schlimmes gegessen, Hündchen«, rief sie, ging in die Küche und schenkte erneut die Gläser voll. Zurück auf der Couch krabbelte er auf sie, um sie in ihre süßen Bäckchen zu kneifen, die ihr Gesicht immer noch wie das eines Kindes wirken ließen. Sie wedelte ihn weg wie ein lästiges Insekt.

»Nee, nee, Hündchen, nicht wenn du so riechst«, rief sie und begann, ihr Handy zu bearbeiten.

Er verharrte wieder in der angespannten Erwartungshaltung. Er war der Hund Bello, der auf ein Signal seines Frauchens wartete und dieses anstarrte. Das war Teil der abendlichen Komödie. Im Laufe der Jahre waren ihre väterlich/töchterlichen Liebesbekundungen auf diese infantilen Rituale geschrumpft. Später kam der Bestellservice Hofmeister und brachte Kaviar-Blinis, Hummer mit verschiedenen Salaten und eine neue Flasche Champagner. Nach seinem Motto: »Für uns nur das Beste!«

Sie tadelte ihn, dass er sie immer zum Essen verführte, wenn sie gerade auf Diät war. Dabei schlang sie willenlos all die Delikatessen gierig in sich hinein. Glücklich sah er ihr dabei zu, wie sie aß, wohl wissend, dass all die abgehungerten Kilos mit dieser Mahlzeit abgegolten wären. Er war der klassische Feeder! »Aber du bist doch sowieso schon so dürr!«, schrie er heuchlerisch empört bei solchen Gelegenheiten.

Er erwartete, immer noch auf den Knien, eine Belohnung und riss den Mund weit auf. Ab und zu gab sie ihm einen Happen. Er riss den Mund wieder auf, zu einem riesigen, panisch geformten O mit weit aufgerissenen Augen, wie der Held in *Clockwork Orange*. Darüber lachte sie immer.

»So, jetzt steh auf«, sagte sie schließlich, »es reicht!«

Er gehorchte sofort, wenn auch etwas beleidigt.

»Und was machen wir jetzt?«, fragte sie.

Er wusste darauf genauso wenig eine Antwort wie sie. Manchmal spielten sie Mensch ärgere Dich nicht und betranken sich dabei, manchmal machte er den Fernseher an, manchmal fuhren sie in die Paris Bar, um Austern zu essen. Das war dann meist ziemlich lustig.

Eine Zeitlang nämlich hatten seiner Tochter, die jüngere Männer total langweilig und doof fand, ein paar alte Säcke aus der Paris Bar den Hof gemacht. Sie saßen um sie herum und machten ihr mit sumpfigen Augen anzügliche Komplimente, über die Gregor sich sehr amüsierte. Seine Tochter nahm es gleichmütig hin, wenn der Maler immer wieder fragte, ob sie nicht doch mit aufs Klo kommen wolle, damit er ihr seinen Schwanz zeigen könne. Ein anderer kam immer an und erzählte, wie gut und ausdauernd er lecken könne.

Es waren immer die gleichen, alten Haudegen, die auf ihren Stammplätzen hockten, oft schon seit vierzig Jahren, wie in einer total asozialen Bierkneipe irgendwo in einem Niemandsland. Seine Tochter hatte sich eine Weile auf die perversen Sexphantasien der alten Säcke eingelassen, bis es ihr eines Tages zu viel wurde.

Einer von ihnen, ein bildender Künstler mit schrecklichem Mundgeruch, hatte ihr eines Nachts K.-o.-Tropfen gegeben. In Plastik gewickelt und von oben bis unten verschnürt, hatte sie sich auf seinem Bett wiedergefunden. Seine Zerstückelungsphantasien à la Bellmer hatten ihn überwältigt. Er saß auf der Bettkante, ein riesiges Tranchiermesser in der Hand, und erflehte ihr Einverständnis, kleine Stücke aus ihr herausschneiden zu dürfen. Dabei wichste er ihr ins Gesicht. Fortan hatte sie genug von diesen Begegnungen und blieb lieber zu Hause.

Manchmal, in unberechenbaren Schüben von Wut oder Freude, führte der eine für den anderen groteske, kindliche Performances auf. So zog er sich zum Beispiel rote High Heels an, warf sich ein Laken über und fing an zu steppen. Er mimte ein kaputtes Schlossgespenst, das derbstes Fränkisch sprach und in schrecklichen Fäkalausdrücken die deutsche Kanzlerin beleidigte und sich über sie lustig machte. Dabei schlug er zwischendrin immer mal wieder ein Rad.

Oder er nahm eine Fernsehsendung zum Anlass, sie mit einer Tirade gegen die Europäische Union zu unterhalten, in der er über die Italiener als ein eitles, effeminiertes Volk herzog, faul und degeneriert und korrupt seien sie, und über die Franzosen, die feige, arrogant und genusssüchtig seien. Sie alle wollten nur den Deutschen ans Geld, die gutmütig, arbeitsam und bescheiden genug seien, das alles zuzulassen. Meist endeten solche Tiraden mit wüsten Beschimpfungen und Prophezeiungen, die er betrunken ausstieß, während die Tochter die Fenster schloss, damit die Nachbarn nicht alles hörten.

So oder so – die Abende waren offenbar unterhaltsam genug, um seine Tochter ans Haus zu fesseln. Dass sie beide wahnsinnig egoistisch, skurril, eigenwillig und mittlerweile auch nicht mehr gesellschaftsfähig waren, wussten sie schon lange. Sie allerdings achtete, seit sie erfolgreich war, plötzlich stark auf Etikette und legte großen Wert darauf, dass er sich auf Veranstaltungen nicht danebenbenahm.

Im Vorfeld selten gewordener gesellschaftlicher Verpflichtungen wie dem Filmpreis gab es deshalb oft ungeheuren Stress. Stundenlang probierte sie in ihrem Bad Klamotten, während er im Smoking auf der Couch wartete. Am Ende zogen sie mürrisch und schlechtgelaunt ab. Das Taxi, das bereits unten wartete, schickten sie wieder weg und blieben zu Hause. Sie hockten in der dunklen Wohnung, tranken billigen Sekt von der Tankstelle nebenan, aßen ungesunde Chips und alberten herum. Das waren dann meist die schönsten Abende.

Sie sprachen darüber, wie sie sich umbringen würden. Anders als er, der der Bequemlichkeit halber lieber die Schlaftabletten nehmen würde, war sie der Meinung, man müsste den gemeinsamen Selbstmord zelebrieren. Sie plante haargenau die gemeinsame Beerdigung und das dazu geladene Presseaufkommen. Der gemeinsame Selbstmord sollte unbedingt für die Nachwelt zelebriert werden, mit Vater und Tochter als Glamour-Paar. Sie hatte eigens eine Guillotine entworfen, ein Spezialgerät, fünf Meter hoch, mit zwei massiven Fallbeilen aus Edelstahl, die per Knopfdruck auf die Köpfe herunterrasen und diese gleichzeitig mit glattem Schnitt vom Hals trennen würden. Die Köpfe sollten in separate Körbe rollen, die mit Blumengestecken aus weißen Lilien und Rosen geschmückt waren. Um elf waren sie meist betrunken genug, um ins Bett zu gehen.

Gelegentlich bat sie ihn, ihr ein Bad einzulassen. Er lauschte dann vor der verschlossenen Tür auf das Plätschern, weil er Angst hatte, sie könne einschlafen und ertrinken. Manchmal stand er eine halbe Stunde in steifer Pose, wie ein Kammerdiener, mit einem angewärmten Handtuch über dem Arm und wartete, dass sie die Tür einen Spalt öffnete, damit er es ihr hineinreichen könne. Er horchte, welche Bedeutung das Plätschern des Wassers haben konnte. Wenn auch nur annährend der Verdacht aufkam, dass sie sich selbst befriedigte, schlich er diskret davon, um nach zehn Minuten wieder zurückzukehren und seinen alten Posten zu beziehen, steifbeinig, mit durchgedrücktem Rücken und dem Handtuch über dem Arm. Wenn er hörte, dass sie aus der Wanne stieg, nahm er die servile Haltung des Kammerdieners ein, verbeugte sich und krähte: »Gnä Frau … Zur Feier des Tages! Ist so recht, gnädige Frau? Kann ich noch etwas bringen? Das Bett is scho aufgedeckt! Noch a Glaserl Champagner?!«, dabei seinen Lieblingsschauspieler Hans Moser imitierend.

Sie lachte, in ihren Bademantel gehüllt, mit rosigen Wangen, zehn Jahre verjüngt. Locken kringelten sich um ihre Ohren. Meist gab sie ihm noch ein Küsschen, bevor sie ihn allein ließ und in ihrem Schlafzimmer verschwand.

»Wuff, wuff«, bellte er ihr hinterher. Schlagartig wurde er traurig und fühlte sich einsam, wenn sich die Tür hinter ihr schloss. Ihretwegen lebte er. Sie war der gute Teil seines Lebens. Sie war es, die in seinen Träumen am Fenster stand und das Pferd streichelte.

Als er flach auf dem Rücken lag, tastete er seine Lymphknoten ab. Die Berührung an diesen empfindlichen Stellen in der Leistengegend, wo keine Knochen lagen, sondern nur Geäder, Sehnen und weiches Fleisch, war unangenehm.

Er fiel in einen leichten Schlaf, aus dem er in Schüben erwachte. Wie ein Delphin, der von einer Welle zur nächsten sprang, sprang er von einem Alptraum zum nächsten, um am Scheitelpunkt der sich anbahnenden Katastrophe hochzuschrecken.

Schließlich lag er in einem Krankenhauszimmer, in einem Krankenbett und konnte sich nicht bewegen. Über seinem Becken stand eine Art Käfig aus Drahtgeflecht. In Zeitlupe schleiften entblößte Titten über den Draht. Waren es die Titten der Griechin? Sie waren bereits wundgescheuert, und statt Milch tropfte etwas Blut von ihnen hinunter. Das Blut fiel auf die feinen Risse seines gepuderten, wunden Penis, der unter dem Drahtgeflecht lag (offenbar hatte er eine Phimose-Operation hinter sich). Das Gesicht der Schwester trug eine OP-Maske. Erst glaubte er tatsächlich, die Griechin dahinter zu erkennen. Aber es war wohl nur Wunschdenken. Jedenfalls kannte er das Gesicht irgendwoher.

Plötzlich ging die Tür auf, und herein kam der Oberarzt. Er sagte, als er sah, was die Schwester da tat, nur: »Sehr gut. Famos. Machen Sie weiter so.«

Gregor starrte in das ihm bekannte, alte, ewig mit einem feinen Lächeln überzogene Knabengesicht mit den kalten Augen. Es war Karlheinz Böhm.

»Nehmen Sie doch die Maske ab, die brauchen Sie doch jetzt nicht mehr«, sagte er sanft zu der Schwester. Diese folgte seinem Rat. Er brauchte einen Moment, um die Schwester zu erkennen. Sie sah entsetzlich aus. Das

Gesicht war verfallen und mit Kaposi-Flecken übersät. Als er erkannte, dass es Grete war, schrie er auf.

Karlheinz Böhm legte die Hände auf den Rücken und sah dem Prozedere, dem Tittenschleifen, den fallenden, HIV-positiven Blutstropfen auf seinen eingerissenen Penis einen Moment mit höchster Zufriedenheit zu. Dabei bleckte er seine falschen, schneeweißen Zähne zu einem Grinsen. »Sehr schön«, sagte er, drehte sich um und ging schnellen Schrittes hinaus.

Gregor riss an den Lederriemen, die Arme und Beine festhielten, und schrie: »Nimm mich mit, Peeping Tom, nimm mich mit!!!«

Daraufhin wachte er schweißgebadet auf. Etwa eine Stunde später schlief er wieder ein. Es mussten Monate vergangen sein. Er hatte bereits Kaposi und dreißig Kilo abgenommen, war völlig geschwächt und hustete die ganze Zeit. Trotzdem war er gezwungen, einen Film zu drehen, an dessen Set er nun stand, ohne die geringste Ahnung zu haben, was zu tun war. Das Einzige, was er wusste, war, dass ihm die Obdachlosigkeit drohte, wenn er jetzt nicht sofort funktionierte. Im trüben Licht der Arbeitsscheinwerfer wuselten ein paar Praktikanten herum.

»Er kann den Job nicht«, hörte er irgendwen hinter sich sagen und drehte sich um. Es war der Produzent, der das von sich gegeben hatte. Er stand zusammen mit dem Regieassistenten und dem Schauspieler, den er kurz vor dem Dreh rausgeschmissen hatte, zum Kreis geschlossen, die breiten Rücken ihm selbstgefällig zugewandt.

»Was machen wir jetzt mit ihm?«, hörte er den Schauspieler den Produzenten fragen.

»Er hat keine Ahnung«, erwiderte der Produzent kopfschüttelnd, »am besten, wir schaffen ihn hier weg, raus auf die Torstraße. Da liegt schon seine Matratze.«

»Worauf wartet ihr noch? Wir haben keine Zeit zu verlieren«, fügte er noch hinzu.

Gregors riesiger Assistent, der mit Ketten bewehrt war wie ein Gladiator, löste sich aus der Gruppe, packte ihn bei seinem schwachen, empfindlichen Kopf und schleifte ihn Richtung Ausgang. Dabei presste er Gregors Kopf wie in einem Schraubstock immer stärker zusammen, bis Schädeldecke und Kiefer brachen und schließlich die verfaulten Zähne herausfielen. Ein Tor wurde aufgestoßen, ein eisiger, nasskalter Wind schlug ihm entgegen. Der Rest, der von ihm übrig geblieben war, wurde auf den Asphalt geschleudert und landete auf dem wunden Rücken.

Er sah nun, dass er Tausende wimmelnder Beinchen hatte, die sich verzweifelt in den Regen streckten. Wenige Meter vor ihm wartete die nasse, verrottete Matratze vor dem Notausgang eines Hostels. Ein betrunkener Spanier, der wie Che Guevara aussah, also wie alle Spanier auf der Torstraße, warf eine Bierflasche nach ihm. Ein fürchterlicher Schmerz fuhr in ihn wie ein Dolchstoß. Die Flasche war in seinem Panzer steckengeblieben.

Er wachte mit einem Schrei auf. Das war also Teil II, die perfekte Fortsetzung von Alptraum Teil I gewesen. »Prost Mahlzeit«, murmelte er, wie so oft in letzter Zeit, wenn ihm nicht mehr dazu einfiel. Auf jeden Fall musste er sofort aufstehen, bevor er erneut einschlief und Teil III ihn erwartete.

In drei Stunden war der Termin für den Aidstest, den er zu machen beschlossen und immer wieder hinausgezögert hatte. Hoffentlich würde ihn die Griechin nicht machen. Sie durfte nicht mitbekommen, dass er Aids hatte. Er musste an ihre vom vielen Schleifen am Tresen der Anmeldung wundgescheuerten Titten denken und bekam sofort eine Erektion. Offenbar hatte das Schleifen ihn so beeindruckt, dass es ihn bis in seine Träume verfolgte. Dass die Griechin sich in Grete verwandelt hatte, gab der Sache einen zusätzlichen Thrill.

Es erinnerte ihn an die unheimliche Doppelbödigkeit von *Lost Highway* und seiner janusköpfigen Helden und machte ihm klar, wie profund dieser Film auch in tiefenpsychologischer Hinsicht war. Es gab den äußeren und den inneren Feind. Der innere Feind würde in naher Zukunft sein Haupt erheben und Fakten schaffen, die ihm unwiderruflich beweisen würden, dass er im Fall einer Krankheit sehr allein wäre. Ein drastischer Bericht im Regionalfernsehen hatte ihm kürzlich vor Augen geführt, was passierte, wenn einem das Geld ausging. Man würde verrotten, weil es kein Personal gab. Maden würden unter den seit langem nicht gewechselten Mullverbänden kriechen.

Was war, wenn ein Bankencrash oder eine Mega-Inflation all sein Geld verbrannte und er und seine Tochter nicht mehr hier auf der Couch säßen, sondern als rotweingesichtige Penner, eingemummt in schwarze, stinkende Daunenjacken, auf einer nassen Matratze auf der Torstraße? Was würde von ihm übrig bleiben, wenn Aids ausbrach?

Pünktlich um neun war er in der Arztpraxis.

Als er die Griechin hinter dem Empfang sah, »gefror ihm vor Geilheit das Blut in den Adern« (Zitat Lassiter-Heftchen Nr. 785, April 1975). In all seinem Elend hatte er vergessen, dass es solche Titten gab. Er starrte sie die ganze Zeit an, bis er aufgerufen wurde, und sie fing seine Blicke auf. Jetzt wollte er doch, dass sie den Test mit ihm machte.

Er fieberte dem Moment entgegen, wo sie sich mit ihren Titten zu ihm herunterbeugte. Alles andere war unwichtig geworden. Es kam die andere Schwester und nahm ihm das Blut ab. Er war bitter enttäuscht. »Mein Gott«, dachte er, »wie schade.« Wo sollte er jetzt solche Titten herkriegen wie die der Griechin? Dann überlegte er, was die Titten ohne die Griechin wären. Ohne die dünne Griechin hätten solche Titten nicht diese Wirkung. Menschen waren eben doch nicht auswechselbar, dachte er.

Er verbrachte den Rest des Tages wie ein Rentner auf der Couch und versuchte die Schriftsteller zusammenzukriegen, die er kannte, die Selbstmord begangen hatten.

Drieu la Rochelle vergaste sich, Charles Jackson nahm Tabletten, Zweig nahm Tabletten, Pavese nahm Tabletten, Bernward Vesper erhängte sich in einer Irrenanstalt, Kosiński erstickte sich mit einer Plastiktüte, Malaparte nahm Tabletten, Hemingway erschoss sich, Gisela Elsner sprang aus dem Fenster, Sylvia Plath vergaste sich, Ingeborg Bachmann verbrannte, Virginia Woolf ging ins Wasser, der gute Hervé Guibert nahm Tabletten, Mishima schlitzte sich auf, Klaus Mann nahm eine Überdosis, Celan ging ins Wasser.

Ihm würde vielleicht der Flaschensammler diese Aufgabe abnehmen. Er fiel in einen leichten Schlaf, aus dem er erst wieder erwachte, als er den Schlüssel seiner Tochter hörte. Du musst bitte bei mir bleiben, Bilitis, dachte er. Verwundert sah sie ihn an, als sie hereinkam, denn er hatte Tränen in den Augen und lächelte.

»Hast du wieder so schlecht gegessen, oder was ist mit dir?«, fragte sie.

»Man hat mir Blut abgenommen. Ich habe einen Aidstest gemacht«, murmelte er.

Sie hatte es nicht gehört. Sie schüttelte unwillig den Kopf.

»Du musst endlich basisch werden«, sagte sie und ging in die Küche, um die Drinks vorzubereiten. Zur Feier des Tages bestellte er bei Hofmeister riesige Mengen Sashimi, die sie gierig in sich hineinschlangen.

Als er am nächsten Tag das Haus verließ, sah er sich nach allen Seiten um, ob ihm jemand auflauerte, und ging dann, immer wieder Blicke hinter sich werfend, in Richtung U-Bahn. Erst als er in Charlottenburg eintauchte, verflüchtigte sich das Gefühl der Bedrohung langsam, und es gelang ihm allmählich wieder, sich in seiner alten Selbstvergessenheit zu verlieren. Die Titten der »Griechin« hatten es ihm wirklich angetan. Er dachte an ihr sanftes Schleifen – tsst, tsst – über die Theke des Empfangs.

Die Theke verwandelte sich in einen Drahtkäfig, über den die Titten unter dem offenen Schwesternkittel rieben, die Musik von *Bilitis* setzte ein. Die traumhafte Szenerie war von Sehnsucht und Unschuld durchhaucht. Sie stellte keinerlei Bedrohung mehr dar. Der Weichzeichner sorgte dafür, dass das Ganze etwas Melancholisches bekam: milchiges Licht, milchige Titten. Seine Mutter hatte ihn nie gestillt.

Der Käfig stand über seinem entblößten Becken. Wehrlos und unschuldig wie ein Wurm lag dort, eingepudert und eitrig, sein Penis, dem man die Vorhaut abgeschnitten hatte. Nur war er diesmal acht Jahre alt und hatte die gleichen schönen, mandelförmigen Augen von damals. Sein Penis richtete sich unter dem Blick der Griechin auf, und die Haut bildete nun überall eitrige Risse, die weh taten.

Die Griechin hob den Käfig weg, nahm seinen kleinen, steifen Penis in den Mund, lutschte daran ganz vorsichtig und summte dabei das Kinderlied *Maikäfer flieg ... Pommerland ist abgebrannt*, während die Titten seidig und warm über seine unbehaarten Oberschenkel streiften. Die Krankenschwester, das erkannte er jetzt erst, war Bilitis, aber etwa vierzig Jahre älter. Nun hörte er auch ihr weißes Pferd schnauben, das bestimmt schon draußen im Apfelgarten darauf wartete, von ihr gestreichelt zu werden.

Dieser Gedanke trieb ihn in den Wahnsinn. Er rannte zum Bahnhof Zoo, um schnell in die Arztpraxis zu gelangen. Es musste irgendeinen Weg geben, an die Griechin doch noch heranzukommen. Und wenn er scheiterte, so hatte er es wenigstens versucht.

An der Ecke Kantstraße/Joachimsthaler hatten die Abrissarbeiten an den Zoo-Arkaden begonnen, einem der letzten Wahrzeichen alter, Westberliner Lebenskultur, einem Billig-Eldorado, in dessen Säulengang von der Peepshow über Pfandhäuser bis zu Currywurstbuden alles untergebracht gewesen war, was das Herz begehrte. Mit einem gewissen Bedauern ließ er seinen Blick über das Werk der Zerstörung gleiten: Säulen und große Asbestplatten sanken unter der Einwirkung einer Abrissbirne widerstandslos zu Boden; ein Bagger riss einen Imbiss aus der Verankerung, an dem er früher nachts oft eine letzte Currywurst gegessen hatte.

Aus dem geborstenen Bunker der legendären Berliner Fußball-Kneipe Holst am Zoo drang noch immer ein schaler Geruch von Bier und abgestandenem Nikotin an die Oberfläche. Benommen von dem ohrenbetäubenden

Lärm der Presslufthämmer stolperte er in den Schatten der S-Bahn-Brücke am Bahnhof Zoo.

Ein stechender Gestank nach Urin schlug ihm hier entgegen. Fünf besoffene, halbnackte Penner, vollkommen verdreckt am ganzen Körper, lagen in unmittelbarer Nähe zum U-Bahn-Eingang in einer von ihnen produzierten Lache auf dem Asphalt. Einer lag auf dem Rücken, ein anderer versuchte zu einer Wodkaflasche zu kriechen, drei andere lagen quer übereinander, der Oberste drohte hinunterzukullern, hielt sich aber, obwohl komatös, wie durch Hexerei in der Waage. Ein Gesicht, fett, blöde, aufgedunsen, mit aufgeworfenen Lippen und leeren Glupschaugen, lag seitlich auf dem Asphalt und spie eine Fontäne gelber Flüssigkeit über die vorbeieilenden Passanten.

Gregor hatte fasziniert zugesehen, als der Angriff kam. Ein seitlicher Schlag wurde gegen seine Rippen ausgeführt und stieß ihn gegen die Ziegelsteinwand. Ihm wurde schwindlig vor Angst, und er suchte mit den Händen Halt an der Wand, gegen die er sich jetzt presste. Er hatte das alles vorhergesehen. Unfähig, sich den Dingen zu stellen, die jetzt passieren würden, starrte er auf den vordersten Penner, der mit stierem Blick den Kopf zu ihm hob und ein heiseres, lautes Lachen ausstieß.

Gleich würde der Angreifer ihn zu Boden schlagen, seinen Kopf an den Haaren packen und ihn auf dem Asphalt aufschlagen. Die Nase würde sofort brechen, er bekäme keine Luft mehr, Blut strömte ungehemmt in seinen Mund, lauwarmes, ekelerregendes Blut, das in seinen Mund lief, bis er daran erstickte.

»Oh Gott! Nein! Bitte nicht!!!!«, schrie er und starrte den Angreifer an. Es war ein Passant, der ihn angerempelt hatte und der sich nun bei ihm entschuldigte.

»Tut mir leid«, sagte der Passant. Er hatte die Physiognomie, den Habitus und die Statur seines Steuerberaters. Auch die nass zurückgegelten Haare. Er starrte den Mann einen Moment ungläubig an.

»Schon gut«, sagte er schließlich mürrisch und winkte ihn weg. Er blieb einen Moment stehen und konzentrierte sich, den von seinem Gehirn produzierten Gewaltflash zu verarbeiten. Er hatte sich im Reflex die Faust gegen die Lippe geschlagen. Sie blutete ein wenig.

Mit zitternden Knien näherte er sich der Rolltreppe, die ihn zum S-Bahnsteig hinaufbeförderte. Mit dem Unterarm stützte er sich auf das schwarze, seitliche Förderband, das er mit seiner Hand umklammerte. Alles Leben war aus ihm gewichen. Schwer wie Blei hockte er sich oben auf eine Bank, deren Stahlgeflecht ihn sehr an das Gitter über seinem Schwanz in seinem erotischen Traum erinnerte. In diesem Zustand konnte er sich bei der Griechin nicht blickenlassen.

Seine Tochter fand ihn am Abend in ziemlich desolater Verfassung vor. Er hatte sich auf die Schlafcouch gelegt, um zu ruhen, aber dann war ärgerlicherweise die Putzfrau gekommen, vor der er sich nicht die Blöße der Faulheit geben konnte, und hatte ihn gezwungen, aufzustehen und untätig herumzusitzen, was seinen Groll auf sie nur vergrößerte. Er verharrte zwei Stunden reglos wie ein Toter am Schreibtisch und tat so, als würde er lesen. Nicht einmal wichsen konnte man, wenn die verdammte Putzfrau da war. Erst als sie wieder weg war, legte er sich hin. Kaum war er eingeschlafen, weckte ihn seine Tochter. Sie schüttelte den Kopf, als sie ihn sah.

»Du siehst aus wie ein Penner«, sagte sie. »Warum schläfst du den ganzen Tag?«

Sie kam zu ihm, beugte sich zu ihm herunter und schob ihm grob das rechte Augenlid hoch.

»Du hast ja ganz blutunterlaufene Augen!«

Sie drehte seinen Kopf ins Licht, um ihn besser examinieren zu können.

»Was ist los mit dir?«

Er erzählte ihr von der heftigen Attacke, die ihn geritten hatte. Er schäumte vor Wut auf den Penner, dem er die Schuld an seinem schlechten nervlichen Zustand gab.

»Du bist ganz schön kaputt«, sagte sie. »Du solltest langsam wirklich mal was tun.«

Sie ging in die Küche und kam mit einem großen, beschlagenen Glaskrug zurück. Gregor hatte sich bereits aufgerichtet. Sie setzte den Krug auf dem Couchtisch ab.

»Riech mal«, sagte sie. Als ihm die Kälte des Getränks und das frische Aroma der Erdbeeren in die Nase stieg, kamen ihm unwillkürlich die Tränen.

»Erdbeerbowle! Wie konntest du das nur wissen!?« Er ging vor ihr auf die Knie und legte den Kopf in ihren Schoß. Im selben Moment begannen seine Tränen in Strömen zu fließen.

»Erdbeerbowle«, schluchzte er, »woher wusstest du das? Dein Urgroßvater hat auch immer, hicks, hicks, Erdbeerbowle, hicks, hicks, getrunken.«

Um ihn zu beruhigen, strich sie ihm wieder und wieder mit ihrer Hand über den Hinterkopf bis hinunter zum Nacken, wie man Hunden über ihr dichtes Fell streicht. Irgendwann versuchte er, zu ihr aufzublicken. Er zitterte am ganzen Körper.

»Ist ja gut, kleines Stinkehündchen, ist ja gut«, sagte sie immer wieder. Es war das einzige Kosewort, das ihr noch zu ihm einfiel. Sie kannte seine gelegentlichen Zusammenbrüche zwar, dieser aber schien sie ernsthaft zu beunruhigen.

»Was ist denn los mit dir?«, fragte sie sanft. »Wollen wir wegfahren, ein paar Tage nach Sizilien?«

Er nickte schluchzend.

Am nächsten Nachmittag kamen sie auf der Insel an und fuhren direkt, wie sonst auch immer, zu dem kleinen, traurigen Streichelzoo kurz vor der Auffahrt ins Dorf. Er bestand aus nicht mehr als einem alten, klapprigen Esel, einem Haflinger, der gerne biss, einer Ziege, ein paar Zwergschweinen und mehreren Schafen und Hühnern. Sie kamen sofort alle angelaufen, manche zögernd, manche etwas vorwitziger, als die Möhren und Äpfel gezückt wurden.

Während seine Tochter die Tiere fütterte, Äpfel halbierte, Möhren in hungrige, weiche, zarte, schleimige Mäuler einführte und ihm wieder mal erzählte, dass sie eines Tages selbst auf dem Gelände vor dem Haus so einen Zoo haben wollte, mit all den armen, alten, geschundenen und hungrigen Kreaturen unter dieser Sonne, schweifte sein Blick bereits in die ferne Zukunft, in welcher er sich selbst in diesem Zoo sah, ebenfalls auf allen vieren, sein »Package« in eine schmutzige Windel gepackt, wie er zuversichtlich, wenn auch mit letzter Kraft, auf durchgewetzten Knie- und Ellbogenschonern angerobbt kam, um beckenschwenkend ein freudiges Schwanzwedeln zu imitieren, das offene Maul zu den Zaunmaschen schiebend, um ein Stück Möhre oder Apfel von ihr in Empfang zu nehmen und zärtlich und unterwürfig zu ihr aufzublicken wie die anderen Tiere. Wenn alles gutging, würde die Geschichte eine solche oder eine ähnliche Wendung nehmen müssen.

»Wuff, Wuff«, machte er. »Wuff, Wuff.«

»Knieschoner müssen wir irgendwann besorgen«, fügte er gedankenverloren hinzu.

Anschließend fuhren sie weiter hoch zum Haus. Er war schweißgebadet vor Angst, als sie ankamen. Er öffnete die schwere, alte Eichentür, die in das Haupttor eingelassen war. Keine seiner Befürchtungen war eingetreten. Das Dach war noch dicht. Es hatte nicht hineingeregnet. Er schickte seine Tochter zum Einkaufen in den kleinen Tante-Emma-Laden ins Dorf.

Die Ersterforschung der Villa, das Öffnen der sperrigen Fensterläden war sein Ritual. Er wollte dabei allein sein. Ein paar Türen hatten sich verzogen. Er musste sie aufstemmen und so an ihnen zerren, dass er fast einen Herzinfarkt bekam. Er drehte die Hähne auf, damit das rostige Wasser ablief. Dann ging er hoch und sah sich dort alles an. Es roch nach Moder. Der Geruch kam aus dem langen, schmalen Gang, an dessen Ende seine Dusche war. Sie stammte noch aus den sechziger Jahren und war seither nicht renoviert worden.

Der Gang lag kalt und abweisend vor ihm. Immer wieder hatte ihn hier nachts auf dem Weg zum Klo ein kalter Luftzug berührt. Immer wieder kostete es ihn Überwindung, diesen Gang zu betreten, der ihm zu sagen schien: bis hierher und nicht weiter. Dieser Teil des Hauses gehört dir nicht.

Gregor gab sich einen Ruck, durchquerte eilig den Gang und stieß die alte, morsche Holztür auf. Er riss den Duschvorhang zur Seite. Das Duschbecken war halb mit brackigem Wasser gefüllt. Die Holzplatten am Boden davor waren verschimmelt. Der Geruch raubte ihm für einen Augenblick den Atem.

Er drehte auch hier den Wasserhahn auf und versuchte, das Fenster zu öffnen. Es widersetzte sich störrisch. Erschöpft ließ er sich auf den glitschigen, verfaulten Bohlen nieder und blickte sich um. Dieser winzige Raum mit seinen rissigen, rosa Fliesen und seinem trüben Licht erinnerte ihn an einen bestimmten Ort seiner Kindheit. Die Fliesen sahen ihn an, als hätten sie seit langer Zeit auf ihn gewartet. Er hatte das Gefühl, je länger er hier saß, desto mehr absorbierte ihn die traurige Atmosphäre.

Er zwang sich, in die Hocke zu gehen und sich schließlich auf die nasskalten, schimmligen Dielen zu legen. Nur in dieser Position konnte er weit genug unter das Duschbecken greifen, um den Verschlussring unter dem Abfluss aufzudrehen. Der Deckel gab nicht nach. Er musste Klopapier nehmen und damit die Hand umwickeln, damit er nicht mehr abrutschte. Er umklammerte den Ring, so fest er konnte, und drehte. Schließlich löste er sich. Das Wasser lief mit einem lauten Gluckern ab. Schnaufend und keuchend betrachtete er den Ring in seiner Hand. Er war über und über mit einem ekelerregenden Schlick aus Haaren, Sekreten und Seiferesten bedeckt. Gestank wäre das falsche Wort gewesen, um den fauligen, milden Geruch zu beschreiben, der ihm den Atem nahm.

Es roch nach einer ihm seit Urzeiten bekannten Einsamkeit, die er verdrängt, vergessen hatte, aber doch niemals ganz losgeworden war. Es roch nach der alten Intimität mit sich selbst. Wieder unternahm er eine Anstrengung, um sich von diesem Blick, von diesem Geruch zu lösen. Aber es fiel ihm schon viel schwerer als der Versuch vorhin, sich von der sitzenden Position in die liegende zu begeben. Es schien ihm nicht zu gelingen. Sein Blick, sein Atem kehrte wieder zu dem Ring zurück.

Gregor war wie gelähmt. Er versuchte, die Augen zu schließen, und horchte zwanghaft, um sich abzulenken, auf das Gluckern, das sich in der Tiefe der Leitungen verlor. Er versuchte es zu verfolgen, als wäre es seine einzige Rettung, dem Bann zu entkommen, den der Ring in seiner Hand auf ihn ausübte. Der Ring war kalt, ja, eisig und wurde durch die Berührung mit Gregors Haut nicht wärmer. Im Gegenteil. Seine Kälte schien sich in Gregors Herz hineinzubohren und es ihm abzuschneiden.

Er starrte wie ein Besessener auf die verfilzten Haare, die Kotkrümel, den Schleim, um sich an etwas Konkretem festzuhalten, das ihn in der Wirklichkeit hielt. Aber sein Blick verschwamm immer wieder. Und die Kälte in seinem Inneren nahm zu. Er war wieder sechs Jahre alt und saß in der Toilette in der Wohnung seines Vaters. Es war das Jahr 1966 in Westberlin. Die Telefonnummer lautete 030 43 67 52. Die Straße hieß Bachestraße. Die Hausnummer war die drei. Langsam wiederholte er all diese wichtigen Angaben, die er brauchte, falls er einmal verlorenging. Langsam pendelte sein Oberkörper vor und zurück. Mit letzter Kraft hob er den Ring, schob ihn sich in den Mund und setzte ihn wie eine Spange über sein Gebiss.

Eine Hand strich ihm zärtlich, langsam und kindlich über den Nacken. Er konnte genau die Sehnsucht spüren, das Fernweh und die Abenteuerlust, die in dieser Berührung lag.

»Bilitis«, murmelte er.

»Was machst du denn hier?«, fragte sie.

Gregor wandte seinen starren Blick nach oben. Seine Tochter sah ihn an.

»Ich habe den Sekt kaltgestellt«, sagte sie. Er lächelte dankbar. Den Ring hielt er noch immer in der Hand. Er hatte ihn offenbar nicht in den Mund genommen.

»Ich komme gleich«, antwortete er, »ich muss mir nur noch schnell die Hände waschen.«

Als er hörte, dass sie auf der Treppe stehen geblieben war, um zu horchen, was er tat, stand er mechanisch auf, ging zum Waschbecken und hielt seine stinkende Hand unter den Wasserhahn, der noch immer lief. Er schrubbte sie mit Kernseife ab, eine andere hatte er nicht. Er schrubbte und schrubbte, bis er wieder ein bisschen Klarheit über sich gewann. Dann ging er seufzend, mit seiner immer noch stinkenden Hand, hinunter.

Sie wartete bereits mit dem grässlichen Spumante. Etwas Besseres gab es in der Dorfkneipe nicht. Er setzte sich ihr gegenüber in seinen Ohrensessel, in dem er förmlich verschwand. Mit großen, blanken Augen und vollkommen invalid, starrte er sie an. Krebskrank, mit ausgefallenem Haar und schrecklich hustend, mit Sarkomen übersät, wartete er auf den nächsten Schluck des grässlichen Getränks, das ihm die Kehle verätzte. Er probierte ein Schlückchen und musste bitter dafür bezahlen. Er hustete und spuckte Blut und erbrach sich sofort.

Haha. So weit war es noch nicht. Er hatte noch eine Galgenfrist.

»Stößchen«, schrie er unvermittelt.

Nach drei weiteren Gläsern schaffte er es, den Kamin anzumachen. Es gelang ihm sogar, ein Unterhaltungsprogramm auf die Beine zu stellen, indem er sich die roten High Heels anzog, auf Fränkisch über die Kanzlerin herzog und sie mit den übelsten Ausdrücken beschimpfte. Seine Tochter lachte wie immer darüber. Die manische Phase dauerte etwa eine Stunde. Gegen neun, mitten in einer Tirade gegen die Europäische Union, sackte ihm das Kinn auf die Brust.

Den nächsten Morgen verbrachten sie unten am Strand. Am Tag darauf fuhren sie zurück nach Berlin. Sie waren sich einig, dass sie das Warten auf den Test so gut wie möglich überbrückt hatten.

Seine Tochter fuhr ihn zu dem Termin bei der Ärztin. Sie setzte sich ins Wartezimmer, eine Zeitschrift lesend, während er unruhig hin und her tigerte, bis er aufgerufen wurde. Sie musste über ihn lächeln. Offenbar machte sie sich keine Sorgen um ihn. Im Grunde war er bereits zu ihrem Maskottchen geworden, ein komischer Alter, den sie überall hin mitnehmen würde, solange seine morschen Knochen nicht auseinanderfielen. Endlich wurde er ins Sprechzimmer gebeten.

Bevor die Ärztin auch nur Hallo, Herr Samsa sagen konnte, krächzte er schon im Befehlston: »Der Test!!« Er hatte keine Zeit zu verlieren. Es kam ihm so vor, als blickte die Ärztin besorgt von ihren Unterlagen auf. Sie sah ihn ruhig an.

»Wartet Ihre Tochter draußen auf Sie?«, fragte sie.

Gregor merkte, wie ihm schwindlig wurde.

Der Befund war negativ. Wie hätte es auch anders sein sollen. Wir reden hier immerhin über einen Menschen, in dessen Leben schon lange nichts mehr passierte, vielleicht nie wirklich etwas passiert war. Das meiste in seinem Leben war Einbildung; Liebe und Verbundenheit zu anderen Menschen gab es schon lange nicht mehr bzw. waren abstrakte Begriffe für ihn. Das Einzige, was ihm noch Spaß machte, war, Nutten das Schwanzlutschen beizubringen. Die meisten lutschten viel zu schnell und mechanisch. Genau wie sie lebten. Er allerdings zwang sie, den Brocken zu schlucken und endlich mal darüber nachzudenken, was sie da im Mund hatten. Während er ihren Kopf an den Haaren gepackt hielt und sie zur Reglosigkeit und zum Innehalten zwang, empfand er überdeutlich das schreckliche, grausame Verrinnen der Zeit.

Gregor Samsa war eine Monade, die in einer Flüssigkeit schwamm: er war flüssig, er hatte Geld. Er war abhängig davon, dass der Staat funktionierte. Einen Zusammenbruch des Finanzsystems konnte er am allerwenigsten verkraften. Das war seine größte Angst, größer als die vor Krebs oder Aids. Und diese Angst, zu der sich unzählbare andere, ähnliche Ängste hinzuaddierten, kompensierte er mit Sex. So einfach ließ sich sein Leben erklären. Es war das einer Wohlstandsqualle, die sog und spritzte, sog und spritzte. Immerhin hatte er ein paar Filme gedreht. Aber ohne diese Filme war er überflüssig geworden, und man hatte ihn sehr schnell vergessen.

Nun war er wieder da angekommen, wo er einst begonnen hatte. Tag für Tag trat er im Schutz seiner Anonymität in jene sehr karge, arme Welt ein, die er aus seiner Kindheit kannte. Zumindest vom Ambiente her, denn die brötchenkauenden, ukrainischen Nutten, die auf ihren mit besudelten Laken bedeckten Betten in winzigen Parzellen hausten und warteten, unterschieden sich in nichts von den stumpfsinnigen, rohen und gewalttätigen Jugendlichen auf dem Spielplatz in seiner Kindheit.

Seine Einsamkeit war die gleiche wie damals. Es war die »Einsamkeit der Haut«. Mit seinem Geld fand er hinein und wieder hinaus. Er betrat diese Welt mit Angst und Aufregung auf der Schwelle; und er verließ sie leer und ausgelaugt und vollkommen ohne Interesse an der zivilen Welt, die er nun wieder betrat. Schon lange interessierte er sich nicht mehr für Kunst, die im realen Leben, außerhalb seiner Bücherregale, stattfand. Er wollte keine alten Bekannten mehr treffen. Sobald er unter Leute kam, wünschte er sich nichts sehnlicher, als unerkannt zu bleiben. Oft verließ er am Anfang eines Films schnell die Vorstellung und ging zu einer kleinen Nutte mit einer kleinen, giftigen Fotze.

Das meiste, was er gedacht und getan hatte, hatte sich als peinlicher, naiver Denkfehler erwiesen. Er war nicht mehr bereit, neu anzufangen. Die Denksysteme hatte er durch. Sie hatten ihm keinen Halt gegeben.

Die Nutten aus dem Kosovo waren die Hüterinnen des Eingangs zu jener archaischen Welt, in der sich die Spur der Moderne verlor. Sie war wie die Welt seiner Kindheit: roh, gewalttätig, rein materialistisch, faschistisch, fundamentalistisch. In ihr war man über das schwächste Opfer hergefallen und hatte die Beute geteilt, ohne Ansehen von Person und Herkunft. In seiner Generation waren die Freundschaften reine Maskerade. Sie waren vom System aufgesogen worden.

Er hatte dicke Geldrollen in der Tasche, von denen er die Scheine abzählte. Sein Schwanz diktierte den Nutten aus der ehemaligen Sowjetunion die Bedingungen des Geldes und des Raubtierkapitalismus.

Nichts hatte mehr irgendeine Bedeutung. Ja, das war schon beunruhigend.

Der Fotzenficker mit der Geldrolle. Eine Autobiographie. Was für ein Dilemma zwischen Kunst und Leben! Er stülpte einen Gummi über den Knirps, den er vorsichtshalber immer als Ersatz dabeihatte, falls sein Teil da unten nicht funktionierte, und rammte ihn der Nutte in den Arsch. Es gab immer die Angst vor der Erinnerung. Es gab lange Bücherregale, an denen er entlangwanderte, wie in dem Gedicht von Rilke. Um die Langeweile während des Fickens besser zu ertragen, überschlug er manchmal im Kopf, wie viel es kosten würde, eine Privatarmee zusammenzustellen, um den Reichstag auszulöschen. »Nieder mit der Demokratie!«, schrie er, und die Nutte drehte sich irritiert um. Wenn sie schon das Mittelmaß und die Angepassten alimentierten, dann wollte er wenigstens blutige Rache! Für das Alter, für das Verschmähtsein, für die dreckige Ignoranz der Bürger. Er war dreißig Jahre umsonst die Sprossenleiter hinaufgestiegen und wieder hinuntergefallen. Nichts hatte sich geändert.

In seinem Kopf redete bereits sein Vater. Er musste aufpassen, dass er über diesem Gedanken nicht wahnsinnig wurde, dass sich in seinem Kopf sein betrunkener Vater um Kopf und Kragen redete. Es ist nicht die Aufgabe dieser Geschichte, vollendete Tatsachen zu schaffen.

In dieser Geschichte geht es nicht darum, dass die Ärztin Gregor Aids oder Krebs attestierte. Es geht auch nicht darum, dass der Flaschensammler ihm die Fresse am Rinnstein zu Brei schlug. Dies hier ist keine Rachegeschichte mit Actionszenen, wo eine Handlung vorangetrieben werden musste. Diese Geschichte hat keine Handlung. Es geht nicht darum, dass die Ängste manifest wurden. Der Held in dieser Geschichte hat keine Entwicklung! Wie ein Eichhörnchen im Winter nährt er sich von seinen Ängsten und befriedigt seine Gier. Dieses ist ein Stück deutscher, depressiver Literatur, eine Innenschau, ein Stück Befindlichkeits-Literatur. Dies ist kein Bildungsroman oder Romanessay, und schon gar keine Autobiographie. Dies ist kein Roman, der geschrieben wurde, um den Büchner-Preis zu bekommen. Es gibt keine Auflösung, keinen Konflikt, keine Liebesgeschichte und keine wie auch immer geartete Spannung. Es gibt keinen Helden in dieser Geschichte. Diese Geschichte erhebt nicht den Anspruch, eine Familiensaga zu sein. Seine Prostata ist dem Autor wichtiger. Es gibt einen Tampon, der in Schieflage geraten ist. Die Schieflage des Tampons in der Nachrichtensprecherin beim Verlesen der Nachrichten. Darum geht es. Das ist die Handlung dieses Romans. Die Handlung dieser Geschichte findet nur in seinem Gehirn statt. Die sogenannte Wirklichkeit führt ein Schattendasein. Sie ist nur ein schwacher Abglanz dessen, was ständig an Ängsten und Gier im Kopf des Helden potenziert wird, und dient lediglich der Kompensation. Wie ein Schatten glitt Gregor Samsa an der Wirklichkeit vorbei, die es in Wirklichkeit vielleicht gar nicht gab. Boko Haram. Boko Haram.

Gregor und seine Tochter gingen von der Arztpraxis direkt zum Roseneck, um das Testergebnis zu feiern. Übermütig, wie er war, bestellte er bei der Kellnerin: »Einmal frisches Rektum vom HIV-Schwein.«

Seine Tochter stieß ihn tadelnd an. Die Kellnerin überhörte es einfach.

»Zweimal Wiener Schnitzel wie immer?«, fragte sie, und seine Tochter nickte.

»Ich muss zur Darmspiegelung …«, murmelte er, während er das hauchdünne, zarte Fleisch herunterschlang.

»Sehr gut, sehr gut«, sagte sie, »aber erst mal müssen wir dafür sorgen, dass du basisch wirst.«

»Wuff, Wuff«, machte er.

Epilog

Man sah ihn auf allen vieren in einem umgatterten Geviert hinter dem Anwesen, zusammen mit zwei alten Eseln, einer Ziege, einem Zwergschwein, mehreren namenlosen Schafen und einer humpelnden, graugetigerten Katze. Er trug Knie- und Ellbogenschoner, sein Geschlecht war von einer Art Windel bedeckt, wie sie Hunde manchmal im Winter tragen. Das Grundstück hatte einen herrlichen Blick auf den Ätna.

Manchmal, wenn Menschenkinder, verirrte Touristen oder Lesben, die von einer Bergtour kamen, die Tiere mit Möhren und Apfelstücken fütterten, robbte auch er hinzu, presste sein Gesicht mit weit aufgerissenem Rachen an den Zaun und gab durch ein heiseres »Wuff, Wuff« zu verstehen, dass auch er gefüttert werden wollte.

Am Anfang hatten einige Leute, besonders die Nachbarn, Anstoß an seinem Verhalten genommen. Sie hielten ihn für pervers. Der Bürgermeister des kleinen Dörfchens musste kommen und sich ein Bild von der Lage machen. Es hatte immerhin geheißen, bei dem Verrückten handle es sich um einen bekannten »regista del cinema tedesco«.

Da der Grund, auf dem er sich aufhielt, ihm gehörte,

entschied man, die Sache zu vergessen und nicht länger darüber nachzudenken, wie es zu dieser bizarren Entgleisung gekommen war.

Einmal im Monat kam seine Tochter und führte ihn aus. Die beiden hatten ihre enge Bindung auch nach seinem Transit vom Menschen- ins Tierreich nicht aufgegeben. Sie verständigten sich mit »Wuff, Wuff« und »Miau, Miau«, da sie ansonsten auch ohne Worte glücklich miteinander waren. Dass in kleinen Lettern »mothers little helper« auf jenen Teil seiner »Verpackung« gestickt war, unter dem sich sein Geschlecht abzeichnete, wussten nur die Eingeweihten der Fetischpartys in Catania, auf die sie ihn an den Wochenenden mitnahm.

Sein Wechsel zu den Vierbeinern hatte nichts an seiner Abscheu vor Gemeinschaft geändert. Allerdings war der Umgang mit den Tieren, an denen er ab und an schnupperte, einfacher, war ihr Desinteresse an ihm ebenso groß wie das seine an ihnen. Niemand verlangte, dass er sich äußerte oder rechtfertigte. »Wuff, Wuff« zu sagen war die Rolle, die ihm das Schicksal zugeteilt hatte – und zwar für den Rest seines Lebens. Alles andere war ihm einfach irgendwann zu anstrengend geworden.

Abgesehen davon, dass die Ziege manchmal sein Hinterteil bespeichelte, hatte er mit den Tieren wenig zu tun. Wenn er eine größere Notdurft verrichten musste, öffnete er allerdings eigenhändig heimlich das Gatter, um Schutz hinter einem Gesträuch im Hühnergehege zu suchen (wobei ihm manchmal dabei ein großer Truthahn in die Quere kam).

Sein dritter und letzter Nervenzusammenbruch, bevor er seinen Status als Zweibeiner aufgab, hatte 2016 stattgefunden. Es war zugleich sein letzter, spektakulärer Life-Auftritt als Performing Artist in der CFA-Galerie gewesen, wo er an selbstgebauten Puppen ein Massaker mit Kettensäge und Machete angerichtet hatte. Bei diesen Puppen handelte es sich um Personen des öffentlich-rechtlichen Fernsehens. Ihre Pappmaché-Köpfe waren Nachrichtensprecherinnen und Talkmasterinnen nachgebildet, die er mit rasender Wut abhackte und zertrat, um anschließend ein Blutbad an den mit Schweineblut gefüllten Kadavern anzurichten. Dabei schrie er, spuckte um sich, beleidigte die Gäste und stieß rechtsradikale Beschimpfungen aus. Als sei dies nicht genug, schlug er schließlich, außer sich vor Wut, sogar Purzelbäume und schiss und »brunzte« am Ende der »Nachrichtensprecherin« in den abgehackten Kopf. Dann wurde er abgeführt und in die geschlossene Abteilung der Charité überwiesen, wo er einen Monat an der »Gesprächsgruppe Ronald Frick« teilnahm, bevor er als geheilt entlassen wurde.

Schon auf dem weitläufigen Park-Gelände der Charité allerdings brachte er sich auf alle viere und robbte anschließend durch die Friedrichstraße, die Oranienburger Straße, wo er auf mehrere Bekannte traf, die ihn erst ungläubig anstarrten, es dann aber für besser hielten, das Weite zu suchen, robbte weiter bis in die Wohnung, um sich anschließend von seiner geliebten Tochter per Hundekurier nach Sizilien expedieren zu lassen.

*Dank an Alexander Wewerka und meine
Lektorin Kristine Kress.*

Quellennachweise

S. 47: Thomas Mann, Der Tod in Venedig, S. Fischer Verlag, Frankfurt am Main 1992.

S. 187f.: T.S. Eliot, Das wüste Land. Übersetzt von Ernst Robert Curtius. S. 41. © der deutschen Ausgabe Suhrkamp Verlag, Frankfurt am Main 1975.

S. 193: Valerie Solanas, Manifest der Gesellschaft zur Vernichtung der Männer SCUM. Deutsch von Nils Lindquist, März Verlag, Darmstadt 1969.

S. 256: Der Begriff »Einsamkeit der Haut« zitiert einen Buchtitel von Bodo Kirchhoff.

MIX
Papier aus verantwortungsvollen Quellen
FSC® C014496
FSC
www.fsc.org

ISBN 978-3-550-05013-8

Gesetzt aus der Caslon 540
Satz: Pinkuin Satz und Datentechnik, Berlin
Druck und Bindearbeiten: GGP Media GmbH, Pößneck
Printed in Germany